POCHES ODILE JACOB

W0359395

DON DE SOI
OU PARTAGE DE SOI ?

DANIEL SIBONY

DON DE SOI OU PARTAGE DE SOI ?

LE DRAME LÉVINAS

Odile Jacob
poches

© ODILE JACOB, 2000, MARS 2004
15, RUE SOUFFLOT, 75005 PARIS

www.odilejacob.fr

ISBN : 2-7381-1421-0
ISSN : 1621-0654

Le Code de la propriété intellectuelle n'autorisant, aux termes de l'article L.122-5, 2° et 3° a, d'une part, que les « copies ou reproductions strictement réservées à l'usage privé du copiste et non destinées à une utilisation collective » et, d'autre part, que les analyses et les courtes citations dans un but d'exemple et d'illustration, « toute représentation ou reproduction intégrale ou partielle faite sans le consentement de l'auteur ou de ses ayants droit ou ayants cause est illicite » (art. L. 122-4). Cette représentation ou reproduction, par quelque procédé que ce soit, constituerait donc une contrefaçon sanctionnée par les articles L. 335-2 et suivants du Code de la propriété intellectuelle.

Introduction

Aujourd'hui, beaucoup de ceux qui pensent sur l'éthique – sur les conduites humaines – semblent découvrir le « souci de l'autre » comme une grande nouveauté, alors que depuis trente siècles, dans la vieille Bible gîtent des paroles « radioactives » qui « émettent » tranquillement des appels du genre : *Si ton prochain est en échec, rends-lui des forces ; Souhaite pour l'autre comme pour toi-même* (qu'on traduit un peu vite par : aime ton prochain comme toi-même), etc. Par une sorte de surenchère on en fait un nouvel idéal, une panacée spirituelle, une éthique du tout-pour-l'autre : « il faut » se sacrifier à lui, le remplacer dans ses épreuves, répondre pour lui, reconnaître d'avance qu'on est coupable envers lui...

Purs principes, mais qu'on brandit fermement, quitte à très vite les nuancer de façon massive à partir de l'objection simple : et si tous les autres réclament également leur part de Moi, où vais-je donner de la tête ? ne vais-je pas risquer d'être injuste en donnant plus à celui-ci qu'à ceux-là ? Alors ladite éthique s'infléchit vite, dans les faits, vers une gestion raisonnable, qui calcule les priorités, répartit les *quota*, aboutit même à une théorie de l'État originale : l'État serait, non pas comme l'ont dit les grands classiques, une instance qui prévient la violence des hommes dans leurs déchaînements rivaux, mais l'instance qui empêcherait que dans le dévouement absolu qui les anime, ils n'aillent donner à tout-va, dans une bonté injuste parce que imprudente.

On a donc aujourd'hui un étrange clivage : d'un côté, une éthique du tout pour l'autre, d'une bonté « folle », qui voit dans chacun la transcendance se « révéler » ; et de l'autre, une logique gestionnaire solide et multiforme où ceux qui « ne jouent pas le jeu » ou n'entrent pas dans le bon cadre basculent vite dans le néant. Dans cet « entre-deux » un peu pauvre, la pensée de ce que nous sommes ou de ce qui nous pousserait à sortir de nous-mêmes vers d'autres possibles, semble incongrue, la pensée de nos rapports à l'*être*, dans le vécu et l'invivable qui est le nôtre. C'est qu'elle menacerait le clivage de ces deux pôles, lequel fonctionne à plein sur une étrange hypocrisie qui n'a cure de se questionner : qui oserait dire aujourd'hui qu'il est « contre » l'éthique de Lévinas (symbole de l'éthique de l'autre, celle du don-de-soi, du dévouement « absolu »...)? sauf à risquer de paraître célébrer l'égoïsme que la plupart veulent vivre à fond mais en parlant de choses plus belles.

Eh bien rassurez-vous, ce livre n'est pas « contre », mais il prétend explorer le phénomène étrange, marqué par ce clivage, incarné par toute une mouvance à partir de Lévinas (passant par Derrida, Finkielkraut, etc.) ; interroger ce clivage entre don de soi et gestion des affaires – clivage que les sociétés chrétiennes ont fort bien supporté : entre d'un côté les paroles paradoxales de Jésus et de l'autre la bonne gestion du pouvoir, débonnaire ou implacable ; interroger aussi le drame philosophique de Lévinas dans son rapport en impasse à Heidegger qui l'amena à produire cette éthique. Cela peut nous aider à ouvrir la voie d'une autre éthique, non pas plus réaliste mais autrement plus exposée à l'*épreuve d'être* où la rencontre de l'autre soit un partage et un passage vers d'autres formes du possible et d'autres libertés d'être. Notre fil rouge sera la pensée de l'*être* dans ses ancrages les plus antiques et ses résurgences les plus présentes.

Allons-y. L'« éthique de Lévinas » appelle à « répondre pour l'autre », à être responsable d'autrui, à pouvoir le remplacer dans l'épreuve, à s'accomplir dans l'amour qu'on lui porte, à voir dans son visage l'écriture même de la loi morale et l'interdit de la transgresser. Elle pose qu'on n'est « jamais assez » proche de l'autre... Faut-il vraiment critiquer cela ? Pourquoi ne pas seulement constater que ces appels – notamment au don pour l'autre – sont très voisins de ceux du Christ et connaissent le même sort : ils sont vénérés puis doucement écartés, parce qu'« il faut bien » vivre, qu'autrui veut souvent votre peau, que son « visage » n'est pas toujours très accueillant, qu'il faut « un peu de réalisme ». Le même réalisme qui fit que Lévinas nuança cette passion pour l'autre par un peu de justice : s'il faut tout donner à chaque « autre », comment faire ? On peut disserter là-dessus sans dépasser le vieux clivage entre l'idéal et le réel, de sorte que dans cette éthique on *se déclare* très impliqué sans vraiment pouvoir l'être...

Mais ce n'est pas si simple. Lévinas identifie pensée et éthique – pourquoi pas ? – et son éthique, inspirée par l'Holocauste (comme symbole limite de l'indifférence à autrui) se veut un rempart sinon contre le retour de telles horreurs, du moins contre la lâcheté indifférente qui souvent les conditionne. Elle se veut une riposte radicale à l'égoïsme du sujet qui, bardé de confort et de savoir, ne pense qu'à « être », qu'à affirmer son souci de lui-même, oubliant l'injustice ambiante. Certes elle a des « excès » qui semblent la rendre impraticable voire déréelle. En somme : vous voulez empêcher la barbarie ? Répondez pour l'autre ; devenez des saints. Ailleurs on dit : imitez Jésus. Les effets en furent décevants, comme on sait. Et s'il faut que tout le monde fasse le geste christique pour sauver le monde, celui-ci pourra attendre, c'est-à-dire pourra *souffrir* encore longtemps.

Pourtant, cette éthique, en marge de ses « excès », est un rappel crucial à tous ceux qui sont lancés dans de grandes pensées ou de grands idéaux : le rappel que c'est dans le rapport à l'autre et non dans l'abstraction que le sujet trouve son chemin d'humanité et peut mettre à l'épreuve ses idées grandes ou petites sur l'existence.

Mais ce rappel salutaire – que nous aurons à discuter – bascule d'emblée chez Lévinas dans l'appel à « *répondre* » pour l'autre ; il faut se soumettre à son *regard*, emblème de la détresse humaine, se substituer à lui dans l'épreuve qui l'atteint. De sorte que l'« excès » de cette éthique n'en est pas un, c'est sa logique même, car qu'est-ce que chacun peut opposer à cela ? Son rapport à l'être ? Mais l'*être* n'est autre que le *moi*, dit Lévinas, et ce rapport à l'être n'est autre que notre égoïsme.

Voilà bien le point crucial où cette éthique, nous le verrons, bascule étrangement. Il nous faudra comprendre pourquoi Lévinas a bradé la pensée de l'*être* – qui pourtant dans la

Bible est très intense (le mot clef y étant non pas « Dieu » mais l'être-temps, Yahvé, les mêmes lettres que HaVaYaH : l'être). C'est clairement autour de l'être, de la question de l'être, que s'est joué le drame de Lévinas en ce qu'il a de pathétique : au prix d'un sacrifice de soi, d'un poignant renoncement (à la pensée biblique de l'être), Lévinas, démuni, acculé, fut obligé de se replier sur cette posture fragile – qu'il mit toute son intelligence à rendre extrême, intéressante à force d'être intrigante, mais aussi peu utile qu'une exhortation passionnée : Consacrez-vous à autrui ! votre rapport à l'être, c'est autrui qui le détient ! Vieil appel judéo-chrétien, on n'a même plus à se demander pourquoi, il foire régulièrement et de façon si fracassante.

Ce renoncement à la pensée de l'être se révèle d'autant plus tragique que cette pensée, contre laquelle Lévinas dresse son éthique, fut développée par Heidegger, promu en France par le même Lévinas – qui la rejeta après la guerre devant l'horreur de l'Holocauste et l'option nazie de Heidegger. Simple détail : cette option était connue dès 1933, et le livre *Autrement qu'être*, clef de voûte de l'éthique lévinassienne, date de 1974 ; c'est dire que Lévinas a vécu plus de quarante ans dans la souffrance de l'amputation : il se coupe d'une pensée sur laquelle il s'est fondé, et pour ne pas tomber dans le vide, il développe un moralisme que seule sauve du ridicule son « obsession », son « excès », le forçage même qui en fait un symptôme. Si en outre, on sait que ladite pensée de l'être de Heidegger est ancrée dans la pensée biblique (juive) de l'être, on peut dire que le chemin de Lévinas confine à la *passion* (terme essentiel de son éthique) voire au chemin de croix – sur le plan et du vécu et de la pensée ; chez lui elles furent unies dans la même blessure.

Il s'agit donc de comprendre ce qui a fait produire à un homme une pensée à l'évidence excessive (se sacrifier pour l'autre, répondre pour lui où qu'il soit et quel qu'il soit...), une pensée que son auteur n'a semble-t-il pas appliquée, ne répondant à ce point ni de ses proches ni de ses lointains. Et ses adeptes aussi perpétuent le même décalage : appelant au sacrifice et à la responsabilité pour l'autre sans que cela ait d'incidence dans leur vie, alors que c'est le support de leur discours. La conviction semble aussi sincère que décalée du monde réel. Cela mérite d'être interrogé comme formation singulière du rapport à l'autre.

Que lui est-il donc arrivé ? Pas seulement « la Shoah » ; ou plutôt, elle a chez lui percuté un contexte plus complexe : a) son système de valeurs est au départ très « grec », très « occidental » ; le judaïsme y est mis en marge, non pas refoulé mais écarté, par respect de la vraie pensée, la grecque, appelée aussi philosophie ; b) son rapport à Heidegger : d'abord non critique et de pure admiration, puis de résistance à cause non pas de la pensée du Maître, jamais vraiment critiquée, mais son *attitude* ; c) et sur ce fond, « la Shoah » a fait choc, redonnant dans l'après-coup toutes leurs forces aux sources juives, mais sur le mode christique du sacrifice de soi ; remaniement qu'il nous faudra élucider.

Précisons que Lévinas était fier de décliner l'identité de philosophe – phénoménologue – déclarant qu'il écartait de ses « vrais » textes philosophiques les termes hébreux ou les faits bibliques vu que la Bible c'est de la « foi » et que la pensée, elle, relève de la raison et n'a pas à se laisser guider par la foi. Lévinas, jusque très tard, entérine comme évident le clivage entre la Bible-côté-foi et la « philo »-côté-pensée. Il s'autorise par la suite, quand même, quelques « exemples » tirés du Livre. En outre, dans son être philosophe le poids de Heidegger est lourd, essentiel. Celui de Husserl, quoique invoqué avec insistance, se réduit au principe de la méthode dite phénoménologique : éclairer un phénomène tel qu'il *se donne* à la conscience quand elle l'aborde sous plusieurs angles. Ce fond d'allégeance aux valeurs *universitaires*, essentiel chez Lévinas, évoque le programme que s'imposent certains juifs : réussir aux yeux des autres, dans leur domaine, surtout pas dans le domaine typiquement juif, et faire si bien que l'autre *doit* les reconnaître ; de quoi être, après coup, authentifiés comme juifs, avec un bon clivage entre foi et raison, origine et praxis. En tout cas, c'est sur ce fond « occidental » que lui arrive la catastrophe ; c'est comme penseur occidental qu'il veut affronter l'Événement, avec ses valeurs grecques, celles qui très tôt lui font vénérer Heidegger, lequel a sa carte du Parti nazi bien avant l'Extermination. Certes, après qu'on eut pris la mesure du désastre des Camps, il a des mots tels que : « Heidegger, on peut difficilement lui pardonner. » De fait, là où il y avait à « tuer » le père (qui a doublement triché : en passant au nazisme et en pillant les sources juives sur l'être tout en faisant sur elles, comme sur l'Holocauste, un silence total), Lévinas n'a pas pu l'affronter : de par son système de valeurs, il n'avait ni le libre accès aux richesses de ses origines, au Livre hébreu en tant que lieu de pensée, ni la liberté de jeu par rapport aux repères grecs qu'il arborait comme emblème. Faute de pouvoir tuer le père, il réalise sur lui-même, on le verra, le sacrifice qu'il prône plus tard dans son éthique ; il s'est « tué » comme penseur, produisant une éthique-symptôme où l'amour d'autrui à tous crin cherche en vain où se mettre en acte. Le fait que cette éthique soit intenable n'est pas son principal défaut ; ce pourrait même être un mérite : « une éthique intenable ? qu'à cela ne tienne ! soyons assez forts pour la tenir, ce serait sa valeur même » (!) ; mais c'est qu'elle mène tout droit à des ornières où la souffrance humaine s'accroît de sa méconnaissance.

Nous le montrons plus loin à partir d'un point de vue que j'appelle *éthique de l'être* où il n'y a pas opposition entre éthique et ontologie, car l'éthique est fondée sur l'affrontement entre l'*être* et *ce-qui-est*, entre *ce-que-je-suis* et mes *possibles* – qui, bien sûr, impliquent autrui sous le signe d'*appels d'être* symbolisés, qu'on nomme *lois*. Ces appels, intégrant le passé, puisque l'avenir a besoin du passé pour se mettre au présent, évitent d'en rester aux rhétoriques du « dépassement de soi ». S'il faut dé-passer quelque chose, c'est le carcan de ce-que-je-suis lorsqu'il me coupe d'*événements d'être* aussi cruciaux que ce qu'il arrive à l'autre d'être, lui aussi, non loin de moi, lorsqu'il me coupe – ce carcan – des connexions par lesquelles je *partage* avec d'autres l'épreuve d'être, partage plein de heurts et d'amour, de conflits et de trêves, de maux et de bien-être. On le voit, il ne s'agit pas de répéter la religion sur un mode non-religieux mais de reprendre possession de certains problèmes que la religion a confisqués, parfois courageusement, car il n'y avait personne d'autre pour « faire le travail », pour les penser. Du coup, elle-même ne les a pas pensés, elle les a gérés et gardés intacts.

Du point de vue *éthique de l'être*, je constate que le système de Lévinas est intenable, incohérent, et pourtant : à mesure qu'on le découvre, qu'on l'interprète, on n'a pas grande envie de le dénoncer. On renonce à cette passion de la « vérité » qui nous fait jouir de dénoncer certaines erreurs ; à cause d'une certaine tendresse. Lévinas a été traumatisé par le nazisme, d'un trauma qui a secoué bien des fantasmes, qui les a fait s'effondrer, laissant notre homme désespéré côté pensée et démuni : à nu devant le monde, devant la pensée, pour laquelle il était doué. Ceux qui se piquent d'être plus forts, s'ils passaient par ce type d'épreuves, auraient produit les mêmes impasses. Mais en même temps, n'y a-t-il pas danger que ce tribut payé par lui à « la Shoah » devienne celui de beaucoup d'autres ? Que gagne-t-on à faire de l'Acte nazi le symbole de l'impensable ? Faut-il payer de sa pensée le respect dû aux victimes ? Faut-il la sacrifier pour maintenir l'emblème de la Faute absolue, inexpiable ? Les nouvelles générations exigent peut-être plus. Et c'est pourquoi notre tendresse pour l'homme contraint de produire ces idées n'empêche pas de les critiquer. Il importe que le remède âcre, amer, toxique et discutable qu'un homme a dû produire pour se soigner d'un grand *trauma*, ne fasse pas système et ne soit pas servi à d'autres comme nourriture réconfortante, ou pire : raffinement mondain fait d'exhortation périodique. Et cet appel à se consacrer à autrui pour y « accomplir » l'humain, cet appel que les acteurs de l'humanitaire jouent comme ils peuvent, serait-il notre seule réponse aux violences ambiantes ?

Au fond, ce livre « proteste » contre le fait qu'un penseur subtil, Lévinas, se soit effondré comme penseur sous le poids du nazisme – non celui des SS qui ont détruit tant de corps, mais celui de son maître Heidegger. Cette « protestation », j'ai voulu la rendre utile en ramenant cette éthique à son ancrage dans l'*être-temps*, que Heidegger a confisqué pour le rabattre sur lui-même, sur son fantasme narcissique ; ancrage que

Lévinas a dû lâcher, dans sa fuite en avant, faute d'oser affronter le « père ».

Mais au-delà du cas Lévinas – symbolique d'une certaine impasse – il s'agit de poser des jalons pour *une autre éthique* que celle du sacrifice à l'autre ; je l'appelle *éthique de l'être*, chacun y affronte son histoire sous le signe du mouvement d'être qu'il partage avec d'autres, l'enjeu – modeste mais crucial – étant de ne pas trop s'identifier à ce-qu'il-est mais à ce qu'il est appelé à être.

Cela précise déjà le sens de notre alternative : don-de soi ou partage ? Nous verrons que nul ne *se* donne (à l'autre ou aux autres) sans les capturer dans ce don, dans ce *soi* qu'il leur offre comme s'il l'avait en mains propres. De fait, s'il l'a, c'est comme une idole saturée d'être. Alors l'issue serait-elle dans le partage ? Ici s'impose la différence énigmatique entre partage de l'avoir, ou du gâteau, avec la folle économie que cela produit, et partage de l'*être*. Le partage de soi est entre ces deux partages.

Le but n'est pas ici de « réfuter » l'éthique de Lévinas : ce serait trop facile surtout en partant du *vécu* de l'analyse ou du social qui nous entoure. Le but est plutôt d'interpréter cette éthique dans le drame qui l'a produite, et par là d'ouvrir la voie pour une autre éthique que l'éthique de l'autre, et que j'appelle éthique de l'*être*.

P.-S. La Bible hébraïque est souvent évoquée en tant que Livre, livre-source de la tradition dont Lévinas se réclame.

CONTE MODERNE
EN FORME DE PROLOGUE

1

Timor – Témor

Il est vrai que l'autre nous « requiert », et les appels venant de lui foisonnent ; la scène planétaire lance chaque jour son message assourdissant.

Quelqu'un m'appelle de l'étranger et me dit que son ami, médecin timorien, vient d'avoir la tête coupée, alors qu'il secourait des rescapés à l'Ouest... J'en reçois un choc de fatigue, de ces fatigues qui vous accablent devant la *répétition*. Non pas celle des tueries (après tout, il y a des tueurs, ils peuvent faire masse, ils peuvent même l'emporter de temps à autre, puis être vaincus : ce mouvement de l'histoire n'a pas de raison de nous abattre, au contraire, chacun choisit son camp et se bat pour, et ça avance), mais la *répétition épuisante d'une Scène* : où devant l'horreur massive l'opinion s'émeut, supplie ses *responsables* d'intervenir, et ceux-ci lui *opposent* un... accord total : oui, il faut intervenir, arrêter ça – au Rwanda, en Bosnie, au Kosovo, à Timor... – juste un peu de temps, on s'en occupe ; puis l'horreur s'accomplit, puis on intervient ; l'instance justicière débarque, protège des spectres, met de l'ordre dans les ruines, l'humanitaire panse les plaies ; souvent ses convois viennent dans le sillage des agresseurs : ils sont prévus.

Ce qui fait question, c'est que se répète la même scène où le couple horreur-indignation est bien soudé, où l'exaction accompagne la sainte colère, où deux discours – l'un totalitaire et l'autre humanitaire – s'opposent mais surtout *se complètent* pour reproduire ladite scène. À Timor, il y eut un raffinement de plus qui frise l'abjection : c'est l'instance tierce, les Nations-Unies, représentant la justice, qui encouragea ce petit peuple à *oser* s'exprimer, et quand sa libre expression attire sur lui les tueurs, on le laisse livré à leur feu. Le sacrifice humain massif semble *devoir* se dérouler dans l'émotion générale (chacun est très ému, hors de lui, même les tueurs...) et c'est après sa conclusion que des « mesures sérieuses » sont prises. À la limite, même l'Holocauste des Juifs : les chefs d'États libéraux auraient pu le prévenir, ou l'entraver, mais cela n'entrait pas dans leur cadre, leur *planning*, leur langage ; ils l'ont donc laissé faire, et après, ils ont pris de « solides » mesures pour que « jamais plus »... Or ça recommence, sur d'autres peuples.

Si ça se répète à ce point, c'est que le mal est profond. Un mal distinct mais isomorphe à celui que font les tueurs. Ce mal, je l'appelle *nihilisme*. Les tueurs annihilent ceux qui les gênent ; et les responsables, qui laissent faire, tiennent pour nulles les demandes qu'ils ne peuvent « traiter ». Au fond, le nihiliste est celui qui nie ce qui n'est pas lui, ce qui échappe à son cadre de fonctionnement, et ce qui menace cette négation. Le nihilisme est une variante du syndrome narcissique, individuel ou collectif : ce peut être une instance, un groupe de responsables – d'une entreprise, d'une nation, d'une planète. En cas de crise, quand il y va de la vie d'un homme ou d'un peuple, cette instance ne *traite* que ce qui entre dans son cadre, que ce qui se formule dans son langage : le reste, elle le nie, tout en versant des larmes sincères de crocodile ; ça n'entre pas dans son système, cela n'est pas, pour ainsi dire.

Que la logique d'instances tierces, emblèmes de loi, d'équité ou même de savoir-faire, soit une logique *nihiliste* faisant le tri entre ce qui s'intègre ou pas à son cadre narcissique, cela peut surprendre. Mais souvent ces instances ont laissé massacrer des peuples, des collectifs (porteurs de liens symboliques) pour ne pas troublerce cadre et son jeu ; alors qu'ayant les moyens d'intervenir, elles déclarent n'avoir pas le « cadre formel » pour le faire, et ne cherchent plus à mordre sur le réel. Le nihilisme, c'est de tirer le rideau sur l'*autre* jusqu'à ce qu'il soit annulé comme force d'*être*, et qu'on revienne à des formes intégrables du problème. Cette façon de nier l'autre sans que ça se voie est étrange, car ça se voit, ça crève les yeux. Cette lâcheté pourrit l'air ambiant et se transmet à ceux qui suivent, comme une tare : où l'on tient plus à ce-qu'on-est qu'à ce qu'on-peut-être ; plus à ce-qu'on-*a* qu'au possible de l'*être* qui nous porte et nous traverse.

La même logique sévit en temps de paix dans nos espaces sociaux et en fait des jungles. Quand par exemple la reconnaissance cherchée n'est pas celle de l'être et du possible qui vous reconnaît avec surprise (« Tiens, c'est toi ? », vous dit l'idée que vous cherchez, elle vous « reconnaît », vous donne lieu, vous renouvelle), mais celle d'images qui s'effacent et d'idoles qui se brisent l'une par l'autre dans une course folle, c'est un nihilisme analogue : où, pour exister un peu, on nie tout ce qui n'est pas « soi », on fait tout pour des signes de reconnaissance qui relèvent de... l'*avoir* et non de l'*être*. Au fond, nous réagissons aux crises lointaines comme nous vivons, sur le même mode d'être ; toutes ces formes « raffinées » rejoignent cahin-caha le bon vieux narcissisme où l'on s'identifie à l'*être* (ou au néant car l'*être*, on peut toujours en saisir quelque chose : je *suis* enseignant, je *suis* père, je *suis* amant... Mais : je *suis* rien ou je *fais rien*, c'est insaisissable, avec des airs d'infini). De la même façon : « Ce qui se passe, voyez-vous, on y peut *rien*... zones d'influence, prix des denrées, prix de l'équilibre, investissement, et l'Afrique,... et le fric... tiens, si on les menaçait de bloquer les prêts ?.... Le grand Avoir décidera du possible... » Mais non ! le temps de se décider, le massacre est fait, la Scène est jouée.

Ainsi la *logique du cadrage* – où le jeu de l'être se réduit à l'affrontement entre cadres narcissiques – se révèle nihiliste, meurtrière, éthiquement nulle ; loin de toute idée de vérité. Pourquoi voulez-vous qu'en vous promenant dans la vie avec un cadre, un écran, l'essentiel de la vie passe par là ? Cela arrive, mais c'est rare. Ce qui passe par là, c'est votre évitement de la vie, votre envie de détruire ce qui échappe à ce cadre, y compris vous-même. Nihilisme.

Dans mes recherches sur le jeu et la violence, j'ai montré l'importance de briser cette emprise du cadre, de faire pression pour que l'instance responsable se vive comme multiple, hétérogène, ayant au moins deux langues : la langue de la raison et la langue de la vie ; la langue du calcul et celle de la dignité. Du reste, l'instance meurtrière, elle, apparaît multiforme : entre les tueurs, l'armée officielle, le gouvernement, les forces libérales... il y a « désaccord » : Cela permet à l'État de laisser saigner à blanc un petit peuple pour ensuite jeter l'éponge et accepter qu'une autre force vienne gérer les rescapés.

Cette pluralité de l'instance tierce, *nous* en faisons partie, cela nous impose de lui apprendre plusieurs « langues ». Cette pluralité peut casser le couple pervers de l'horreur et de l'indignation ; et permettre que l'indignation fasse autre chose que de se planter devant l'horreur et de s'épuiser dans l'impuissance. Quant à l'opinion, cela peut lui éviter de digérer bêtement des sacrifices humains géants.

2

Le vrai malaise

Tel est le message de l'Europe aux foules déportées, massacrées, prises en otages par des tyrans – message non formulé mais évident : « Oui, c'est affreux mais on n'y peut rien... si ce n'est vous aider à moins souffrir. Le mal est imparable, mais l'humanitaire l'adoucit. » On entre dans un dédale infini de mesures pratiques, qui excitent les reporters. C'est si complexe que ça calme ces malheureux, ça leur ferait presque oublier qu'ils n'existent plus comme collectif. Ils ne sont plus qu'un grand nombre d'individus, de petites hordes : bouches à nourrir, corps à soigner, moral à plat... Ça évite de penser plus loin, de penser tout court. Allez, pas d'histoires puisque l'*histoire*, on n'y peut rien, sauf la faire avaler.

Le message des Américains à ces mêmes peuples est différent : « Ces horreurs sont intolérables ! On débarque pour que ça cesse ; oui, une raclée, à ce monstre pour l'arrêter. Bien sûr, il faut du *zéro-victimes* dans nos rangs. Comprenez : peut-on dire à nos gars – du Texas ou de l'Arizona – de se faire tuer pour le Kosovo ? » On comprend : le problème est local, régional, européen (ou africain, pour le Rwanda), mais pas *mondial* comme ce fut le cas lors du grand Débarquement : il y allait du leadership planétaire, à ne pas laisser aux nazis ou aux Russes.

Du coup, l'Europe est plus interpellée. En attendant qu'elle « réponde » (on attendra longtemps), ce mélange des deux messages explique les stratégies plus que bancales adoptées (au Kosovo et ailleurs...). Fatalisme de l'Europe, dureté retenue des USA ; stratégies inadéquates qui satisfont les deux messages, entre égoïsme et rétention. Cela fait que l'Europe est en retrait face aux horreurs qui se produisent dans son espace. En répondant à ces peuples en détresse sur un mode qui les annule historiquement, ou qui prend acte de leur effacement, l'Europe s'annule elle-même comme force historique qui intervient pour ses valeurs, celles qu'elle affiche.

Cette « auto-destruction » s'inscrit au moment même où l'Europe s'affirme comme entité ; où avec sa monnaie, elle se donne le change. Donc l'Euro et d'autres signes ne lui donnent pas le souffle d'imposer une loi, ni la force symbolique de poser une vraie limite quand des tyrans « dépassent les bornes », ni l'énergie d'affirmer une dignité quand l'injustice est massive. Comme quoi le courage et l'esprit ne sont pas *déductibles* d'une organisation ; il n'y a pas de structure qui, une fois mise en place, permette d'avoir du cœur et du courage au niveau de ce qui fait *acte*, de ce qui fait prendre une part active à l'événement, plutôt que de se rabattre sur l'activisme qui panse les plaies.

L'humanitaire prend la place d'un *désistement historique* : un vide d'histoire que l'on voudrait entériner ; mais l'histoire ne veut pas, elle se repointe et revient frapper à la porte : « *Histoire cherche sujets pour la vivre*. N'y a-t-il personne ? Pas de souffle historique ? » On repassera. Par ailleurs, des sujets crèvent d'ennui et de déprime parce que aucune « histoire » ne leur arrive ; histoires de cœur et de courage, bien sûr ; y a-t-il d'autres événements ? Une secousse d'être vous atteint, un coup au cœur ; ici, c'est le coup de poker d'un tyran « identitaire ». À se défiler trop souvent, une vague nausée enveloppe les corps et les esprits.

Dans les secousses qui marquent ce siècle, une idée insiste : *on ne peut pas se dérober à son histoire, sauf à n'écrire que l'histoire d'une dérobade*. Elle s'est étalée au grand jour dans la Seconde Guerre ; on n'en a pas fini avec. Et le déploiement humanitaire (fût-il utile) ne peut la camoufler.

3

Quand l'action ratée justifie l'inaction

Scène récente : une enseignante étrangère me raconte que dans le train Strasbourg-Paris une jeune Noire entre dans le compartiment, s'apprête à s'asseoir près d'un monsieur qui soudain s'écrie : « La place n'est pas libre ! » Elle en avise une autre, près d'une dame, celle-ci explose : « Il n'y a pas de place, ici, mademoiselle ! » Enfin, elle pointe une place libre près de l'enseignante, qui l'accueille, mais voilà que son voisin déclare : « Il n'y a pas de place, on vous dit ! – Si, la place est libre », insiste l'enseignante, qui assoit auprès d'elle la fille noire hébétée. Les autres passagers sont mutiques, prêts au rituel du sacrifice. Cette scène, en grand, s'appelle *nettoyage ethnique* : « Pas de place pour vous ici. – Et là ? – Non plus… » Finalement on en trouve une mais entre-temps, violence et lâcheté de ceux qui laissent faire.

Terrible scène du manque de place. Elle se répète tant qu'elle n'est pas reconnue. Quand c'est le *manque de place pour soi*, cela s'appelle chômage ; c'est massif. Et le manque total de place pour l'*autre*, c'est la scène de la haine identitaire. Les nazis l'ont jouée naguère sur le mode radical : *Pas de place pour vous… sur cette terre*. Et ils ont gazé l'autre. Les camps hantent notre actualité, et cela rattache le Kosovo à ce que je nomme *événement du siècle* : où chaque identité se fracasse sur elle-même pour se révéler *autre*. Une brisure qui ouvre parfois les cœurs crispés, qui les ouvre sur *autre chose*. Dommage qu'à la place du cœur l'Europe n'ait que l'euro.

Ces impasses ne sont pas dues à une techno-logique aveugle, à une logique de pures machines dont la force presque autonome annulerait la pensée : les techniques et les machines sont l'œuvre des hommes ; ceux-ci ne sont pas plus bêtes que d'autres : mais leur stratégie aberrante (tout bombarder...) dit leur manie de contourner le problème, d'éluder l'affrontement, de refouler le conflit, d'ignorer l'*autre*, en fait. Et cela se paie : le refoulé revient en force, le conflit est plus aigu. De sorte que tous ces *sacrifices humains*, offerts au tyran qui s'en délecte, sont aussi offerts à une autre idole : *au narcissisme flasque des phobiques de l'acte* ; aux ventres mous à qui l'acte fait si peur qu'il devient impossible : pour libérer le Kosovo *aujourd'hui*, le libérer du manque total de place pour l'autre, il faudra des prouesses.

De fait, tous les peuples mutilés sont les victimes de cette lâcheté légaliste qui invoque l'ordre ou le règlement pour s'empêcher d'agir et qui, quand elle ne peut plus éluder l'action, l'accomplit dans de telles contorsions que ça désespère, et que *l'action foireuse justifie après coup l'inaction lâche*, donne raison à ceux qui voulaient qu'on reste tranquille, qu'on discute encore... Leurs homologues, dans la Seconde Guerre, recommandaient la même chose : qu'on ne s'agite pas, et surtout pas hors des cadres établis, pour des gens qui « de toute façon » sont condamnés. Aujourd'hui, les mêmes voient l'échec de l'Europe dans le fait qu'elle se retrouve derrière les États-Unis. Mais est-ce la faute des Américains s'ils doivent périodiquement venir torcher l'Europe ? Certes, ils sont un peu gourds, ils aiment le coca-cola, mais leur présence en avant est le signe que l'Europe, plutôt que « faible », a des « faiblesses » pour l'ordre en place et pour la botte (comme en 40) ; des faiblesses pour cette douce mauvaise conscience qui fait qu'après l'horreur on se demande : comment une chose pareille est-elle possible ? comment est-elle même « pensable » ? ! Allons, c'est pensable et ça se répète. Ces mêmes faiblesses, pendant la guerre, ont forcé les États-Unis à venir libérer l'Europe de ces deux mêmes idoles : du tyran et du quant-à-soi ; de la trique et du ventre mou. (Certains leur en veulent encore pour ça : les gens veules en veulent à leur libérateur, sauf s'il devient leur tyran.)

La phobie de l'acte, doublée d'une phobie de la loi, est le fait de gens, au demeurant très raisonnables, pour qui l'homme doit servir la loi et non la loi faire vivre les hommes. C'est une vaste pathologie qui trame notre actualité et que l'on retrouve au quotidien, par exemple dans cette peur obsédante de la violence qui bien souvent ne fait que la redoubler.

Chapitre premier

QUESTIONS D'ÊTRE

1

L'erreur sur l'*être*

***L'être** serait-ce le moi ?* L'être, qui fait « être » tout ce-qui-est et qui traverse tout ce-qui-est, Lévinas le réduit à l'exigence d'être-identique-à-soi ; il dit souvent : « l'être c'est-à-dire le moi » car pour lui le moi n'est rien d'autre que le vœu de persister dans son être. L'horreur de l'être, qu'il proclame, est donc ce qu'on appelait naguère l'horreur du moi (on le disait « haïssable » mais il s'est toujours bien nourri de cette haine). En tout cas, l'être étant borné au moi, on comprend que celui-ci, s'il veut sortir de son égoïsme, n'a rien à attendre de son rapport avec l'être si ce n'est, à la rigueur, une fascination de son « être-pour-la-mort » et autres nombrilismes. Il n'a plus qu'à se tourner vers l'autre, vers autrui, dans un face-à-face où devrait se déployer une relation « authentique » dont les moteurs s'affineront peu à peu : je dois répondre pour l'autre, je suis coupable envers lui, son regard me dicte les interdits majeurs, etc. Bref, tous les démêlés qu'on peut avoir avec l'être seront projetés sur l'espace du rapport à l'autre, puisque l'autre remplace l'être.

Pour nous, il y a erreur sur l'*être*, et elle est si énorme que seule peut l'expliquer une cause profonde et affective.

L'erreur est simple : l'être, pour le sujet, c'est à la fois ce qui le porte et le traverse ; son rapport à l'être comporte donc ce-qui-est identique à soi *et* ce qui pousse à en sortir. Ainsi, ce pour quoi Lévinas écarte l'*être*, c'est justement ce pourquoi l'être s'impose comme appel à sortir de soi, sortie qui résulte du contact même avec l'*être* qui nous traverse. Dans notre analyse des *Dix paroles* [1], dès la première, l'*être* se pose comme ce qui nous sort de l'esclavage de ce-qu'on-est ; ou plutôt, comme ce qui nous sort de ce-qui-est car ce-qui-est serait pur esclavage

1. Voir « Pour une éthique de l'être » dans *Les Trois Monothéismes*.

sans l'appel d'*être* qui nous appelle à en sortir – et donc à rencontrer les autres qui sont en proie à cette sortie. C'est en quoi le rapport à l'être, s'il est vécu dans l'ouverture, implique l'*altérité* lévinassienne, et pas l'inverse : celle-ci n'implique pas de penser l'être. Le rapport à l'être implique l'altérité dans l'écart de soi à soi ; elle est donc intrinsèque même si elle ne prend acte que dans l'espace de la *rencontre* avec un autre.

De sorte qu'il n'y a pas à « couper » l'*être* par le souci de l'*autre* : ce souci est déjà là, bien sous les yeux, pour qui vit le rapport à l'*être* sans s'isoler du monde ni se couper des autres.

Ayant donc rejeté l'être, Lévinas fait comme si le rapport à l'être était la quête d'« un soi qui ne se serait que soi » (*sic*). Or ce rapport, dès lors que le sujet ne s'y prend pas pour le tout de l'*être* (auquel cas, pour lui, il n'y a plus d'*être*), ce rapport à l'être implique de reconnaître qu'il y a de l'autre en soi et que, dans l'autre ou dans l'être qui le dépasse, qui lui est *autre*, le soi est appelé à advenir. Ainsi, dire que « l'Autre [est] dans le Même » est évident, c'est bien pour ça qu'il y a de la haine identitaire ; mais l'Autre existe dans le Même non du fait d'une « assignation à répondre d'autrui », mais parce que le même s'altère dès ses premiers rapports à l'*être* ; à l'*être* comme fonction qui, au cœur de « notre » être, se déclenche en tant qu'Autre.

C'est pourquoi l'*Autrement qu'être*, concept majeur de Lévinas par quoi il veut contourner l'*être*, fait question : comment l'« autrement qu'être » *est*-il en dehors de l'*être* ? ou « au-delà de toute référence à l'être » ? L'autrement qu'être est une modalité de l'être : l'être s'altère à souhait dans les mouvements où il existe, chaotiques ou réguliers ; l'être comme potentiel de possibles, et non l'être réduit à « moi » par tel coup de force narcissique.

Se substituer à l'autre ? Pourtant Lévinas en vient à l'idée de *substitution* : le sujet doit remplacer l'autre dans les épreuves de son histoire, il doit se vider de lui-même pour faire place à cet autre ; son « assignation » à répondre pour l'autre doit l'amener à « se vider de son être »[2]. Il s'agit donc

2. *Autrement qu'être*, p. 145.

d'un sacrifice où l'on donne « son être » à l'autre : mon être pour son malêtre ; je donne mon être pour que l'autre soit. Substitution. Lévinas y voit le secret du psychisme humain. Certes, nous savons par ailleurs que s'y rattachent la métaphore, le transfert, et l'effet symbolique de « l'un pour l'autre ». (Ou : l'un à la place de l'autre ; l'un *sous* l'autre dit la Bible : il sacrifia le bélier *sous* son fils, pour dire : à la place de.) La substitution est au cœur du symbolique en tant qu'il extrait le sujet d'une posture mortifiée ou exclut et le réintègre à la vie par un acte... « symbolique ». Mais pour Lévinas, la substitution doit être « réelle » : le sujet « vidé de son être » « accueille » l'autre en lui comme une mère fait place en elle à son fœtus.

Or l'être c'est aussi du vide, et le contact avec l'être implique par à-coups un certain *évidement*. C'est même cet évidement récurrent et ses secousses qui appellent aux substitutions et autres symbolisations. Mais Lévinas ne voit qu'égoïsme dans le cramponnement à soi pour « garder » son identité, alors que celle-ci, dans son processus, comporte et le geste de s'y cramponner et celui de s'en dessaisir pour passer outre. Il voit dans la substitution l'acte de se substituer à l'autre pour que l'épreuve qui est la sienne puisse avoir lieu en nous dans de bonnes conditions. On donnerait de sa texture à l'autre pour qu'il puisse écrire son texte commodément. Parfois Lévinas appelle cela *sainteté*[3] et parle souvent de « donner sa peau à l'autre », sa peau comme support et contenant.

De fait, s'il fallait imiter les saints (mais le faut-il ?), on verrait que leur génie n'est pas de se sacrifier à l'autre mais d'accéder à une telle ouverture sur l'*être*, un tel *rayonnement d'être*, qu'ils en transmettent une parcelle à ceux qui les approchent. S'ils se sacrifiaient à l'autre, ils l'écraseraient de leur sacrifice. C'est plutôt leur existence, chargée d'intenses ruptures, qui instaure un potentiel symbolique. En cela elle « répond pour » l'entourage, au sens non pas où elle comble les déficits d'autrui mais où par elle-même, par la force de sa

3. *Ibid.*, p. 142.

référence et de sa présence dans l'*être-temps*, elle aide les autres à trouver un appui, un espoir. Lévinas invoque le Talmud, pour qui les enfants qui étudient le Livre sauvent le monde. Pourquoi pas ? En tout cas, ils lui font du bien, ils créent pour lui un répondant ; mais « répondent »-ils *pour* autrui au sens qu'il donne à ce mot ? De même l'idée talmudique que le monde subsiste « à cause de trente-six justes » : est-ce parce qu'ils se dévouent aux autres ? ou parce que leur existence est un bien pour les autres, par des voies à la fois claires et mystérieuses ? Selon la Tradition, ils « intercèdent » : ils suscitent des appels d'*être* favorables, des appels de vie ; ils greffent des appels là où la surdité ambiante provoque l'étouffement. Leur existence, comme rayonnement symbolique, est *garante* de ce qu'*il existe* d'autres modes d'être que l'ordinaire. À ce titre elle fait du bien, sans « sacrifice ».

Ainsi, même face aux traditions religieuses, Lévinas surenchérit : pour lui, le rayonnement du saint est d'aller répondre pour l'autre et de se sacrifier à lui. Or il se peut que ce rayonnement, cette existence, comme ouverture sur l'être, donne aux autres du répondant, leur épargne des sacrifices dès lors qu'ils s'ouvrent à leur tour à la part d'être qui serait la leur, devant cette « étrange » existence.

En renfort au sacrifice et à « donner sa peau à l'autre », Lévinas invoque la maternité : la mère a bien son enfant dans la peau. Certes, mais ce rapport essentiel n'est qu'une étape dans le lien plus vaste de la mère à l'enfant, où l'enjeu est de faire certaines séparations – qui ne sont pas des ruptures, qui doivent créer des entre-deux où l'enfant répond pour lui-même, quitte à connaître des angoisses et des doutes. Et la mère y apprend à répondre pour elle-même, comme femme, sans s'appuyer sur son « sacrifice » à l'enfant, car lui ou elle risque d'y passer. Il y va non pas de leur autonomie réciproque mais de leur liberté de vivre. Pour Lévinas au contraire, le sujet est « obsédé » par le souci de l'autre, « persécuté » par ce souci, comme la mère qui inclut son enfant : censée lui donner l'« intégralité » de sa vie, sa « patience infinie », etc.

Cette maternance assez fictive (où manque l'aspect possessif, voire dévorant, pourtant connu), Lévinas pose qu'elle est « requise » de tout sujet que là est notre vocation « humaine ». Il semble prendre à la lettre des mots d'amour que lance une mère à son enfant : « Ah qu'on me sacrifie pour toi ! » (mot courant en judéo-arabe ; or la même tradition a un proverbe moins naïf : l'ange de la mort se présente dans une maison où une mère disait ce mot à son enfant malade : « Que je sois sacrifiée pour toi ! » L'ange se prépare à prendre la mère, elle s'affole n'étant pas prête à mourir, et lui lance : « Le malade est dans l'autre chambre ! »). Le modèle maternel est donc prégnant, il « sert de fil conducteur à la pensée de la vie du sujet » nous confirme une disciple[4], qui pense que dans ce modèle l'autre « commande » au sujet la *substitution* c'est-à-dire le sacrifice, le don de soi. Mais peu d'enfants se sont remis de ce don-de-soi que fit leur mère.

Face-à-face et drôle de « tiers ». Lévinas parle de « couper » l'être par le souci d'autrui, par la proximité à l'autre. À entendre : couper le moi et son enflure – sa « plénitude » – par un peu de souci pour l'autre. Or, si l'être c'est le moi, l'appel revient à dire : Pensez un peu aux autres ! soyez moins égoïstes. (Mais ne faut-il pas se demander pourquoi ce n'est pas entendu ?) Et si l'être n'est pas le moi ? Si l'être est ce qui fait être tout ce-qui-est, qui donc porte le moi, le traverse et le déborde ? Alors il est d'emblée « coupé » par les cassures, les traversées, les secousses – auxquelles bien sûr le moi résiste par peur de se perdre, par angoisse d'être sans repère ; mais la lutte est ouverte et l'épreuve indécidable. Son enjeu éthique est clair : que le sujet ne se referme pas sur lui-même – il perdrait le *reste* de son *être* et de son histoire ; qu'il intègre sa mémoire à son avenir.

Ce rejet de l'*être* a pour cause Heidegger ; les prétextes n'en manquent pas : le maître allemand ressasse que le *Dasein* (l'être-humain) est d'abord *soucieux* de sa mort comme de sa « possibilité ultime ». Cela fait partie de son syndrome narcissique : le maître se prend pour l'être pensant. Mais après tout, c'est lui qui s'y prend, il ne détient pas la question de

4. C. Chalier, *Lévinas* (p. 138).

l'être, n'en contrôle pas les avenues. Son *Dasein* (être-*là* de l'homme, forme localisée de l'être) peut bien se fasciner sur sa fin et en oublier le reste, c'est sa façon de voir, c'est son fantasme, il ne fait pas loi. Est-ce une raison pour rejeter l'être ? C'est chez Heidegger, surtout à certaines époques, que l'être se confond avec sa clôture narcissique, celle qu'incarne le penseur. C'est chez Heidegger qu'il s'agit d'un mode d'être ouvertement narcissique. Mais c'est bien ce qui exaspère Lévinas qui a beau jeu de clamer : plutôt que de ta mort, soucie-toi de la vie des autres, de ceux que tu as devant toi, face à toi. D'où le thème écrasant du face-à-face.

Ce thème, il le nuance tout de même en imposant un tiers, sous forme d'instances sociales qui mettent un peu de bon sens dans la folie possible du face à face avec autrui. La raison qu'il en donne est touchante : ce don passionné pour l'autre pourrait léser les autres, ceux qui sont loin... Donc, il faut du tiers organisé qui tempère et compense. Du coup, avec le tiers sous forme sociale instituée, cette éthique devient banale voire décevante : tous ces raffinements de pensée pour s'en remettre aux institutions, prétendues objectives ? Comme si elles aussi n'avaient pas leurs préjugés, leurs prétentions narcissiques... N'est-ce pas leur instance, jointe au social, avec son besoin de calme et de compromis, qui fit le lit de la barbarie ? Alors ce drôle de tiers sera nuancé par un appel à l'« intériorité », au questionnement moral, appel à ne pas se déterminer « par les seuls facteurs politiques... ». Bref, un peu de morale, chères institutions...

Étrange, de prendre pour tiers l'institution et de compter sur sa morale. D'autant que l'expérience analytique en a dit long sur le tiers symbolique. Au-delà du tiers comme langage – cher aux structuralistes et dont la force symbolique peut se révéler assez réduite –, il s'agit du symbolique comme passage du deux au trois. Déjà dans le rapport à la mère, il faut *du tiers* qui lie et qui sépare, qui ouvre l'autre – la mère – sur un ailleurs ; il faut *du père*, par exemple. Du tiers dans le couple aussi, y compris le couple que l'on est avec soi-même et sa psyché, d'où émerge un appel à être entendu. Faut-il balayer tout cela, pour maintenir le face-à-face avec pour tiers les institutions « raisonnables » ?

Le bien d'autrui. Lévinas dit que son éthique (du sujet *voué* à l'autre), on ne la décide pas, on y est poussé, comme par une vocation ; car elle exprime « la bonté originelle de la création », elle signifie qu'avant de « prendre pied dans l'être », l'homme appartient à l'ordre de la bonté. Comment peut-on *être* bon avant d'être ? Pour accéder à l'*être*-bon de la création, ne faut-il pas déjà s'engager dans l'*épreuve du rapport à l'être*, accéder à l'*être* créatif ? N'est-ce pas dans le mouvement de faire sa vie, de la recréer, qu'on peut faire preuve de bonté, c'est-à-dire trouver que « c'*est* bon » sur un mode qui convient à l'*être* ? Même le Créateur de la *Genèse*, l'*être-temps* trouve que sa création « *est* bonne » en s'engageant dans le mouvement d'être qu'elle suppose.

Mais Lévinas prend le raccourci : le bien, dit-il, *c'est* de se dévouer à l'autre. À la limite, si quelque chose doit se créer, c'est ce dévouement, ce don pour l'autre, cette substitution. Il spécialise l'être-bien : c'est ce qui s'oriente vers autrui ; ou plutôt, puisque l'être c'est le moi et qu'il faut l'écarter, il reste le lien à l'autre et c'est cela l'être-bien quand c'est un don de soi à l'autre. La souffrance d'autrui, dit-il, constitue une « mémoire qui précède toute mémoire ». Qu'est-ce donc que ce temps où la souffrance d'autrui est dans l'origine de nos vies ? Est-ce l'élan semi-conscient de Lévinas pour « refaire » sa vie psychique en prenant pour origine la souffrance des siens ? Son geste pathétique, impérieux, impréparé, est poussé par une vocation : par la voix *des autres* qui crie en silence. La réalité ne lui laisse pas le temps : après tout, il aurait pu engager ce travail, cette mutation, dès 1933-1934, quand Hitler arrive au pouvoir et que Heidegger entre au Parti nazi. Mais son échelle des valeurs était déjà trop bien fixée : le monde grec, la métaphysique, la phénoménologie… L'hébreu c'est pour chez soi, souvenir pieux et inspirant, la pensée est grecque. Cette échelle de valeurs mettra près de cinquante ans à se nuancer, arrivant jusqu'à l'idée… que la Bible est « nécessaire à la pensée » (ce n'est toujours pas *de la* pensée mais c'est « nécessaire à »). Impossible de briser cette échelle de valeurs dès 34 : avec quoi l'aurait-il fait ? Ni dès 45, quand c'est le poids écrasant de la souffrance et du réel qui tomba comme une chape.

Cela dit, est-il vrai qu'à l'origine de votre mémoire, la précédant, il y a la souffrance d'autrui ? Et si à l'origine de votre mémoire il y avait vos traumas, et non pas ceux d'autrui ? Plus tard seulement vous apprenez que les vôtres s'articulent sur les siens. Cette éthique contredit donc l'engendrement de l'humain tel que l'histoire et le vécu nous en témoignent. En mettant l'autre quelconque dans mon origine absolue, j'oublie que, lorsqu'il y est, c'est de lui que j'émerge, que je me sépare, pour prendre pied dans le mouvement d'être ; de « lui » ou plutôt de certaines formes d'altérité qui m'ont fait naître. Mais on comprend qu'ayant rayé l'*être* (confondu avec sa clôture narcissique), cette éthique a du mal à penser l'être dans le *temps*, et l'histoire du sujet comme plongé dans l'être-temps où il se bat à coups de ruptures et de fusions pour déjà exister.

Lévinas insiste : nos rares îlots d'humanité nous rattachent à l'idée de bien. Mais qui en doute ? Le problème est dans le fait que chacun part pour faire du bien – à d'autres ou à lui – et que dans l'ensemble ça fait très mal. Nous savons tous que l'« âme humaine », malgré l'opprobre et la détresse, peut *entendre* l'appel du bien. Même le criminel et le délinquant entendent cet appel, mais leur geste signifie qu'ils sont forcés d'y être sourds, par vengeance, parce que d'autres leur ont *fait* mal. Si nos actes font du bien, ce bien nous atteint en même temps qu'il fait le détour par quelques autres : est-ce à dire qu'il *consiste* dans ce détour ? Le bien que vous faites déborde l'autre en même temps qu'il vous déborde : son ressort est-il la souffrance d'autrui ou le détour qu'elle fait en éveillant en vous un certain manque qui vous atteint autant que lui ?

Revenons aux enfants qui lisent le Livre. Est-ce qu'ils « répondent » pour les autres au sens où ils se sacrifient et prennent sur eux le manquement des autres ? Leur manquement à l'*étude* par exemple ? Certes, ces enfants qui étudient le Livre de l'*être* – au sens large – « répondent » de quelque chose et répondent pour ceux qui cherchent un répondant ou un espoir puisqu'ils maintiennent vivante la loi de l'*être* (dont le Livre est un symbole) ; ils la maintiennent par leur étude qui symbolise l'ouverture sur l'*être* infini. Pourquoi dire qu'ils se sacrifient ? Sur ce, Lévinas pointe la référence biblique qu'il préfère pour son éthique ; c'est *Isaïe 53*, elle est tardive et pré-christique : y surgit pour la première fois l'idée du *serviteur* qui prend sur lui les péchés des autres ; sa blessure à lui serait le signe de leur guérison. C'est ce texte et d'autres du même ordre que Jésus incarnera. En toute logique, Lévinas dit la vérité de son éthique : il faut être le Messie des autres ; être humain, c'est être sauveur, *consolateur*, messie. « Le fait de ne pas se dérober à la charge qu'impose la souffrance des autres définit l'*ipséité* même. Toutes les personnes sont le Messie [5]. » La tradition juive, elle, a mis le messie très loin, à l'infini, comme un point idéal – nécessaire à penser mais qu'on ne doit pas incarner. À sa place vide, dans le creux où manque cette incarnation, la parole symbolique opère : elle tire de sa mortification l'être souffrant, elle fait la substitution, comme le bélier substitué à Isaac dans la scène du non-sacrifice. C'est une chose de symboliser la souffrance, de la reconnaître, d'aider à la déplacer, d'empêcher qu'elle s'enkyste sur le mode mortifère, c'en est une autre de la prendre sur soi pour que l'autre en soit déchargé. Sur ce point crucial, *la dimension du symbolique est écartée mais on garde curieusement son repère essentiel : le don et la substitution, que l'on rabat sur le réel du sacrifice.*

Mais ce qui spécifie l'homme, est-ce d'être un « animal rationnel » ou d'être producteur de symbolique ? Partager avec l'autre ce symbolique, lui ouvrir cette dimension quand il en est exclu, Lévinas le remplace par l'appel à donner sa peau, à se sacrifier pour l'autre. Cela veut dire qu'il avait du symbolique une piètre idée, celle des métaphysiciens qui ont remplacé le symbole par le concept, l'acte de délivrance par la ratiocination, l'accès à l'être et au devenir par l'opération logique ou par la mise en place de Dieu comme Être suprême. Leurs descendants en ont reçu la « punition », de plein fouet :

5. *Difficile liberté*, p. 120.

la science leur a retiré le concept, qu'elle fait travailler pour son compte, et eux lui courent après pour remettre en concepts ce qu'elle-même conçoit très bien. Elle les met donc à sa traîne, sauf quand ils versent tout le potentiel symbolique au compte d'un concept suprême : Dieu, ou telle idéologie. Lévinas, lui, a souffert d'une sanction plus dure : trahi comme Juif par la nouvelle philosophie, celle de Heidegger, il lui faut s'amputer d'elle et se couper de son potentiel symbolique de même qu'au début, pour être plus reconnu, il s'était coupé du champ symbolique de la Bible, le sien, en même temps qu'il doit se couper du sujet de la métaphysique (et bien sûr, du sujet de la psychanalyse : par méfiance de philosophe envers cet univers trop proche). Il ne lui reste qu'à construire – seul, à partir de sa seule souffrance et de son cri intime – quelques germes de symbolique qui relèvent de l'exhortation, du pur appel à la bonté – toujours audible et presque toujours écarté.

Au fond, la démarche de Lévinas est à l'éloge du christianisme au sens suivant : lorsqu'on n'a plus la pensée de l'*être* (ancrée dans l'Ancien Testament) et qu'on doit rompre avec la phénoménologie, tout en prenant ses distances avec la métaphysique, sans pouvoir se rabattre sur une science ou sur l'épistémologie, il reste une morale d'inspiration christique (distillée au coup par coup : se sacrifier pour chacun, pas pour tous à la fois) ; se consacrer au bien d'autrui.

Il reste de l'**être** ***au-delà de « moi ».*** Insistons-y : que le sujet en passe par l'Autre pour exister et désirer, c'est évident symboliquement : mon désir le plus intime me vient de l'Autre ; mais qu'on soit subordonné à tout autre est un coup de force, un passage à l'acte... fictif où il s'agit de célébrer un symbolique inaccessible. Le fait que ça ne tienne pas est secondaire ; l'essentiel est que Lévinas ne retient du symbolique que sa forme religieuse. Et comme garant du symbolique, il veut le sacrifice réel. Pour lui, le salut c'est « mon pouvoir de supporter la souffrance de tous[6] », et ce pouvoir

6. *Ibid.*

« interrompt » ma « persévérance dans l'être » (c'est-à-dire limite mon « moi ») ; il l'interrompt par la bonté.

D'aucuns ironiseraient : « la souffrance de tous », on la supporte très bien ; et ces appels à la bonté, au refus de l'égoïsme ou de la violence ont fait la preuve de leur vacuité ; ils sont écartés par chacun dès qu'il invoque les *circonstances* : « sans mon égoïsme j'aurais péri ce jour-là, sans profit pour qui que ce soit... »

Mais revenons à l'*être*. On peut le chercher – et il opère – en profondeur ou en surface ; il est surtout aux *passages* entre ce-qui-est et ce-qui-*peut*-être autrement ; entre ce-qui-fut et les façons dont « ça revient »... Dans « ce-qui-est » s'exprime la matérialité : la présence, la forme, l'objet, le sujet, le prochain... ; dans « ce qui peut être » se déploie le hasard, le jeu du possible dans le temps et l'espace, à des niveaux variés de découpes singulières. Dans ce-qui-fut il y a une part de la mémoire sachant qu'elle est ouverte sur ce qui est appelé-à-être, même s'il reste en retrait. Et ces *passages* sont souvent inorientables : on va vers l'avenir et l'on tombe sur du passé ; on plonge dans celui-ci et c'est un abîme d'avenir. Ce qui distingue notre approche (que j'appelle *éthique de l'être*) de l'ontologie classique et de ses critiques, de Heidegger aussi qui cherche l'être *de* ce-qui-est, dans ce-qui-est, c'est que nous cherchons l'*être* qui porte *et* qui traverse tout ce-qui-est. Et s'il y a une chance d'échapper à l'entrechoc narcissique où chaque « moi » veut imposer sa tyrannie – ou celle de son symptôme –, c'est dans la mesure où *chacun a, au moins en mémoire, un rapport à l'être qui l'ouvre au-delà de ce-qu'il-est, à supposer que cette ouverture ne soit pas trop angoissante. Si, en outre, elle rayonne un certain lien symbolique, un certain amour de l'être en tant qu'il porte et qu'il dépasse tout ce-qui-est, on peut penser que la lutte à mort pour réduire l'autre ou l'effacer risque de passer au second plan.* Bien sûr, cela s'apprend, le respect de l'*être*, du *reste* d'être qui n'est pas dans ce-qu'on-est ; ce reste qui chez le narcisse se réduit au pur déchet.

Là-dessus, un simple exemple : un philosophe [7] s'intéresse

7. F. Dagognet.

aux détritus ; il y met sa « protestation contre une société gaspilleuse, qui croule sous ses propres déchets, qui jette tout et méprise par là-même ceux qui n'ont rien ». Or le geste de jeter est plus sérieux, il est au passage entre l'*avoir* et l'*être*, au seuil entre ce-qui-est et le jet voire le projet où autre chose viendrait à être. Ce geste concerne ceux qui ont « de quoi » tout comme ceux qui n'ont rien. Les premiers ont souvent du mal à jeter, ou à rompre ou à mettre à l'écart, surtout s'ils vivent leur *être* sous le régime de l'avoir. Et ceux qui n'ont rien peuvent tenir à ce rien, à ce peu qui leur évite la question d'être. Le geste du jet, sans doute fondateur de l'objet, instaure un rapport à l'autre mais aussi – et c'est crucial – un rapport à l'*être*, en tant qu'il est en devenir : je ne suis pas ce que je jette, mais j'y ai mis une trace de moi. En jetant, j'évite d'*être submergé*, intoxiqué par ces restes, mais je reste perplexe sur mon avenir : vais-je n'être qu'un simple relais de ces « richesses » qui passent par moi, de ces matières qui se consomment et qui se jettent ? Que vais-je devenir d'autre ?

Qu'il y ait dans ce qu'on jette une part de soi (et de ses espoirs rêveurs, comme quand on jette les restes après une fête), c'est clair : en témoigne l'enfant autiste qui a du mal à jeter un ballon, à s'en séparer. Ou le tout-petit, pour qui cette coupure n'est pas simple ; il ne peut pas se la permettre, il y passerait – être et avoir confondus –, dans le jet ; ou alors, sa part d'être qu'il a du mal à limiter irait se perdre dans l'autre, comme un fleuve dans la mer.

Mais alors, quand on demande au philosophe ce qu'il apprend de son rapport à ces déchets et détritus, il répond que cela concerne notre « passage » et notre « présence ». Tout juste, mais ce n'est pas seulement de notre passage comme déchets possibles et de notre présence comme non-déchets. Il s'agit du *passage de l'être à travers nous*, laissant d'une part des déchets, d'autre part des appels-de-vie. Il s'agit de notre *présence* à cette épreuve, et par là de nos traces dans l'être. Même les objets ne font que ponctuer notre histoire dans l'*être* comme trajet de nos devenirs, à nous, sujets individuels ou collectifs. Si, à travers les objets et les traces, le sujet cherche à savoir un peu au-delà de ce qu'il dit ou de ce qu'il tient (bien en main...), sans même parler de refoulé ou d'inconscient mais de ses appels ou rappels d'être, il est clair que cela relève d'*une quête de l'être à travers et au-delà de ce-qui-est*. C'est par là que s'ouvre à nous une autre éthique que l'éthique de l'autre (du sacrifice à l'autre).

Car malgré sa finitude ou plutôt à travers elle, l'homme est marqué par un principe d'infini : par un rapport avec l'*être* en tant que l'*être* est potentiel d'événements, appel à les symboliser, à les *passer*. L'espace de ces rapports est de dimension infinie, même s'il n'enserre ou n'entoure que la finitude humaine.

2

Le refus de l'être

***Captif de l'*être *ou de sa part d'*être** ? Lévinas décrit l'enfant insomniaque dans le noir, écoutant la nuit ; il le voit en proie à la forme « anonyme » de l'être, à « de l'existence sans existant ». Pour nous, il est en proie à… l'être-noir, donc à une forme d'*être* nommable, déterminée. De ce fait, si une différence n'apparaît pas qui permet de se repérer, de se chercher, on comprend que l'enfant soit pris d'angoisse : son Autre devient le noir, l'être-noir, tyran opaque et illisible, omniprésent et absolu, totalitaire. Si au moins une lueur se montrait entre les rideaux, si une voix se faisait entendre au loin, il n'en serait rien. Le plus-de-vie qu'il se donne par l'insomnie doit suppléer à l'aspect glauque de cet Autre qui l'enveloppe et qui, s'il était plus « vivant », plus animé, serait digne de veiller sur lui et lui éviterait de veiller sur lui-même – d'être insomniaque.

L'*événement d'être* ne se réduit pas au fait d'être là, ou à l'idée d'exister : c'est une secousse de l'*être* qui vous atteint, vous révèle que vous aussi vous êtes une part d'être lancée dans le jeu de l'*être*, un et multiforme ; lancée en vue d'être autre chose que ce que vous êtes.

En tout cas, dire que dans le noir nocturne ce dont on a peur c'est de l'être, est une erreur. Dans le noir vous n'êtes pas devant l'*être* comme fonction ou devant l'idée du possible déployé et multiple, mais devant *un Être suprême tout noir* qui vous voit et vous enveloppe sans être vu par vous, un monstre qui peut vous avaler, vous assimiler si vous oubliez… que c'est impossible ; si vous oubliez vos soutiens symboliques.

Étrange erreur de réduire l'être à l'être-noir, et de convertir l'horreur du noir (chez l'enfant phobique) en horreur de l'*être*. Lévinas fait cette erreur car son horreur de l'ontologie l'emporte sur son savoir. Il y tient : « Cette impossibilité pour le moi de ne pas être *soi* marque le tragique foncier du moi, le fait qu'il est rivé à son être[1]. » Ainsi, on part d'un principe d'identité : le moi c'est le moi, il ne peut pas être autre que lui-même ; et soudain c'est tragique parce qu'il est rivé à son... être. Or l'humain n'est pas réduit à son moi, il a dans sa vie consciente ou inconsciente maintes façons de ne pas être réduit à lui-même ; ne serait-ce qu'en étant « hors de lui ». Bien sûr il est rivé à sa part d'être, mais son plongement dans l'être ouvert – dans son possible – est bien plus vaste. Le tragique pour quelqu'un, c'est moins d'être rivé à « son » être que de se couper de ses possibles, de ses ouvertures d'être qui sont infinies, de s'en couper par des coinçages phobiques ou des passifs non surmontés de son histoire. *Ce n'est pas de l'*être *qu'il est captif, c'est parce qu'il est captif d'une part de lui qu'il ne peut pas s'ouvrir à l'*être *ni entendre les appels d'*être *qui le sortiraient de ce-qu'il-est ; ou qui lui en donneraient l'idée.*

Sur une question aussi vive, celle de l'être, il est curieux que l'opposition entre Heidegger et Lévinas se réduise à ce faux dilemme : angoisse du néant ou capture dans l'être ; Heidegger pointant l'être-pour-la-mort, et Lévinas la réduction de l'être au moi. On comprend vite que d'autres raisons, symboliques et affectives, historiques et politiques, ont fait tourner court le débat, Lévinas posant que l'*être* est « horrible », alors qu'il est aussi horrible que merveilleux. Et si au lieu d'affronter l'être-noir, l'enfant était dans une atmosphère où l'oxygène est rare, assez proche du vide, donc d'une forme très simple de l'être, on aurait dit : l'être est asphyxiant...

Cette erreur a des suites logiques : si l'*être* est horrible et si le moi est captif de lui-même (ou de l'ennui d'être *soi*) il n'y a plus que l'autre pour « sauver » la situation ; autrui ; même si on ne fait qu'en parler.

Reprenons la fameuse scène de Sartre[2] : « Je suis dans un jardin public... une pelouse, des chaises... Un homme passe près des chaises... » et déclenche en un clin d'œil une vraie catastrophe : le *je* perd sa « liberté pure », il « bascule dans la chute, l'aliénation, l'enlisement, le malaise ». Mais en quoi

1. *De l'existence à l'existant*, p. 142.
2. Voir *L'être et le néant*.

était-il plus libre seul ? Était-il libre de rencontrer quelqu'un ? Cette liberté nouvelle lui vient quand l'autre arrive – avec certes d'autres problèmes... Or on nous dit qu'il lui faut maintenant « récupérer son être », comme si l'autre le lui avait fait perdre. Étrange idée de l'être, car il n'a ni plus ni moins d'être qu'avant l'arrivée du promeneur. Son rapport à l'être est différent, mais ni l'être fixé en lui ni l'être possible et disponible pour lui ne sont entamés, sinon peut-être en fantasme ; auquel cas ils étaient déjà entamés, cela fait partie du jeu de l'être. Il aurait plutôt à *rejouer* ses lieux d'être. Lévinas, lui, refuse cette « guerre » originelle que Sartre décrit avec délices (ma liberté cassée par l'autre ou compromise), mais il investit le promeneur, l'autre, de la puissance « éminente » de faire sortir le sujet de lui-même, de le désenchaîner. Pourquoi pas ? Du coup, c'est dans « mon » rapport à l'être que cet autre vient prendre place ; il constitue une ouverture sur l'être, il ouvre et ferme des choses, il fixe et libère des blocages... Mais alors en quoi cet autre, *a priori*, peut-il me sortir de moi ? Cela n'a lieu que si s'engage avec lui un lien d'amour où nous aurions à partager nos manque-à-être et à nous offrir l'un par l'autre, *via* cet entre-deux *aimant*, nos événements dans l'être-temps. Sinon, cet autre peut – même sans agression – vous enfoncer dans votre moi, par ses transferts inconscients non perçus de vous ; et son visage serait alors une ouverture... infranchissable, quoique infinie. Sur ce point donc, Lévinas fait l'erreur symétrique de Sartre.

Autre variante de l'erreur sur l'être : il dit que la pensée de l'*être* est une pensée du *même*. L'écho probable de cet énoncé dans l'inconscient de Lévinas pourrait bien être : la pensée de Heidegger est narcissique (elle réduit l'autre au même...). Tant pis, car l'*être*, lui, localement ou globalement, est à la fois même et différent ; *différent*, par les mouvements qui lui font traverser tout ce-qui-est ; *même*, parce qu'il ne cesse d'être habité par ces mouvements qu'il englobe. L'*être* est à la fois le même et autre que lui-même ; le plus souvent imprévisible. Cela n'exclut pas de *chercher* à le pré-voir. Mais rabattre l'Autre sur le Même est une réduction qu'opère la logique inclusive, non la pensée de l'*être*. Et encore : même si le mouvement de la connaissance, philosophique ou scientifique, grignote des parts d'altérité, les réduit au même ou les bascule dans l'identité à soi, il reste toujours de l'*être*, donc de l'*Autre*, différent de ce-qui-est ou de ce que l'on saisit.

C'est donc à tort que Lévinas dénonce l'*être* comme dépourvu d'altérité, alors que *l'*être *est l'autre de tout étant*. En oubliant que la pensée de l'*être* comporte l'*être autre*, intrinsèquement, il la réduit à sa composante vulgaire : de persister dans son être… Et il dégage comme question fondamentale non pas : « pourquoi l'être plutôt que rien ? », question déjà factice et dépassée, mais une question plus régressive : « comment est-ce que l'être se justifie ? » (*sic*). Mais l'être est injustifiable en même temps qu'il se « justifie » – ou s'*ajuste* – par ses façons de se transmettre et de traverser ce-qui-est. Et ses « justifications », même quand elles font loi, sont perturbées, voire emportées par d'autres secousses « injustifiables » – dont on ne trouve pas l'ajustage ou la justesse. En revanche, quand on veut que l'*être* se justifie, c'est que déjà on l'a réduit à la figure de l'Être suprême par un coup de force qu'on a du mal à… justifier. Dans ce cas il devient « Dieu » et on lui demande des comptes… Mais l'*être*, lui, justifiable et injustifiable, produit l'ombre et la lumière, le bien et le mal, etc.

***Se tenir face à l'*être.** Chez Lévinas, l'être humain est « requis » non pas par l'*être* mais par l'autre, par son visage. Précision utile car après tout le visage, la face, est la façade par laquelle un corps donne sur le reste, le possible, donc sur l'*être*. Quand nous voyons un visage, c'est l'ouverture sur le possible et l'à-venir qui nous touche en lui, bien plus que les secrets qu'il contient ; ou plutôt, ses secrets ou ses projets indiquent cette ouverture sur le passé ou l'avenir, en tant qu'elle est une épreuve de vérité entre l'*être* et ce-qui-est. De sorte que le visage de l'autre est le relais d'une exigence plus essentielle : celle de se tenir *à la face* de l'être-temps, de tenir face au possible, d'avoir lieu *devant* l'*être*, le monde, le collectif ; de tenir debout devant l'*être* comme horizon, divin ou pas, de ce-qui-est, de ce-qu'on-est. Ce type d'appel parsème d'ailleurs les pages du Livre (que j'appelle Livre de *l'être-temps*, lequel excède tout étant). On y voit que l'appel à se tenir *devant l'être* a quelque chose d'originaire. Au point qu'en un sens, être bien c'est être « bien » avec *l'être* plutôt qu'avec « soi-même » comme étant. C'est dire que la pensée de l'être (à l'œuvre dans le Livre) comporte une exigence éthique sur le mode non pas moral mais intrinsèque, d'une nécessité interne : faire face à *l'être*, dans le partage avec ceux qui y font face selon des lois.

En cela, cette exigence se distingue du narcissisme heideggérien où le *Dasein* (l'être-là, l'homme) est appelé à l'appropriation de son être « le plus propre » ; comme s'il y avait un maximum dans cette appropriation de l'être. Un tel maximum, où l'on ferait le plein d'être, ne ferait que nous couper de l'être, nous laissant à sa place une simple clôture sur soi. Au contraire, dans « se tenir face à *l'être* » il n'y a que des directions, des tendances maximales, chacune va loin dans son sens mais il n'y a pas « le plus » propre. L'homme est *appelé* à entendre les appels d'être pour produire des processus d'existence, des traversées successives de ses limites d'étant ; seul l'après-coup montre ce qu'*aura été* son « propre » être. Et encore, même après son dernier mot, il y a de la suite, des restes, de la transmission.

Le principe éthique de l'ontologie biblique – *se tenir* devant l'être-temps, à la face (*aux visages*) de l'être, sous entend : sans s'effondrer sur ses manques ni éclater sur sa clôture ou sur ses « mauvais » projets. Ce principe implique de se reconnaître comme *étant* ouvert sur *l'être*. Il s'agit d'être *tenable* ou fiable à cette frontière entre soi et l'être, entre la part d'être fixée en soi et l'autre part, infinie, celle de l'être, où les autres ont leur part qui les dépasse eux aussi.

C'est pourquoi être *tenable*, ne pas être écrasé de manques et d'oublis, ne pas être réduit à ce-qu'on-est, nous fait aussi rencontrer l'autre en tant qu'il est lui aussi face à *l'être*. C'est donc en référence à *l'être* qu'une face d'humain (ouverte ou fermée) a sa valeur cruciale. Voilà qui contrarie l'idée d'une éthique hors-ontologie, où Lévinas pose que l'autre est absolu, ou que l'autre est le tout autre (« l'absolument autre, c'est autrui »), allant jusqu'à : l'autre c'est tout autre, c'est-à-dire n'importe qui. Dans tous les cas, cet autre ne vaut – pour nous – que par son ouverture sur l'*être*. Sinon, autrui est déifié, érigé en forme suprême de l'être ; on plaque sur lui l'Être suprême, et ce pour le plaisir de ne plus faire d'ontologie – plaisir vaguement mortifié car on y brade l'ontologie en tant que pensée de l'*être* – qui altère tout étant et qui traverse tout ce-qui-est ; on la brade en l'identifiant avec la pensée grecque du *même*.

Formellement, l'argument est piquant : Lévinas prend la « preuve » cartésienne de l'existence de Dieu (à savoir qu'il y a plus de réalité formelle dans la cause de mon idée de Dieu que de réalité objective dans l'idée qui m'habite) et il la translate de Dieu à autrui, qui se trouve ainsi déifié. Cela éclaire un peu son idée-clé : je suis responsable d'autrui... qui ne l'est pas de moi ; il ne me doit rien et je lui dois tout. Bien sûr, faute d'expérience clinique, il ne fait pas le pas suivant : puisque je lui dois tout, je le possède, et c'est Moi qui deviens le vrai Dieu... Position masochiste *donc* toute-puissante, qu'on précisera. (Voir aussi nos recherches sur les perversions.)

En outre, sa définition d'*autrui* comme celui qui « est ce que je ne suis pas » fait question, car les problèmes avec autrui viennent de ce qu'il est aussi en état de partage avec ce que je suis ; sa perte d'être et la mienne interfèrent – au point que l'une passe pour provoquer l'autre. À cause de l'être qui nous porte et nous traverse et nous confronte au dépassement, la frontière entre l'un et l'autre est une passoire ; tout sauf étanche : tous deux veulent être différents et ça les fait se ressembler, d'une ressemblance qui bizarrement les rend hostiles. Et même si l'on maintient, comme Lévinas, que le rapport à autrui est dissymétrique et que je dois m'ouvrir à lui, répondre pour lui, sans me soucier de ce qu'il pense de moi, cela n'annule pas la symétrie préalable où je suis l'autre de quelqu'un, et où chaque autre est aussi « sujet » que moi... L'effet de *sujet* est très mobile, il se pose ici ou là, sur tel ou tel corps, selon les dérives de l'histoire, visibles ou cachées.

L'« inhumain », dans la pensée de l'être, c'est de vouloir être identique à soi, pour toujours ; c'est l'affirmation narcissique, rayonnante et mortifère, prête à dévorer l'autre – proche ou lointain – pour ne pas voir nos propres failles. En ce sens, la crispation identitaire et ses effets ravageurs est « inhumaine » : elle est d'ordre automatique et prédateur. Cela s'observe sous des formes terrifiantes ou débonnaires, quotidiennes et traumatiques, où pour maintenir une forme d'être identique à soi, on détruit un symbole vivant de l'être, au nom d'une identité qu'on croit parfaite. La « loi » de l'être, s'il y en a une, c'est de faire que l'homme se reconnaisse comme tel, se dégage de son carcan au lieu de vouloir y absorber le tout de l'*être*, ce qui s'appelle idolâtrie ; c'est qu'il tente de se tenir *face* à l'être, acte où il rend compte de ses « face-à-face » avec les autres. La loi de l'être implique alors la priorité de... l'*être* sur « moi », en tant que chaque « moi » est enfermé dans son *ego*. Cela n'exclut pas que dans telle rencontre l'autre ait la priorité ; mais d'en faire un système risque de se révéler pervers.

Quand Lévinas dit : « Seul le sens d'autrui est irrécusable et *interdit* la réclusion et la rentrée dans la coquille du soi », est-ce un vœu ou un constat ? Déjà pour la survie physique de l'autre, l'« interdit » n'opère pas : chacun invoque sa sécurité, son impuissance, pour rentrer dans sa coquille, et tout doucement il récuse l'« irrécusable ». C'est donc un vœu pieux, contre ceux qui lâchent prise dès qu'ils ne sont pas les maîtres et qui, s'ils ne peuvent pas tout, disent qu'ils n'y peuvent rien. Dans la foulée, Lévinas récuse le rapport à l'être, le réduisant à *soi* : « L'essence n'est-elle pas l'impossibilité même de rien d'autre, d'aucune révolution qui ne soit pas révolution sur soi ? » Mais notre rapport à l'être ne se réduit pas à la part d'être qui est en nous ; c'est le mouvement d'être qui nous porte et nous dépasse, venant du loin des origines et allant vers des avenirs proches ou lointains. Pour Lévinas, la « subjectivité du sujet » exige qu'on *sorte* du « concept d'un oubli de l'être », façon poignante de dire : qu'on sorte de Heidegger. Il croit que le rapport à l'être se réduit à en dénoncer l'oubli (comme le fit Heidegger) ou à l'affirmer sur un mode nihiliste. Or le sujet se constitue d'être aux prises avec ce-qu'il-est, avec le possible et l'impossible de ce qui peut être pour lui, de ce à quoi il est appelé, de ce qui est audible ou pas venant de l'*être* et des autres... Le soi et l'origine, l'identité ou le moi servent au sujet de relais ou de départ sinon il n'est pas sujet *à* l'être mais seulement à lui-même. Ainsi pour écarter l'« oubli de l'être », Lévinas va jeter l'être ; tout comme il laisse à Heidegger l'idée de l'être-avec (*mit sein*). Pourtant, dans la Bible, « avec lui » ou « avec moi » s'écrit des mêmes lettres que « son peuple » ou « mon peuple » ; façon de dire que l'idée même de *collectif* relève de l'*être-avec*, de l'être-ensemble sous le regard de l'être-temps et des rendez-vous récurrents appelés *fêtes* ou *témoignages* (Mo'ED).

L'horreur du « il y a ». L'erreur sur l'*être* s'illustre bien chez Lévinas dans l'*horreur du « il y a »*. Il part du *es gibt* (il y a) heideggérien ; pour lui, c'est l'être impersonnel, comme *il pleut* ou *il fait nuit* ; cet *il y a* est pour lui plus que négatif, il est horrible ; ce n'est pas de l'angoisse (en quoi il a raison), mais une vigilance narcissique où l'horreur est que l'on doit soi-même – « soi seul », dit-il – porter tout le réel ! C'est comme l'insomnie de l'enfant, le tiers exclu, le ni être ni néant[3]. Il nomme « il y a » tout état sans recours où le réel vous submerge, vous « colle », vous met dans un état semi-conscient. Cet *il y a* « horrible » lui rappelle une scène de Blanchot : une nuit, dans une chambre d'hôtel, derrière la cloison, « ça n'arrête pas de remuer »... « on ne sait pas ce qu'ils font à côté ». Quand on est petit, c'est horrible, n'est-ce pas ? Il faut sortir de cet *il y a*, de ce « non sens ». De fait, cet *il y a* est une fixation de l'être, une fixité qu'il lui impose.

Or cet « il y a » vide de l'insomniaque est lui-même un rapport à l'*être* : c'est l'angoisse du sujet qui se demande si l'*autre* est en mesure de le protéger, de veiller assez sur lui pour qu'il puisse dormir. (L'*autre* : parent, famille, entourage, repère symbolique y compris Dieu...) C'est donc un doute sur la vie de l'*être* dans sa dimension symbolique. Parfois la culpabilité s'en mêle : si le sujet a fait un acte dont il ne peut se dégager, il se sent trahir l'*être*, l'Autre, qui donc se venge, ne veille plus sur lui, ou fait le mort.

3. Voir *De l'existence à l'existant.*

L'insomniaque veille sur lui-même car personne ne veille sur lui : son Autre n'est pas fiable, son lien à l'*être* est incertain. S'*il y a* un lien vivant à l'être, au possible, on peut dormir ; demain *il y aura* de quoi faire. Pourquoi livrer bataille toute la nuit avec ce *moi* qu'on prend pour l'autre ? Dans l'insomnie, le *je* et l'Autre sont collés, empêtrés ; *je* n'existe qu'en éveil, absorbé par un jeu turbulent avec le monde des souvenirs qu'il brasse sans cesse comme un tas de sable, avec un plaisir morose.

L'insomnie est un problème narcissique, le rapport au monde s'y rejoue avec acuité. L'insomniaque veille sur lui-même car il doute que l'*autre*, au sens de la loi ou de l'ordre du monde, veille sur lui. Si la Police proclamait qu'elle faisait grève, beaucoup ne dormiraient pas, alors qu'en dormant d'ordinaire ils n'ont aucune pensée pour elle. Un enfant qui dort non loin de sa mère, en l'absence du père, peut devenir insomniaque si la mère est angoissée. Il la croit moins apte à le protéger, il sent qu'elle a besoin d'autre chose qu'il ne peut lui donner, dont lui-même n'a pas idée. Donc l'insomniaque veille ou plutôt il surveille, il en rajoute dans la garde qu'il monte. Comme il n'a rien à faire (étant immobile dans le noir), il combine dans sa tête des bribes d'images qui tournent en rond, et il croit « penser ». Il croit même que ses « pensées » l'empêchent de dormir, ce qui est rare : c'est parce qu'il veille qu'il barbote dans ces images qu'il nomme pensées.

Mais pour l'insomniaque, le monde ou l'Autre n'est pas seulement une sécurité qui se retire le laissant seul, veilleur de nuit. L'Autre peut aussi être plus positif ; c'est quelque chose *à faire*, qu'il n'a pas encore fait, un travail à achever qui ne le laissera tranquille qu'une fois fini. Or ce travail peut être énorme et demander plusieurs mois. Alors il pense à ce travail comme à un manque qui serait en lui, dans sa personne, un manque insupportable, un défaut « mortel ». Et peu à peu son temps se module sur cet énorme travail à faire – qui du coup s'identifie à *un seul bloc de temps*, une seule journée géante. Tout se passe comme si les nuits étaient des siestes incongrues qui entrecoupent *la* journée infinie. D'où ce paradoxe bien connu du narcissisme : grande fragilité et toute-puissance. Le sujet se bat avec sa faille narcissique plutôt qu'avec l'être, car l'être c'est lui. Pourtant, il ne peut se tirer de ce piège qu'en s'affirmant, lui, prioritaire sur ce qui l'attend, sur ce travail qui s'impatiente et qui n'aime pas qu'on l'interrompe. C'est en repartant de lui comme source de vie et d'énergie qu'il peut voir ce travail non fait, non plus comme fin ou origine, mais comme un travail possible, une de ses activités face auxquelles il peut dire qu'*à chaque jour suffit sa peine*. Car le jour est le sien, et nulle instance ne peut mixer tous ses jours pour en faire une grosse Journée pâteuse, sacrée, qui symbolise le *tout* de la vie... Il a un autre effort à faire pour comprendre que le monde, l'*être* comme possible n'est pas d'un seul tenant, pas plus que lui-même. Lui et l'*autre* peuvent vivre non pas malgré leurs manques mais grâce à eux, à travers eux.

Ainsi, l'insomniaque n'est pas en proie à l'être, il est dans une rupture de lien à l'être, qui bloque pour lui le cours du temps.

Richesses du « il y a ». L'horreur qu'a Lévinas du « il y a » est une variante du rejet de l'*être*. Et curieusement, elle le coupe des richesses du *il y a* hébraïque. Car en hébreu le *il y a* du passé (HaYa), mis au présent, c'est rien de moins que l'anagramme du nom YaHVHé : VéHaYaH : c'est le nom de l'*être*, c'est l'*être-temps* parlant aux hommes, l'événement d'*être* qui se fait parlant, audible, perceptible... Dans le Livre, pour dire par exemple qu'Ézéchiel entendit l'appel d'être, on dit : « *être a été* la parole de l'être-temps [Yahvé] à Ézéchiel » ; *il y a* cette parole, elle vient à l'homme qui l'entend. Dans le Livre, le « il y a » c'est l'acuité de l'être. Pour Lévinas, ce n'est pas un événement d'être, c'est un malentendu grave, dû au fait que Heidegger use du « il y a » et qu'*il faut donc le lui laisser*. Ce renoncement à sa richesse dès que l'autre l'a contaminée est au cœur du sacrifice compulsif, qui n'a donc pas de fin.

Or il y a... un passage du Livre (*Genèse* 28,12) qui aurait pu alerter Lévinas s'il l'avait lu avant de pourfendre le *il y a*, c'est le fameux rêve de Jacob. L'homme fuit son frère (Esaü) à qui il a volé la « parole bonne » du père, il est seul, il se couche et rêve d'une échelle qui fait le joint entre ciel et terre, avec sur elle « des messagers qui montent et descendent ». Et l'*être* divin lui parle, le relie à sa filiation, actualise pour lui la promesse faite aux ancêtres (« je *serai* avec toi », etc). Au réveil, l'homme prend peur et dit : « Ainsi *il y a* l'*être* (YHWH) en ce lieu et moi je ne le savais pas. » Sa peur augmente alors et il dit : « Que ce lieu est effrayant, ce ne peut être que la maison de Dieu, et c'est la porte du ciel. » Paroles étranges, car après tout, l'être comme vide-de-toute-détermination est partout, ce serait absurde de dire : il y a de l'être ici ! Pourtant, si l'on dit : ici, en ce lieu, *il y a* l'*être*, c'est pour *marquer* l'événement et pour le *vivre*. La rencontre avec la présence est un événement d'*être*, il a lieu, il distingue un lieu précis, un lieu d'être pour l'événement. Et pour la première fois, l'idée d'une *demeure de l'être* émerge, de l'*être* comme événement qui se donne lieu dans le passage, l'entre-deux-lieux (entre là où-l'on-est et là où l'on est appelé-à-être) ; entre-deux-lieux psychiques aussi : entre *rêve* et *réveil* ; et sous le signe de l'échange entre ciel et terre : entre promesse et sacrifice – car le « là-bas là-bas », c'est-à-dire le « ciel », promet de l'*être*, et l'homme de l'ici-bas fait une offrande. Ainsi *il y a* la rencontre avec l'*être* et avec d'autres parts de soi ; dès lors qu'*il y a* du lien possible que symbolise le lien à l'*être*.

Cet « il y a » dit l'événement qui se donne. Et s'il y a don, il y a retour. L'homme a pris la pierre sur laquelle il a dormi, l'a érigée en autel, pour ce simple sacrifice : il verse sur elle de l'huile. De là vient le mot messie (*mashiah*) qui veut dire : oint, avec de l'huile sur la tête. C'est un des premiers gestes de sacrifice, mais sur une pierre, pas sur un corps. Notre homme rend grâce à cet… *il y a* de l'*être*. Puisqu'il y a l'*être*, vivant et parlant, eh bien il y a un quelque chose à lui rendre de précieux, de l'huile versée sur la pierre, alors que l'huile peut servir à se nourrir. La pierre, symbole de transmission : « pierre » se dit père-fils…

Dans l'un des livres du Livre (*Proverbes*), la Sagesse parle et dit : « De quoi donner en héritage à ceux qui m'aiment, *il y a* ; et leurs trésors, je les remplirai » ; façon de dire que du lieu où elle parle, qui est proche de l'être-temps, du divin, *il y a* de quoi donner à ses amants, il y a à leur transmettre. Cet *il y a* de la sagesse qui se transmet est à la fois abstrait et personnel : *il y a*, mais pas pour n'importe qui, chacun aura selon son amour de l'*être*.

Il y a symptôme. Et l'« horreur » qu'*il y a* de l'autre côté du mur ? Grave question... Si c'est le coït des parents, ce réel peut être « horrible » pour l'enfant, mais il lui laisse une ouverture pour accéder au sexuel, plus tard.

De fait, cet « horrible » *il y a* dit surtout la sensation de chacun devant son symptôme : ne pas pouvoir en sortir ; pas plus que de son moi. Ce n'est pas une « réalité », c'est une position devant l'*être*. Et le « il y a », incarné par le symptôme, a beau transmettre les impasses de l'être-au-passé, il transmet aussi du possible et des ouvertures. Lévinas déteste la « fixité » de l'être. Mais en quoi l'*être* est-il plus fixe que mobile, s'il est *en même temps* l'un et l'autre ? Cette fixité n'est qu'une idée fixe sur l'être, idée coupée du mouvement de l'être-temps. Depuis la nuit des temps, l'étant humain bute sur son enclos, sur les parois de sa finitude, il en appelle au possible, à l'*être*, dans un appel qui empêche la fixité ou la fusion.

Le Livre vibre de ces appels. Mais Lévinas est en deçà de l'*être-temps* dont le YHVH est le symbole. Il en est à l'Être suprême, au Dieu de la métaphysique. L'être comme lieu de rencontre – de démêlés et de combats entre l'humain et le divin, entre l'étant et l'*être* qui le porte et le dépasse –, il y renonce pour en venir à : « la table *est*, les choses *sont* [ce qu'elles sont] ». On est loin de l'immense épreuve des liens à l'être. Il voit un progrès dans le « passage de l'être à quelque chose » sans voir que l'inverse est essentiel : le passage de quelque chose par l'être, par l'épreuve d'être qui lui fait toucher ses possibles, ou la fait devenir ce qu'elle n'est pas encore ; l'épreuve qui la sort d'elle-même.

Mais alors, où est l'« insensé », l'« anonyme » du *il y a* ? Il est chez Heidegger l'auteur du « il y a » = *es gibt* ; insensé de penser l'*être* et d'être avec les nazis dans un même idéal ; anonyme de parler de l'*être* sans s'impliquer mais en y collant son nom comme titre de « propriété ». L'*être*, lui, est aussi sensé qu'insensé, aussi nommable qu'anonyme.

Résumons ce décalage et cet étrange rejet de l'être : « *L'étant, c'est-à-dire le quelque chose qu'on peut désigner du doigt, correspond à une maîtrise de l'"il y a" qui effraie dans l'être (...). Je parlais donc de l'étant ou de l'existant déterminé comme d'une aube de clarté dans l'horreur de l'"il y a", d'un moment où le soleil se lève, où les choses apparaissent pour elles-mêmes, où elles ne sont pas portées par l'"il y a" mais le dominent. Ne dit-on pas que la table est, que les choses sont ? On rattache alors l'être à l'existant, et déjà le moi y domine les existants qu'il possède. Je parlais ainsi de l'hypostase des existants* [Hypostase : position relevée] *c'est-à-dire du passage allant de l'être à un quelque chose ; de l'état de verbe à l'état de chose. Je me méfie du mot amour qui est galvaudé, mais la responsabilité pour autrui, l'être pour l'autre m'apparut dès cette époque arrêter le bruissement anonyme et insensé de l'être. C'est sous la forme d'une telle relation que m'est apparue la délivrance de l'"il y a"*[4]. » Et il conclut que pour se délivrer de la tyrannie du *il y a* et de l'*être*, il faut répondre-pour-autrui, être responsable pour l'*autre*. Bref, il faut agir autrement que Heidegger n'a agi. Ainsi Heidegger, symptôme de Lévinas, est réfuté par sa conduite et non dans sa pensée. Dommage, car cela élude une grande question éthique : comment un homme peut-il puiser une pensée de l'être, de l'ouverture sur l'être (et la puiser aux sources bibliques ou en résonance avec elles) et en même temps prendre le parti de la Terreur ? Variante banale de la question : comment cet homme si libre peut être aussi totalitaire ? Étrange nostalgie de l'homme parfait tenant dans ses mains son ouverture sur l'« infini »...

L'éthique de l'*être* n'est pas fondée sur un *autrui* déifié (et toujours mourant, donc tyrannique) ; l'être n'est pas le « vide de toute détermination » au point qu'il puisse à tout moment passer pour du néant ; il est peuplé de *retours*, d'appels et de rappels qui ont compté, qui font l'histoire des liens symboliques, histoire que Lévinas suspecte, comme la mémoire, comme les « traces » de l'autre : qu'il trouve trop « récupérables ».

---

4. *Éthique et infini.*

Chapitre II

QUESTIONS D'ÉTHIQUE

1

Une éthique de coupable

La Scène. L'éthique de Lévinas se noue non pas sur la *Shoah* mais sur la Scène qui la précède, la conditionne : l'arrestation de l'autre par les forces du mal en présence d'un tiers indifférent, apeuré ou complice, qui laisse la scène avoir lieu, par distraction ou négligence ; et au bout, c'est l'extermination.

Cette Scène, déjà forte, l'est encore plus parce qu'elle opère sur d'autres plans, même celui de la pensée : si des penseurs étriqués *arrêtent*, pour les exclure, les forces de vie, si par exemple les tyrans du concept refoulent tout ce qui n'y entre pas, c'est le meurtre de la pensée. La Scène fait donc symbole pour toutes sortes d'arrestations et d'exclusions.

L'éthique de Lévinas s'enracine – d'où son impact – dans la faillite de l'Europe cultivée, faillite prévisible sauf pour qui a mis dans cette culture son espoir et ses valeurs. Lévinas fut de ceux-là ; et pour eux, cette faillite a eu des effets déprimants ou régressifs, marquant quelque chose d'irréparable, qu'on ne peut (tenter de) réparer qu'au prix d'un impossible, d'une tenace surenchère, d'une provocation continue à un don pour l'autre toujours plus total. Son éthique dit *ce qu'auraient dû entendre* les nations devant la Scène : vous avez à répondre *de* l'autre, à sentir son appel, son regard, son visage ; il compte sur vous, à travers lui votre dignité se décide. À de tels moments, c'est bien vrai, comme si la scène tranchait dans le roc de l'*ego*, juste dans l'axe de l'égoïsme. Mais l'autre est-il toujours une victime ? S'il l'est, le message revient à dire : « Secours les victimes. » Reprise des vieux appels bibliques contre l'injustice, qui même ajoutent : « Ne *va* pas avec les barbares » ; ce qui veut dire : n'en sois pas un, ne sois pas un idolâtre, ne fais pas de ton narcissisme une loi que tu imposes... Du coup, cela devient un aspect de l'*éthique de l'être* ; mais celle-ci refuse de mettre en valeur la victime. Gare au risque que la victime ne s'enfonce dans son état qui lui donne une identité inexpugnable [1]. On sent ici le glissement de cette éthique vers la pente christique : je me moque de ce que me fait l'autre, s'il est violent avec moi, je pose que dans sa violence aussi il est victime, je peux vouloir le sauver d'elle, la prendre sur moi, pour moi... On n'en est pas à tendre l'autre joue, mais ce n'est pas loin. Ailleurs Lévinas parle de la « virginité essentiellement inviolable du féminin ». (Écho de la pureté *mariale* ?)

Revenons à la Scène. L'autre y est un homme qu'on déporte pour la mort, pendant que vous êtes là à vous soucier de votre confort ; à moins que, survivant à la rafle, vous ne soyez en plein remords : mauvaise conscience d'avoir pris *leur* place en survivant. Du point de vue de cette Scène, l'éthique en question tient bon : vous devez la priorité à cet autre, sinon, quelle chute : vous jouissez de son départ. Ce fut d'ailleurs souvent le cas pour les déportés : dès qu'ils étaient partis on envahissait leur maison ; et on les en a haïs mais avec mauvaise conscience. Dans le cas où vous êtes un survivant, votre obsession de l'autre dit bien que vous lui donnez priorité, bon gré mal gré. Dans ce cas, la demande éthique de Lévinas est sans objet, elle est d'emblée réalisée. Car suffit-il d'être obsédé pour être meilleur ? Ou faut-il être toujours sous le regard de cette Scène ? et la prendre pour matrice ou symbole de la scène sociale ? Est-elle la scène-limite du social ou est-elle son symbole même ?

De fait, nul n'a justifié cette éthique sans renvoyer à la Shoah.

« Et justement, direz-vous, peut-on penser l'éthique sans la Shoah ?

– Mais tenir compte d'Auschwitz, est-ce prendre pour scène modèle la scène de la déportation ? N'est-ce pas plutôt combattre la *haine identitaire* et ses fixations collectives qui ont permis Auschwitz, ainsi que la lâcheté de ceux qui laissent faire, lâcheté qui est aussi une haine de l'*être* ? Les combattre n'est-ce pas tirer l'impasse identitaire, celle des Moi pleins

1. Voir plus haut, p. 94.

d'eux-mêmes et celle des Moi souffrants de vide, vers l'appel d'être qui lui manque ? plutôt que de prétendre, moi, payer l'appoint, combler le déficit identitaire des haineux, et m'offrir comme si j'étais l'*être* en personne ? »

L'exergue d'*Autrement qu'être* – à la mémoire des victimes du nazisme – dit que la Scène d'arrestation est essentielle, mais le livre n'en tire pas les conséquences, ne donne aucun moyen de la franchir, de penser au-delà, comme si elle était le début et la fin de l'éthique. Du coup, l'exergue est presque abusif : de quel droit prendre sur soi toute cette souffrance pour en faire la base d'une éthique ?

Partage ou dette infinie ? Si cette Scène – d'arrestation de l'autre – est « fondatrice », on comprend que l'expiation y joue le rôle essentiel. D'où le recours au cri de Dostoïevski : *Nous sommes tous coupables de tout et de tous devant tous...* Coupables du crime d'exister ; sous-entendu : après ce qui s'est passé, exister c'est avoir laissé faire. On est d'avance endettés d'une dette impayable. Mais hors-Scène, dans la vie, qu'est-ce qui distingue cette dette impayable de la dette obsessionnelle par laquelle le névrosé comble en fantasme le déficit de l'Autre (l'Autre parental ou inconscient) et prend contact avec la loi grâce à l'obsession de la faute ? contact qu'il fixe et qu'il ne trouve pas autrement ?

Dans la clinique des obsessions, si un sujet est « obsédé » par le malheur de l'autre, c'est que ce malheur le replonge dans une impasse qui lui est propre, et qu'il se sert de cette victime pour tenter d'en sortir ; en vain. De sorte qu'aider l'autre exige déjà de se délivrer de l'obsession qu'il vous donne ; il faut pouvoir l'oublier sans le refouler ; trouver le désir de l'aider plutôt que le carcan où figer son désir et où l'écrasement de soi fait jouir sur le mode de la toute-puissance.

Je pense à une femme chez qui aider – ses parents, frères, sœurs, cousins, amis, vagues connaissances... – prend de telles proportions qu'elle leur a sacrifié sa vie : « Je n'ai pas de vie propre », dit-elle. Même un grigou qui l'exploite lui demande son aide, qu'elle lui a bien sûr donnée, il en a tiré une somme énorme dont il n'a pas eu l'idée de lui donner un sou. Elle est loin d'être bête mais « c'est plus fort » qu'elle. Jusque-là « tout allait bien », c'est gratifiant d'être le recours de tout le monde... On règne en douceur comme une mère qui allaite trop d'enfants, délicieusement épuisée mais ayant toujours « de quoi ». Et voilà que son corps craque, comme si son destin lui donnait un coup de semonce au moment où les demandes d'aide déferlent de plus belle. Que faire ? Comment se ressaisir ? Où trouver le désir de s'ouvrir à de l'*être* qui ne soit pas ce bloc divin et nourricier ?

Dans la Scène primordiale, la chute de l'autre (qu'on emmène) me destitue, me fait perdre la face. Ailleurs aussi, quand le destin de l'autre dépend de moi, si peu que ce soit, je perds la face si je me défile. Encore que, dans les cas non aigus, l'autre refuse souvent ma manie de répondre pour lui, mon envie de l'envelopper de ma responsabilité, ma façon d'étendre celle-ci à l'infini pour l'entourer. Que puis-je faire alors ? répondre *avec* lui ? *à travers lui* ? Ce serait donc le partage, de l'*être* et du manque-à-être, sous le regard du Tiers symbolique qui est au moins l'être-temps.

Mais cela, Lévinas n'en veut pas, il me ramène à la Scène primordiale où l'autre s'effondre et où je *dois* faire quelque chose, en effet. Que faire ? Me jeter sur les flics qui l'arrêtent. Alors, ou bien ils me rejettent, ne veulent pas de moi, et le coup est nul, ou bien ils m'emmènent et m'annulent avec lui. Me voilà sacrifié. Je serai nommé, renommé, tant mieux. Si je répugne au sacrifice « pur », j'interviens, je m'agite pour pousser mes « responsables », ceux qui ont du pouvoir, à faire quelque chose pour arrêter l'exaction, le massacre. Et là je bute sur leur nihilisme, au niveau national, planétaire : ils n'entendent que ce qui s'exprime dans leur langue de bois ; le reste, ils le nient, d'où leur tendance devenue réflexe : laisser s'accomplir les massacres pour ensuite intervenir. Et quand je me « bats » contre eux, car je souffre de leur logique, je vois bien qu'à travers l'autre qui est victime, c'est pour moi que je veux répondre ; c'est du carcan où je vis que j'essaie d'être responsable en m'efforçant de le changer, de l'infléchir, car ce carcan narcissique et nihiliste, est celui où je vis toutes mes relations. Ainsi, à travers l'autre qui est victime d'un nihilisme plus violent, c'est de mon rapport à l'*être* que je cherche à répondre ; plutôt que de mon « prochain ». De fait, j'essaie de répondre d'une condition partagée, même à des degrés lointains ; et mon acte veut à la fois marquer le partage et le vivre. Bref, le symboliser.

Du coup, on pourrait dire : je suis responsable non pas de l'autre mais de la loi qui le protège ; il l'est aussi, à sa façon, de la loi qui me protège. Là encore, partage et médiation. Si je réponds pour lui, directement, nous voilà « confondus ». Et c'est le cas quand ce qui lui arrive me « confond », quand il est arrêté sans que je lève le petit doigt : alors nous sommes confondus dans cette trahison de la loi. Lui et moi. Or *la loi (symbolique) est une certaine ligature de notre rapport à l'être*. De sorte qu'à nouveau, à travers l'autre, c'est de mon rapport à l'être et à la loi que j'ai à répondre ; y compris de mon aveuglement quand au lieu d'une loi de vie, qui soutient mes possibilités d'être, c'est une loi de mort et de renoncement que je mets au-dessus de ma vie. La loi de mort peut prendre une forme débonnaire : Sois identique à toi-même. Ou encore, du point de vue de l'*être* (l'être comme fonction et non comme Moi), la « faute » originaire n'est pas un crime dont je *suis* marqué ou qui *fut* commis par les miens ; qui me dit que mes ancêtres *sont* des tueurs ? L'Église dit qu'ils ont tué Jésus, et nous en a tenu rigueur pendant vingt siècles. Non, la faute « originaire », c'est le manque-à-être originel, ce n'est donc pas une « faute » mais un défaut initial qui impulse l'élan de vie et le mouvement d'être, même sous le signe des retours de mémoire.

Quand Lévinas dit : je suis « absolument *exposé* » à l'autre, c'est toujours l'autre de la Scène, décidément primitive, vrai support de sa pensée. Mais il ne peut pas le *dire*, car la scène est traumatique et refoulée. Sa pensée ne va pas jusqu'à arracher son support. La confusion entre *être* et *être moi-même* (ou entre l'*être* et la part d'être qui est en moi) condamne cette éthique au vœu pieux sur le bien : il n'aura lieu qu'« au-delà » de l'être, zone assez nébuleuse, sauf si l'*être* c'est le *moi*, ce qui est faux. Et l'*être* n'est ni bon ni mauvais, il est les deux, tour à tour et en même temps.

Ajoutons que confondre *être* et *être moi* mène Lévinas à une critique de l'égoïsme largement faite et ressassée par la philosophie (Pascal) et par la psychanalyse qui au moins s'intéresse aux frontières vastes et mouvementées entre l'*être* et le *moi*, ne serait-ce que *via* l'inconscient, le rapport à l'*autre*, les paradoxes du narcissisme, pour ne citer que les grands thèmes.

Expiation. De fait, on ne connaît pas d'exemple où cette éthique, en s'appliquant, empêche la Scène de se reproduire. On peut seulement dire qu'elle permet après coup de gérer cette Scène dans le fantasme, une fois que le mal est fait. La culpabilité que laisse la Scène se trouve donc fixée, comme la ressource la plus précieuse. Allons plus loin : cette éthique où les uns cuvent leur faute (d'avoir survécu) et les autres leur honte (d'avoir laissé faire), vise-t-elle à réparer ou à prévenir ? Dans les deux cas, elle met en place une expiation. Pour le reste, la culpabilité des survivants les protège surtout de l'angoisse : celle qu'une victime, dont ils croient prendre la place, vienne la reprendre. Et leur « faute » s'exprime dans des ratages inconscients, des rétentions inexplicables grâce à quoi ils paient le fait d'être à ce point « usurpateurs ». Quant aux témoins – et aux descendants –, ils se durcissent de honte : dans la honte, le sujet se rejette parce qu'il se sent rejeté par l'Autre, mais c'est lui qui se rejette, et ça l'aide à se ressaisir. Dans les deux cas, du survivant ou du témoin, *la victime morte sert de point de fixation pour exister* même sur un mode assez fermé.

Cette éthique où prévaut la victime ne prétend pas ôter à l'un sa honte et à l'autre sa faute. Au contraire, elle leur en donne la pleine « jouissance ». Un pas de plus et l'on arrive à un mode d'être régi par une loi fétiche, celle du mort, et par le deuil infini ou plutôt par l'*infini en forme de deuil*. Or n'est-ce pas le rapport à la loi qui fit question lors de la Scène cruciale et autour d'elle ? Une loi narcissique – celle des tueurs et de leurs complices – fut prise pour la loi symbolique, celle qui préserve l'ordre humain et qu'il ne faut pas piétiner. Ceux qui ont pu identifier la loi ambiante comme loi de mort et retrouver la loi de l'*être* et de l'*être* vivant ont été des « résistants », des coriaces ; il y en eut peu. On sait que les victimes, souvent, gardent une culpabilité – et la transmettent – comme si c'était quand même « la loi » qui les avait frappés.

Là encore, seul un rapport renouvelé à l'*être* – comme potentiel de possibles – peut casser l'expiation narcissique fermée sur elle-même. Du reste, celle qu'instaure le Livre, dite Jour des Expiations, est portée avant tout par l'appel à être autrement : le rappel des fautes y est pris dans le désir d'autres possibles. Ce n'est pas pour rien que le Livre met en place comme un rite, un jour par an et un seul, cette posture où l'on s'offre comme coupable, saturé de fautes, implorant le pardon c'est-à-dire le passage dans l'être vers des espaces plus ouverts, où l'on peut se dire que les fautes commises – qui sont comme telles ineffaçables – sont au moins « couvertes » : on a payé pour.

Le but d'un tel Jour de détresse est de renouveler l'appel de vie, de le réinscrire. Si l'on devait se sentir coupable tous les jours, saturé de faute du seul fait d'exister, l'existence serait pourrie. Le sentiment de faute, en tant que charge qui pèse, doit pouvoir être déposé une fois reconnu à la face de l'*être*, reconnu avec les autres, en même temps qu'eux. Le but est que le sujet *se pardonne* d'avoir failli – car il est souvent son premier tortionnaire – et pardonne aux autres ce qu'il leur a fait (et ce qu'ils lui ont fait), qu'il pardonne à l'*être* de s'*être* mal présenté, c'est-à-dire se pardonne d'avoir pris l'*être* de travers, à rebours, sur un mode non d'ouverture mais de repli narcissique, voire idolâtre. Après quoi, il peut reprendre contact de façon plus saine, plus jouable, avec sa « faute » initiale qui est aussi un manque-à-être, une déficience. C'est la sienne puisqu'il la vit singulièrement, mais c'est celle de tout étant au regard de l'*être*.

Priorité à l'autre ? Lévinas dit que ce qu'il vise c'est la sainteté, « la seule valeur absolue, à savoir la possibilité humaine de donner sur soi priorité à l'autre. Je ne crois pas qu'il y ait une humanité qui puisse épuiser cet idéal... ». Là encore, si cette priorité de l'autre est priorité de souci, d'attention, disons qu'elle est souvent réalisée : l'homme vulgaire mais adapté au réel sait qu'il faut sortir de son nombril et voir d'abord ce que fait l'autre, ce qu'il fomente... Il sait que se soucier de l'autre est une façon de se protéger et de s'enrichir – à tous les sens. Et si cette priorité c'est de le faire passer avant moi, d'assurer son bonheur avant le mien, ou de mettre mon bonheur à assurer le sien, on entre dans le champ de la sainteté *chrétienne*. Le sacrifice à l'autre devient le symbole du désir de sortir de soi, donc de s'ouvrir à l'*être*. Mais pourquoi cette sortie doit-elle se limiter à l'autre ? Ne va-t-elle pas se consumer dans son symbole ? ou devenir le démenti ressassé du narcissisme où le sujet tourne sur lui-même en emportant l'autre avec lui ? en l'« intégrant » ?

Reprenons. Lévinas confond le sujet dépouillé de son être (« vidé de son être »...) avec le moi dépouillé de sa superbe. Du coup, le message éthique devient banal : Soyez modestes, et un peu moins égoïstes... Cet appel reste un vœu pieux car il ignore la contradiction qu'il contient : l'homme se rend bien compte qu'il est peu de chose, que tout ce qu'il est tient dans des limites modestes ; qu'il *est* modeste ; mais ça l'affole car il se voit glisser vers le rien, alors, sursaut égoïste, il ne pense qu'à se redresser, quitte à piétiner les autres. Cela dit, il peut sortir de cette impasse en répondant pour *tout* autre, comme seul un Dieu répond de ses créatures ; il lui faut donc devenir Dieu. Les grand mystiques avaient déjà compris que la modestie absolue mène à fusionner avec Dieu...

Cette éthique veut rendre impossible un retour du nazisme – par la culpabilité. Mais d'une part, la génération s'y oppose : les fils et petits-fils en ont « marre » d'être coupables des crimes de leurs pères, et se sentent pris dans une faute qui leur échappe comme dans un piège qu'ils rejettent. D'autre part, y a-t-il une éthique « préventive » ? La prévention, ailleurs discutable, est ici impossible : on peut boire des potions amères ou sirupeuses, toutes « expiatoires », sans être prémuni contre l'épreuve. (Même ceux qui combattent « l'horreur » sont horrifiés – narcissiquement menacés – d'en voir d'autres qui la combattent différemment...) Et ceux qui boivent la coupe jusqu'à la lie seraient-ils des « saints » *au regard des autres* ? Mais c'était bien tentant : à l'idéologie totalitaire, opposer une éthique – ou plutôt une morale – totalitaire. Est-ce vraiment mieux ? Dire que « chacun est le Caïn de son frère » (*sic*), c'est oublier que chacun serait aussi l'Abel de son frère ; et qu'il y a d'autres scènes que celle de Caïn-Abel, et que l'on peut être le Caïn de soi-même.

Lévinas a donc voulu, pour contrer toute barbarie, *inverser* le geste humain ordinaire du souci de soi et du partage égoïste. *Priorité à l'autre*. Mais dans la vie, s'agit-il de priorité ou de partage reconnu, symbolisé ? D'autres ont tenté d'atténuer le danger barbare, par exemple en s'attaquant à l'une de ses causes : le refoulement agressif, l'inhibition, le symptôme insupportable, la tyrannie narcissique[2]. C'est une des idées de Freud ; mais sa valeur thérapeutique repose sur l'émergence d'une loi symbolique. Chez Lévinas, cette dimension est d'abord méconnue, avant d'être remplacée par la religion pure et simple.

De fait, cette *priorité à l'autre*, concept clé chez Lévinas, n'a que trois statuts possibles :

a) Ou bien c'est un constat, et il est massif : non seulement l'autre et les autres précèdent le sujet, mais son désir n'a pu naître ou exister qu'à travers eux, à travers « les siens », notamment ces autres singuliers que furent ses parents. Toutes ces figures autres prennent place dans une constellation abstraite, celle de l'Autre qui à la fois échappe au sujet et intervient dans son destin comme relais, mémoire, rapport au monde et à l'être.

Inversement, ce rapport à l'être et à l'Autre abstrait s'actualise, se met toujours à l'épreuve avec un autre concret, charnel, déterminé. Il est impensable qu'un sujet ait un rapport « harmonieux » à l'Autre ou à l'être et que ses rapports avec *les autres* soient nuls ou délabrés. Donc cette priorité de l'Autre est un fait bien établi. Pourquoi en faire une « exigence », une nécessité morale ?

b) Son deuxième statut possible en fait un montage pervers : *donner* priorité à l'autre pour qu'il vous prenne

2. Voir *Violence*, (Éd. du Seuil, 1998).

comme support, n'est-ce pas précéder son altérité, anticiper ses irruptions, donc effacer cette altérité en tant qu'elle vous échappe ? N'est-ce pas le posséder comme autre ? Généralement, c'est à partir de la priorité évidente de l'autre que les sujets « protestent » en gonflant leur *ego*. Même le « raciste » qui voudrait bien éloigner l'autre exprime sa rage de voir cet autre devenir menaçant ; il se « protège » en réclamant qu'on exclue l'autre, pour qu'il puisse, lui avoir de la place. Dans un rapport plus ordinaire, si l'autre n'a pas déjà priorité dans telle rencontre précise, la lui donner c'est le soumettre, prendre sur lui le dessus, l'enfermer dans votre sphère en lui donnant la première place, vous qui possédez les lieux et qui contrôlez toutes les places.

c) Reste le statut névrotique : priorité à l'autre car « je » suis en dette envers lui. Si cette priorité demeure – et c'est le cas puisqu'on en fait un principe – elle vient payer une dette impayable, une faute ineffaçable. Freud avait pointé cette priorité de l'autre sur moi, qu'il appela… *Surmoi*, en montrant la lutte terrible qui peut s'ensuivre entre le moi et cette présence par laquelle l'*autre*, intégré comme censeur, vous surplombe.

Allons plus loin : ce n'est pas un cadeau à faire à l'autre que d'être toujours en dette ou en faute envers lui. Ceux qui vivent avec un proche atteint de culpabilité compulsive peuvent en témoigner : il leur fait subir l'enfer. À tout moment son prurit le reprend, il se sent fautif, il veut réparer, et comme l'acte réparateur ne tombe jamais juste, le voilà plus fautif encore, et cet encore, ce supplément de faute, il l'impute cette fois à l'entourage qui ne s'est pas bien prêté à la scène réparatrice. De sorte qu'être en faute ou en dette envers un autre, c'est souvent passer son temps à le poursuivre, le harceler, pour qu'il reçoive *comme il faut* la réparation de la faute ; passer son temps à transférer sur lui, en vain, ladite culpabilité.

Chez Lévinas, la priorité à l'autre oscille entre ces pôles. De fait, les discours qui sous-traitent son éthique sont tous à base de culpabilité : chacun de nous abrite en lui un nazi, chacun est dans l'indifférence criminelle, et bien sûr méconnaît la Shoah… Le moralisme qui s'ensuit nourrit bien sûr son symétrique : le cynisme hédoniste, l'égoïsme banal mieux assuré de son bon droit (« moi pro-nazi ? vous plaisantez… »), et le sursaut narcissique de l'agacement.

Le droit d'être. C'est l'*être* ou plutôt l'appel d'*être* qui fait sortir de soi, de ce qu'on croit être, dans la mesure où il parle à ce qui déborde le *soi*. Le principe éthique aurait donc pour enjeu la rencontre de la part d'être qui nous échappe ; l'autre concret, s'il y est concerné, prend part aussi à cette rencontre, et sa part rencontre la mienne. Ces parties s'entrecroisent : nous sommes acteurs et partenaires dans la grande partie qui se joue à l'infini. C'est pourquoi dire que : « L'exigence éthique n'est pas une nécessité ontologique » est faux ou plutôt faussé par le rapport sado-maso du tout-pour-l'autre. L'exigence éthique, plus qu'une nécessité logique, est une implication vivante du rapport à l'*être*.

Mais Lévinas insiste : « Est-ce que j'ai le droit d'être ? » Étrange question. Dans l'expérience analytique, lorsque le sujet se décompose au fil de ses symptômes, qu'il s'y noie à force de culpabilité, le seul point d'accrochage qu'on peut lui transmettre, c'est bien qu'il a le droit d'être, qu'il est même *appelé* à être, à vivre un partage d'être que lui seul peut vivre et nul autre à sa place. Cette *loi*-d'être l'accroche à l'*être* et l'empêche de basculer dans le néant (qui serait encore une forme d'être mais totale) ; elle semble antérieure à toute autre loi symbolique, à toute limite ou interdit. Quand Lévinas se demande si « en étant, en persistant dans l'être, je ne tue pas », il dit encore son refus de penser l'être, refus où il pense à Heidegger puisqu'il ajoute : « La question importante du sens de l'être n'est pas : “Pourquoi y a-t-il quelque chose plutôt que rien ?” (question que Heidegger a reprise de Leibniz) mais “Est-ce que je ne tue pas en étant ?” ».

Supposons que quelqu'un « tue » du seul fait d'exister. Au sens métaphorique, c'est plus fréquent qu'on ne pense : que l'on rate ou qu'on réussisse, on est « tuant » pour quelqu'un, pour ses parents quand on « rate » alors qu'ils ont fait « tant d'efforts », pour ses rivaux qu'on indispose et à qui on

« pompe l'air »... Mais restons entre réel et métaphore : si un homme voit que du fait même d'exister il produit du mal, doit-il pour autant cesser d'être ? Ou reconnaître ce destin maudit, tenter de s'en dégager, de le transformer, de faire avec ce mal autre chose qu'une drogue ou une question enivrante... ? S'il choisit de cesser d'être, c'est qu'il suppose que seuls ont le droit d'être les êtres totalement innocents. Cela rappelle le mot christique : « Que celui qui n'a pas péché lui jette la première pierre » ; il suppose que seuls peuvent juger ceux qui sont d'une autre espèce, plutôt des anges que des humains puisqu'il faut être totalement vierge et innocent.

Et si le mal que fait notre homme produit du bien à son insu ? donc sur un mode qui lui échappe ? Ce n'est pas prévu dans son système, mais ce « mal » peut servir à d'autres pour faire venir un peu de bien. Même le Dieu biblique dit clairement qu'il crée le bien et *crée* le mal. D'où un appel à penser nos trajets de vie pour ne pas nuire *exprès*, ni choisir le mal ou la mort. Or un homme qui voit que du seul fait d'exister il fait du mal doit reconnaître que d'autres ont choisi pour lui, à son insu ; ce qui de son existence lui échappe, la source de son être, d'autres l'ont confisquée et *mal* fixée ; il n'a pas à leur obéir mais il a un vrai défi à relever : retrouver son mouvement d'être et son pouvoir de choisir.

La question de l'être est aux frontières, entre les limites de ce-qui-est (de cet homme qui est) et les ouvertures du possible que lui fait l'*être*. Sauf cas extrêmes, la présence est assez vive dans l'*être* pour être un « bien » même limité, pour lui et pour d'autres. Faut-il détruire ce bien (et qui le ferait ?) pour arracher le mal qui va avec ? Lévinas donne sa raison : « Est-ce qu'étant dans le monde, je ne prends pas la place de quelqu'un ? » C'est la question du survivant ; il vient sur une vie morte, celle des siens, et se demande s'il pourra sur ce terrain vivre la sienne, si la sienne n'est pas d'avance hypothéquée par ce socle mortifère.

Question authentique ; beaucoup ont vécu avec, dans un sentiment de dette, de faute, avec parfois (quand le père rescapé a « refait » sa vie) le fantasme que l'enfant mort dont ils portent le nom peut venir à tout moment demander sa place ;

et eux sont dans l'angoisse d'en être les usurpateurs. Mais se tuer (même de remords) ne ferait que prolonger l'action des assassins ; consacrer sa vie à cette question, c'est sacrifier sa vie ; n'est-ce pas cela qu'ils ont voulu ? Autre chose est de vivre *avec* cette question, et chacun peut la méditer même s'il n'est pas un (enfant de) survivant : est-ce que dans ma quête de place je n'empêche pas quelqu'un de prendre place dans sa vie ? Pour sa part, le Livre de l'*être*, dans le faisceau de lois qu'il donne, maudit « celui qui porte atteinte aux limites de l'autre » ; celui qui vient jouir de ces limites, en prendre possession, empiéter dessus. Ce n'est pas si simple : rivalités et concurrences s'y opposent, mais l'exigence éthique sait faire la différence entre confisquer les limites de l'autre (avoir sa peau) et l'emporter sur lui dans une joute loyale...

Curieusement, cette question du survivant, s'il s'y accroche, fait de lui une victime de son deuil, et de sa peur d'usurper la place de l'autre, l'autre-victime. Ainsi tout le monde sera victime. Et plus le survivant tient à cette identité (or celle de victime est très forte), moins il peut traverser son deuil.

Une cruelle transmission. On voit mieux l'importance de l'erreur sur l'être ; car Lévinas ajoute : « L'apparition dans l'homme de ces étrangetés éthiques (comme “Tu ne tueras point”) est une rupture de l'être. » Mais les ruptures *constituent* l'être, et la relation ontologique fondamentale est faite d'écarts entre l'être et ce-qui-est, où l'être est *rompu* aux « sorties » de l'étant. La question de l'être ce n'est pas : « persévérer dans l'être ». On persévère non pas dans l'être mais dans l'étant, dans son petit cadre auquel on s'est identifié ; persévérer dans ce-qu'on-est, c'est déjà oublier l'*être*.

L'erreur sur l'être renforce l'idée du désintéressement, cliché que Nietzsche, bien avant la psychanalyse, a pourfendu. Qu'est-ce qu'un rapport désintéressé à l'autre ? N'y a-t-il pas risque de lien pervers où l'autre est piégé dans notre jouissance mise sous l'emblème de la gratuité ? Emblème qui, s'il n'est pas purement trompeur, relève du paiement absolu, celui du *rien* et du *tout* ? Mais Lévinas insiste : « L'humanité, c'est l'être qui se défait de sa condition d'être : c'est le dés-intéressement [*essement* vient du verbe être] ; c'est cela, autrement qu'être, il n'y a pas de verbe pour ça, ce n'est pas être autrement. » Or si je me défais de ma condition d'être, si je coupe les liens à l'être, je le totalise en moi, dans un repli narcissique qui dévore les autres à mesure qu'ils se présentent ; en toute bonté. Ce narcissisme, on le retrouve dans le masochisme d'aller vers l'autre en étant coupable de tout, en répondant de tout. *Mais répondre de tout c'est être le tout qui répond.* Être responsable de tout, c'est pervertir l'être-responsable, rapporter le tout à soi-même, avec le risque de mettre ce « tout » à la remorque de ses symptômes.

En revanche, si « la responsabilité pour autrui », c'est le fait que le moi dépose ses oripeaux, si c'est la *déposition* du moi, la chose devient plus claire mais plus banale. De fait, remplacez l'*être* par le *moi* dans le discours de Lévinas et sa pensée se stabilise, devient cohérente et simple. C'est une critique du moi telle que les « psys » la ressassent, en vain, après tant d'autres (la Bible, Pascal, La Rochefoucauld...) : depuis que le moi est haïssable – depuis longtemps –, il se nourrit de la haine qu'il se porte et il prospère. Même sous la forme du « sujet barré (lacanien) », marqué de manque, il se complète de sa barre et se gave de son manque jusqu'à la déprime.

Et même s'il s'agit de l'horreur du moi et non de l'être, pourquoi cette horreur que le moi a de lui-même doit-elle être offerte à l'autre en sacrifice ? Ce sacrifice – du reste fictif – n'est-il pas un danger pour les deux ?

Mais revenons à l'équation : être = moi ; elle exprime un repli narcissique où l'être disparaît sous le moi. Et on ne sort pas de la posture narcissique même en la dénonçant ; elle seule permet de répondre à ce point *pour* l'autre, de s'enfermer avec lui dans l'étrange tête-à-tête (« je suis seul avec l'autre... »), le Tiers n'étant que la loi gestionnaire du social.

Et cette étrange équation (être = moi), d'où vient-elle ? Certes, elle s'applique bien à Heidegger, elle exprime son symptôme, son repli narcissique où il devient la pensée de l'être qu'il sécrète et rabat sur lui – avec le risque que l'on sait. Mais alors, le symptôme du Maître devient le dogme du disciple ! Cette cruauté de la transmission est bien connue. Pour y échapper, il eût fallu interpréter le fantasme du Maître (Heidegger), dégager son symptôme, libérer les termes qu'il a fixés (notamment l'être) au lieu de les maudire (« l'être est horrible »...) parce qu'ils ont servi au symptôme. Faute de quoi, le rejet du Maître se paie d'un trop lourd sacrifice. Lévinas n'a pas pu « dévisser » Heidegger parce qu'il n'a pas traversé son fantasme narcissique. Et il reconduit ce fantasme en condamnant son sujet à être un saint ou un Dieu.

2

Le visage de l'autre

C'est clair, le visage est le lieu de rencontre entre deux humains. Même s'ils ne font que s'écrire ou se parler à distance, ils mettent un visage sur ces mots. Et le visage excède le visible, comme la parole excède l'audible, comme l'être excède la conscience ; comme toute demande supplie de ne pas la réduire à elle-même, comme tout désir refuse d'être cerné. Mais est-ce une propriété du visage ou est-ce le fait qu'il est *orienté* vers l'*être* ? Le mot *visage* en hébreu, PaNim, a la même racine que s'orienter, se tourner, se diriger vers ; même racine que être libre – PaNouï –, être devant, avant, en avant… Même le visage qui me fait face m'oriente vers l'être qui le dépasse et vers lequel lui-même s'oriente ; vers la lumière qui le baigne, *lumière d'être*, au-delà de celle qui l'éclaire. Cette lumière d'être singularise chaque visage, au moins autant que ses traits, et raconte l'histoire de ses rencontres avec l'ailleurs. C'est cet air qui le baigne, c'est ce regard de l'être-temps qui m'interdit de le « tuer », de détruire cette part d'être qui est la sienne, et qui le borde et le déborde.

Le visage concerne la rencontre sous le signe du temps, de l'entre-temps comme événement physique, charnel. Il questionne l'*être avec*. Là-dessus, le Livre avance un mot sur l'autre que l'on rencontre, un mot (MaR'é) que l'on traduit par « apparence » mais qui dit le visible de l'autre sachant qu'il voit et qu'il est vu par d'autres que moi, et par l'*être*-voyant. Il est remarquable que le mot pour dire *aspect* ou *apparence* (MaR'é) ait la même racine que la loi (ToRaH) en tant qu'elle est ce qui *se montre* comme exigences de l'être, comme nécessités de vie. Et « ce qui se montre » a rapport avec la lumière. C'est donc la *loi* qui, à fleur de visage, me rappelle qu'il ne faut pas le mettre à l'ombre (le tuer, le froisser…) Ce n'est pas le visage comme tel (contrairement à ce que dit Lévinas). Bien sûr, il y a le va-et-vient de son rapport au monde et à l'être, moi qui le vois étant inclus dans ce rapport. Cela englobe le visage et le miroir, mais c'est une question d'entre-deux : entre l'un et l'autre, passant par l'être, par la loi dont l'*aspect* donne la lumière *et* en reçoit. « Comment êtes-vous, comment vous sentez-vous à la lumière de l'Autre ? », telles seraient la question et l'idée (lumière d'Autre, lumière d'être) qui conjurent la fascination du visage.

Cette fascination, Lévinas la met en place sous le signe de la fameuse Scène : je vois l'autre se faire arrêter ; je suis d'emblée coupable, fixé par ce visage dans une faute irréparable. Il est vrai que du point de vue de la lumière d'être, je vois d'emblée ce qu'il voit : les nihilistes armés prêts à tuer ce qui leur échappe et, derrière eux, les nihilistes non armés planifiant la Scène pour nettoyer ce qui les gêne. Pourtant, même dans la Scène, mon visage peut se détourner du visage de la victime pour aller chercher quelle face du système nihiliste m'offrira prise, pour lui *rentrer dedans* avec ruse et patience, espoir efficace.

Lévinas dit : « *Je me demande si l'on peut parler d'un regard tourné vers le visage car le regard est connaissance, perception. Je pense plutôt que l'accès au visage est d'emblée éthique. C'est lorsque vous voyez un nez, des yeux, un front, un menton et que vous pouvez les décrire, que vous vous tournez vers autrui comme vers un objet. La meilleure manière de rencontrer autrui c'est de ne pas même remarquer la couleur de ses yeux.* » « *Il y a la droiture même du visage, son exposition droite, sans défense,* sa peau *est celle qui reste la plus nue, la plus dénudée (...) Le visage est exposé, menacé, comme nous invitant à un acte de violence. En même temps le visage est ce qui nous interdit de tuer* ».

D'aucuns ironiseraient : « Mais comment font les assassins ? » D'autres, plus graves, diront que ceux qui laissent faire les assassins (les masses de gens qui ont cautionné le nazisme...) peuvent bien voir le visage de la victime qu'on va abattre, ce peut même être un visage qu'ils ont aimé, ils savent au moment clé que ce visage les contrarie, et ils choisissent cette autre face qui le fera disparaître... C'est d'une féroce simplicité : le visage de l'idéal efface celui de la victime dès lors que cet idéal absorbe tout l'*être*, tout le potentiel des possibles – et c'est le cas de tout idéal narcissique.

De fait, l'appel « Ne tue pas », ce n'est pas le visage de l'autre qui me le lance – il peut certes le relayer : « ne *me* tue pas » – mais c'est mon rapport à l'être qui l'implique, car tuer c'est s'emparer pour la détruire d'une part d'être déjà prise, prise par ce corps vivant qui joue dans cette part l'essentiel de son destin. Si je la « tue », c'est que je n'accepte pas qu'elle m'échappe, c'est que je veux tout l'*être* pour moi. Le tueur est idolâtre et fétichiste. Bien sûr, le visage de l'homme qu'on va tuer rappelle le lien à l'*être*, dont il est l'un des relais ; il sert de dernier rempart, il rappelle *in extremis* que c'est une part d'être qui est vivante, qui suit son destin, destin qu'elle seule peut suivre et jouer. Il arrive que ça arrête le meurtrier, mais si c'est *cela* qui l'arrête, il est déjà coupable puisqu'il venait pour tuer. En tout cas, cela n'arrête pas celui qui a déjà absorbé l'être – le tout de l'être – dans l'idéal qui pour lui prend tel visage, celui du Chef ou du Guide qui n'aime pas qu'on l'oblige à grimacer. Et « ces gens-là » qu'il faut exclure ou détruire le contrarient, justement avec leur visage, où il a déchiffré la Chose même qu'il hait.

Pour Lévinas, si vous abordez le visage par la voie de la perception, de la connaissance, vous n'y êtes pas ; ce n'est pas une approche authentique. Pourtant, chacun sait que nous regardons avec le cœur, la mémoire, le désir ; que la connaissance dépasse l'observation, que connaître c'est naître avec, etc. Mais il insiste : si vous abordez un visage, si vous regardez ses traits ou ce qui le spécifie, vous le prenez pour un objet, or l'approche authentique de l'autre, c'est de le prendre pour un sujet, une parole, etc.

Or le sujet et l'objet peuvent bien se mêler, s'intriquer ; pourquoi exclure la perception, et la couleur des yeux ? La couleur est un morceau de lumière, elle peut éclairer nos mémoires et nos mots ; pour chacun, elle fait partie de son être, de son histoire, de sa présence, de sa parole... Le souvenir qu'elle éveille (transfert...) peut se révéler crucial, pourquoi l'écarter ? Est-ce parce qu'il n'a pas choisi la couleur de ses yeux ? Mais elle fait partie de son destin, qui m'intéresse. La couleur de ses yeux ne fait pas de l'autre un objet... Il ne l'a pas choisie, c'est pourquoi elle est la sienne, de par son être qui lui échappe. Et son regard s'exprime à travers elle ; c'est le complexe d'une histoire, avec ses lèvres, son nez... (C'est encore plus touchant s'il l'a fait refaire, pour le choisir, et si c'est raté...) Le visage se découpe dans une histoire qui le dépasse, elle va dans tous les sens et le visage va avec.

Si je me fixe sur la couleur des yeux, je risque de m'y enfermer, dites-vous. Ce n'est pas sûr ; et si je m'y enfermais ? Peut-être m'attire-t-elle, cette couleur, vers quelque abîme essentiel ? C'est en assumant cette limite, cette fermeture, que je peux m'en libérer. Vous pouvez être amoureux fou de ces yeux, ils peuvent vous faire franchir votre histoire, y compris celle de leur emprise ; c'est un effet de vérité. La vérité traverse ce qui se passe et ce-qui-est, ici et maintenant ; c'est comme se noyer dans ces yeux et en sortir. « Et si j'en meurs ? – C'est que ces yeux-là étaient votre vérité ; celle de votre vie... Tant pis, quelqu'un est mort pour les yeux de quelqu'un d'autre, c'est son destin. » Mais dire : enlevez-moi ça, ce trait, cette couleur, puis ça et ce nez, jusqu'au point de vérité, de nudité, d'extrême fragilité, c'est oublier que ce point est factice et n'a que la vérité du dénuement qu'on y a fait.

Mais laissons la couleur des yeux. Va-t-on s'intéresser aux traits, aux expressions ? Font-ils partie de son existence ? Lévinas retient du visage qu'il est nu, démuni ; le visage de tout homme. Il dit : c'est la partie la plus dénudée, *il y a dans le visage une pauvreté essentielle* ; le visage comme *existence dénudée et pauvre*. Mais le visage réagit à cette pauvreté, il a ses poses, ses mimiques : celui du Guide qui dompte la foule ou du Chef qui vous licencie ne rayonnent la misère qu'au second degré ; ils font ce qu'il faut pour que ce soit vous, devant eux, qui soyez pauvre ou dénudé ; ou mort. Eux, on peut bien les exhorter à retrouver leur vérité de visages pauvres et démunis, on n'en a pas l'occasion.

Pour trouver la « vérité » du visage « nu et démuni », il faudrait la chercher au-delà des masques dont le visage se couvre, il faudrait mettre ce visage face à l'être que justement il évite avec ce masque – lequel peut exprimer, par sa seule présence, une vérité aussi vive que l'état « dénudé ». Ainsi, ce père assis qui boit sa soupe avec sa famille attablée : visage dur... Vide ou fermé ? Suffisant ou déprimé ? Comment savoir sans une rencontre ? L'un des enfants dira plus tard en thérapie : « mon père ne disait rien ». Mais au début, lorsqu'il parlait, la mère explosait, c'était le chantage à la dispute, le père s'est tu peu à peu et a fermé sa devanture. Ce masque dur en dit plus sur sa misère que le concept de visage nu, qui n'est peut-être qu'un fantasme : une fois qu'on l'a dépouillé de tout ce qu'il dit, et qu'on s'est dépouillé de toute envie de le connaître comme une histoire, on le veut nu, on le voit tel, comme s'il était tombé du ciel.

Dans son approche du visage, Lévinas y convoque une vérité qui serait première ou ultime. Elle récuserait toutes les autres et ferait que même s'il est hautain ou fonctionnaire, on sait qu'il va s'effondrer, retrouver sa « nudité ». Mais que fait-on alors sinon guetter ce visage à son point d'effondrement, à son deuil de lui-même c'est-à-dire à sa *mort* ? Si quoi qu'il dise ou affiche, ce visage vous paraît nu, menacé et fragile, c'est que *vous l'avez devancé*, vous vous êtes mis un cran au-dessus, et vous le regardez d'un lieu sûr, d'en haut... Lui ne sait pas ce qui l'attend, vous vous « savez », vous projetez ce savoir. (« Ils ne savent pas ce qu'ils font », dit Jésus, et de ce fait il les surmonte ; c'est lui qui deviendra leur Dieu. De même celui qui tend l'autre joue guette l'agresseur et l'observe d'un point où il s'accorde tout le savoir sur lui.) Et de quel droit écartez-vous les arrogances et les passions de ce visage pour ne viser que sa nudité ? C'est dire que la vérité de cette approche serait plutôt l'extrême onction, la veillée du deuil, ou la Scène de l'arrestation. Toujours elle. (De fait, cette approche consiste à oindre le visage pour lui rendre sa pureté, sa virginité première...)

Si pour Lévinas « le visage est cette réalité par excellence où un être ne se présente pas par ses qualités... », si on ne peut pas dire qu'il *est* ceci ou cela, c'est que *le visage est un affleure-*

*ment d'*être ; les qualités y sont des relais d'un nom encore instable car « infini ». Le visage de l'autre est sa façon de convoquer l'*être*, et c'est ce couple (l'autre et l'être) qui secoue mon indifférence et m'ouvre aux appels d'être, s'il me fait face selon une bonne « présentation ». C'est cette béance sur l'*être* qui, traversant l'égoïsme, fait que le visage de l'autre peut vous atteindre. Sinon, assez de témoignages le montrent, le seul visage de l'autre même en détresse, même dans la Scène, ne fait pas le miracle de franchir l'abîme. Mais pour Lévinas, le visage de l'autre comme tel « m'ordonne de l'aimer, m'interdit l'indifférence ». La non-indifférence serait-elle l'amour ? Et quand elle l'est (quand l'autre est sur le point de mourir...), n'est-ce pas simplement un amour projectif ? Un amour narcissique de l'autre pris comme une part de nous-mêmes ? absorbé par notre moi ?

Son approche du visage se veut absolue, au-delà des obstacles – qu'en fait elle fuit. Cet homme vous fait une sale gueule ? Mais c'est sa peur qu'il exprime, ou c'est purement contingent. Il a décidé de vous nuire ? Mais c'est sa misère qui parle ; au fond, il est fragile, aux prises avec sa nudité. Même dans la Scène de l'arrestation, le visage des flics devait être assez... complexe (ils arrêtaient des « connaissances », des gens paisibles). Eh bien, si ces visages sont hypocrites ou agressifs, c'est leur façon d'être là, mais comme visages, ils sont fragiles et démunis... Nous voilà victimes de gens démunis qui surcompensent. Au mieux, on conclura que les tueurs tuent parce qu'ils ne peuvent faire autrement pour « maintenir » leur équilibre, sauver la face, etc. (Cliché que même l'expert psychiatre, après le meurtre, n'invoque plus.) Bref on revient au fameux « ils ne savent pas ce qu'ils font » – qui vous suppose à vous le vrai savoir sur leur nature.

Or en étant si au-delà de leur savoir et de ce qu'ils sont, quel intérêt auriez-vous à les rencontrer ? Vous seriez leur horizon, leur être, leur Dieu. Comme Jésus, qui ajoutait : « Mon Dieu, pardonnez-leur, ils ne savent pas... » Mais qu'est-ce qu'un pardon si vous posez que l'agresseur ne sait pas ce qu'il fait ? qu'il est inconscient, irresponsable, qu'il n'existe pas comme sujet ? Qu'est-ce que pardonner à des gens qui sont objets de ce qu'ils font, pures proies de leurs actes ?

L'autre, voilà qu'à force d'éviter d'en faire un objet (en refusant de voir ses traits…), vous en faites un pur objet.

Au départ, le rapprochement avec Jésus semble partiel ; Jésus s'octroie tout le savoir : « Ils ne savent pas… » Et lui sait qu'ils ne savent pas. Mais Lévinas approche le visage des autres avec l'avantage de *savoir leur fragilité*. Eux ne savent pas à quel point ils sont fragiles. Si lui le sait, cela lui donne une certitude, pas une fragilité ; et l'on revient à Jésus-Christ.

Mais l'autre qui, dans une posture de force vient nuire et tuer, une fois que c'est fait, il a des remords. (La culpabilité allemande… Beaucoup comptent sur elle, ne voyant pas qu'elle porte en germe son revers : « Assez de culpabilité ! ») Et s'il en tue beaucoup, une fois vidé de sa pulsion agressive, il s'étonne : « C'est fou ! Mais qu'est-ce qui nous a pris ? » Or nous vivons l'histoire à mesure qu'elle se déroule. Difficile d'aborder un visage de « tueur » en le couvrant du remords qu'il aura après l'acte ; comme d'aborder un visage dur et phobique en lui ôtant le masque que sa peur lui fait mettre.

Ici, un certain jeu sur le temps frôle l'auto-duperie : on se place au point de vérité de l'autre où l'autre n'est pas encore. Tout comme on s'octroie le savoir qui lui manque. On comprend qu'alors il faille « répondre *pour* lui » : en répondant, on garantit qu'il va vers l'authenticité, qu'il y arrivera tôt ou tard, quand tout « ça » sera terminé. Ça : ses bêtises, ses symptômes, ses « réponses » aux pulsions, son histoire. Bref, on l'attend à sa mort ; là il dira sa vérité… S'il ne la dit pas, sa mort la dira pour lui, elle relativisera tout ça. Et si cet autre fut une victime, on l'attend au terme de la Scène où il fut arrêté ; donc à sa mort aussi où il dira sa vérité, sa question : « Pourquoi ? » Dans tous les cas, on s'octroie une posture « fantastique » au regard de l'autre et de son visage, dont on comprend que la « nudité » exige de *répondre pour* lui.

Bien sûr, tout est plus « simple » quand le visage dont il nous parle est celui d'une victime ; comme dans la Scène à trois où les tiers regardent et disent : « Ça ne nous regarde pas ». Là Lévinas leur dit : « Vous êtes fous, ne voyez-vous pas que vous avez à répondre de ces êtres qu'on arrête ! Pourquoi ? Parce qu'ils ont un visage, comme vous. » L'ennui, c'est qu'ils devront, à ce compte-là, répondre aussi du visage des tortionnaires. Quelle différence du point de vue du visage ? (En leur temps, les bonnes sœurs qui avaient leur couvent à Auschwitz disaient qu'elles y priaient pour les victimes et les bourreaux. La différence leur semblait mince.) C'est ce qui invalide cette posture au regard de l'histoire. Si tout le monde doit répondre de tout le monde, tout le monde se retrouve sur le toit, plus personne en bas. Principe d'uniformité : tout le monde à l'étage supérieur, ou tout le monde au sous-sol (là où tous sont égaux : devant la mort), là où toute différence semble mince, dérisoire, au regard des visages « nus ».

On partait pour la rencontre « absolue », celle de l'autre comme visage, et l'on arrive à la rencontre impossible – qui convoque ce visage, fragile et démuni, à sa vérité ultime, à sa « mort ». Outre qu'elle identifie mort et vérité – erreur totalitaire : la mort n'est pas la vérité (c'est une *vraie* fin de vie) –, cette morale donne rendez-vous là où le rendez-vous n'a pas lieu : quand on est tous prêts à mourir.

Or la rencontre impossible a pour signature la violence. Et à toujours la reporter on reproduit d'autres violences. Lévinas rejette la violence comme action qui détruit la possibilité de l'action ; mais la violence peut rendre possible l'action en confrontant des adversaires qui se défilaient dans le rien. La violence est l'effet d'une rencontre éludée. Et où donc irait l'action si l'un des deux détenait l'exigence absolue ? (ou tous les deux...).

Voilà des aspects du visage dont l'approche « absolue » appauvrit trop le jeu. Surtout l'idée de visage « nu » comme comble de l'authentique. Cette idée de Lévinas suppose abouti un processus de démasquage qui n'est même pas commencé, qui n'a de fait jamais le temps ni le lieu de commencer. Car le sujet, menacé d'être mis à nu, se couvre vite d'un autre masque. Déjà Adam et Ève, nus devant leur acte, se couvrent de peur, se cachent dans leur peur y compris avec des feuilles.

Ailleurs on se couvre d'apparences – toujours plus subtiles : les Russes qui torturent en Tchétchénie ne le font pas sans être accompagnés de Responsables qui veillent au respect des Droits de l'homme. Comme dans la fameuse visite, en son temps, d'un camp nazi par de Hauts Responsables de la Croix-Rouge.

3

La Shoah

Lévinas a posé que la « Shoah » est *impensable*. Façon poignante de poser qu'au fond on ne pensera qu'à ça mais sur le mode du malheur absolu, de l'horreur qui se consomme, qui brûle sans se consumer, et non du deuil qui s'élabore et se franchit. Façon de dire qu'on s'interdit de s'en libérer.

Mais la « Shoah » est pensable, comme toute action humaine ; comme tout ce qu'ont fait les nazis. Ce qu'ils ont fait, autour de l'Extermination, c'est de détruire les liens humains les plus intenses (parents-enfants, frères-sœurs, époux, amants, amis...) en misant chaque fois sur le lien ultime – narcissique – de chacun à sa vie, à son corps. Exemple parmi tant d'autres récemment recueillis d'une grand-mère (toujours sur la Scène d'arrestation) : fillette, elle arrive devant chez elle avec son frère, elle apprend que le père a été pris dans la Rafle, elle dit : « Bouge pas, je reviens ». Elle va « chercher » le père, revient bredouille juste à temps pour voir la police emmener le petit frère ; elle refrène son envie de courir après lui. Sa vie en est détruite, « il n'y a pas de jour où je ne pleure pas ». Deuil infaisable, culpabilité totale, qu'elle allège à peine en épousant un homme très dur – un Juif qui sans le savoir s'est identifié aux nazis. Elle a donc eu la « Gestapo » chez elle toute sa vie ; c'est au prix de ce lien pervers qu'elle a pu vivre. Impensable tout ça ? Non. Horrible mais pensable et repensable comme la plus fine trame du destin, comme la texture de l'histoire.

J'ai ailleurs parlé des Camps, de l'Extermination[1], et montré ce qui la spécifiait : la quête du dernier Juif qui refermerait sur lui le tout de cette « identité » dont la béance, le rapport singulier à l'être, inquiète toute identité qui prétend à

1. Voir *LE « RACISME » OU LA HAINE IDENTITAIRE.*

la plénitude, à la clôture narcissique. J'ai montré que l'enjeu était le « meurtre du Nom », du Nom comme support de la question symbolique, et ce par le meurtre de tous les corps qui répondent de ce nom. Dans ce Meurtre, l'identité germanique, excédée par ses manques originaires, par son échec à s'identifier à elle-même, son impuissance à se faire une origine « propre », à ressaisir son destin, à s'imposer comme une forme exaltée de l'humanité, s'en est prise aux *dérangeurs d'identité* que sont les Juifs comme au virus absolu à supprimer ; c'est passé à l'acte sous le signe d'une haine pour tout ce qui est symbolique, pour le nom comme tel. (Comme par hasard, le Dieu des Juifs s'appelle le Nom.) Ce Meurtre spécifie le génocide des Juifs comme point-limite parmi les meurtres de masse. Cela n'interdit pas de l'invoquer à propos d'autres grands meurtres, même s'il s'en distingue, car il peut en éclairer certains aspects. Et ce serait fétichiser la Shoah que d'exclure ses victimes – sous prétexte d'« impensable » – pour qu'il n'y ait aucun contact donc aucun risque de les confondre avec d'autres. (La peur de cette confusion s'explique aussi par l'amalgame antisémite sur les morts non-juifs d'Auschwitz : les Juifs étaient tués comme tels et, une fois morts, ils devenaient Polonais.)

Les Camps nous ont beaucoup appris sur l'homme et l'on peut en parler avec rigueur. Ainsi, comme tout pervers, les nazis ont joué sur l'amour de la loi. Le témoignage de Philippe Müller est particulièrement violent. Je l'avais lu dans son livre[2] plusieurs années avant le film. J'avoue que, plus que toute image, ses paroles et son livre furent pour moi un calvaire : impossible de ne pas être avec ces gens qu'on va tuer, et en même temps, par un respect minimal de leur destin, on coupe l'identification, pour y retomber à nouveau. Les nazis dans leur tombe doivent jouir encore de nous voir plonger et ressortir et replonger dans cette marée d'horreur. Dans son livre, l'extrême douleur tient au mélange de vie et de mort savamment entretenu par les nazis : l'espoir maintenu... Car

2. *Trois ans dans une chambre à gaz d'Auschwitz* (Pygmalion, 1980).

pour procéder au meurtre de masse, ils laissaient supposer assez de vie, juste un peu de vie en plus, pour avancer entre-temps leurs forces de mort.

Le bourreau mise sur l'amour de la loi chez la victime, et se pose, lui, au fondement de la loi, la sienne, grâce à quoi il met l'autre en faute. C'est peu dire qu'il le prive d'innocence, l'autre se retrouve toujours en faute, et c'est puni qu'il meurt ; n'était-ce pas pour sa « faute originaire » qu'il fut déporté ? la faute d'avoir taché l'origine pure des bourreaux ?

L'être impersonnel, les nazis ont tenté de le créer, en vain ; c'était leur fantasme ; mais l'être impersonnel n'existe pas dans un corps d'homme. Un corps en train de mourir de faim dans un Camp, ce n'est pas un être impersonnel. Ce fantasme nazi est sans réalité ; ça les rendait furieux d'échouer à réaliser leurs fantasmes même si l'approche de ces fantasmes a été assez lourde et destructrice d'humanité. Mais faute de *produire* l'homme impersonnel, ils se sont, eux, produits comme impersonnels ; c'étaient eux finalement, l'homme impersonnel, réalisant un programme sans penser à ce qui fait retour sur lui.

Les Camps nous ont appris l'énorme pathologie des survivants et de leurs enfants. La culpabilité, la honte : « Pourquoi moi ? » ; « Ne suis-je pas en train de vivre la vie d'un autre ? à sa place ? » ; l'autopunition qui s'ensuit, où il faut ne pas trop jouir de sa vie, ne pas trop la « mériter », car si on la mérite c'est que ceux qui sont morts ne l'ont pas méritée ; du coup vivre sa vie ce serait acquiescer à leur mort. (Terrible confusion entre : reconnaître, accepter, acquiescer, vouloir, désirer...) On voit des enfants de rescapés, brillants, pleins de vie, suivre des trajets d'effacement : s'ils devenaient remarquables, l'enfant mort qu'ils remplacent les remarquerait et reviendrait demander son dû. Donc ne pas se mettre en avant, ne pas chercher l'admiration, la reconnaissance ; multiplier l'inhibition ou le ratage ; ne pas avoir une « raison d'être », elle serait pour les victimes une raison de disparaître ; ne pas « donner sens à sa vie », elle se croirait justifiée, on oublierait l'usurpation qui la fonde. Primo Levi a parlé de l'horreur d'être « sauvé », et de penser que c'est par la grâce divine, ou pour témoigner… Et certains qui le lisent avec dévotion, posent que « seul » lui peut dire cela, quand c'est dit et vécu par des milliers. Et ils écoulent sur le marché, sûrs d'y rencontrer le silence, leur petite casuistique de l'horreur. Ainsi : ceux qui ont survécu étaient les « meilleurs » ou les « pires » ? (Finkielkraut). Mais que veut dire meilleur ou pire ? Pourquoi *jouer* le fantasme pervers où la vie reviendrait à ceux qui la « méritent » ? Chaque nouveau-né le réfute, lui qui a toute sa vie devant lui et qui est loin de tout mérite ou démérite. Étrange aussi de se placer dans un espace aussi « fou » que le Camp pour dégager des lois, des régularités comme : ceux-là sont morts « à cause » de leur valeur, d'autres « à cause » d'une moindre valeur, et la plupart sans autre Cause que celle qui voulait leur mort, à tous. Ces moralistes qui aujourd'hui déclament : « la règle pour survivre dans le camp est simple : vivre exclusivement pour soi » ont de bonnes raisons pour ça ; ils entretiennent le gisement sur lequel ils vivent : celui de la culpabilité. Certains d'entre eux ont besoin de Lévinas comme rempart théorique pour faire l'appoint dans cette culture de la faute, via la faute inexpiable qu'ils « s'approprient » et qu'ils offrent à chacun. Or si les Camps nous ont montré qu'il y a de l'abject dans le vouloir-vivre, cela ne fait pas du vouloir-vivre une abjection ; surtout s'il faut rien de moins qu'un camp de la mort pour la faire émerger. Dans *La liste de Schindler* on voit bien le réflexe pas très « noble » des « élus », ceux de la *Liste*, face aux autres avec lesquels ils ne voulaient pas qu'on les confonde. Surtout pas, s'ils voulaient sauver leur peau. Faut-il que nos moralistes décident de la situation ? et sermonnent après coup un public poli qui explosera un jour ou l'autre ?

Des transferts « abjects », il y en a beaucoup dans la vie, on ne choisit pas les transferts où l'on est pris. Des injustices essentielles : « Pourquoi préférer Abel ? Pourquoi ne pas agréer les deux ? Caïn *et* Abel ? » Objection gentille, ignorant que la différence et le déchirement parcourent les airs et tombent presque au hasard sur l'un ou l'autre, et que le problème est de savoir ce qu'il en fait. Il suffit qu'un enfant soit préféré pour son nez ou ses cheveux ou parce que la mère a moins souffert à sa naissance, et c'est un germe d'usurpation et d'injustice ; un germe, car tout dépend des après-coups et de l'histoire. Dans les Camps, elle tournait mal dès le départ, c'était fait pour, mais faut-il repasser après les nazis pour faire le tri de la valeur et des mérites pour les morts et les survivants ? Le problème est de savoir ce que chacun fait du trauma dont il hérite. Mais s'épancher sur le fait que les détenus dans les camps n'étaient « pas tous des anges » (Finkielkraut), cela rime à quoi ? Pourquoi plaquer ses jugements conçus dans son fauteuil sur un espace infernal où ils ne peuvent être qu'obscènes ? Juger de la liberté humaine à partir de ce qu'elle fut dans les camps, avec des scènes purement perverses comme le « choix de Sophie », pour conclure que la liberté est « dérisoire », semble une douce escroquerie, d'autant que pour finir on se rabat sur la nécessité d'« institutions raisonnables » qui protégeraient la liberté... Le Tiers, dans cette éthique de l'absolu, ne va donc pas plus loin que *ça* ?

La vie et la survie dans les Camps de la mort fut peut-être une épure extrême de la survie en temps normal. L'horreur et le sublime s'y étalent, mais il n'y a pas de mode d'emploi. Vivre « seulement pour soi » ? Est-ce toujours la bonne recette ? La survie devait être aussi réglée par des lois biologiques, par la force de l'espoir... pas toujours par l'oubli des autres : pour certains, l'oubli de l'autre est déprimant et cela retire la force de vivre. En tout cas, plaquer la scène des Camps (ou celle qui y mène, l'arrestation) sur le théâtre de la vie, relève d'un chantage qui au départ simplifie, idéalise, et peu à peu rejoint la vie réelle, infernale et sublime dans tous les cas, avec des anges brutaux et des brutes angéliques...

Dire comme ces moralistes que « la vérité de l'homme c'est le Camp » est faux. Le Camp révèle *une* vérité de l'homme ; et pour l'apprendre on n'avait pas besoin du Camp, on l'a toujours su : les narcisses, les fauves, même « gentils », résistent mieux à la destruction. Devant la mort, l'homme abandonne son frère pour sauver sa peau, sauf exception ; devant la scène d'arrestation, ceux qui ont horreur du risque ne peuvent d'emblée prendre le risque de faire un geste qui défie l'ordre. Dans les pires conditions, l'homme s'accroche à l'idée de loi comme au dernier recours. Etc.

Ils disent encore que dans les camps, pour « être », il faut traiter plus ou moins avec les bourreaux. C'est si évident, et sans doute faux aussi. Outre que « être » c'est d'abord pouvoir être autre chose que ce-que-l'on-est, c'est une tension vers d'autres champs de l'*être*, distincts de ce-qui-est. Je suppose que dans les Camps, « être » se réduisait à subsister, rester vivant, identique à ce qu'on est : ne pas s'effondrer ; mais que pour cela il fallait sans doute appeler à la rescousse des figures lointaines de l'*être*… ou du néant pour y prendre appui. Rendant caduque toute autre prévention que l'épreuve d'affronter l'*être* sous le signe d'une loi de vie.

La peur d'être abandonné et livré au non-sens est assez forte pour que certains préfèrent maintenir l'idée d'un Dieu personnel, volontaire, qui aurait décidé de faire du mal à son peuple pour le *punir*, par l'Holocauste et par d'autres misères, plutôt que d'affronter l'idée d'un pur malheur dont on pourrait faire quelque chose : le penser, l'intégrer, le poser comme une énigme… L'histoire, elle, en a fait quelque chose. En outre, du point de vue de l'*être*, il n'y a pas à supposer un « Dieu bon qui fait le mal alors qu'il devrait faire du bien », mais à penser les affrontements avec l'*être*, ils comportent et du bien et du mal.

Cela dit, on peut (se) faire beaucoup de mal *avec* Auschwitz : en s'y réduisant ou en l'invoquant à tout bout de champ jusqu'à ce que les autres ne veuillent plus qu'on leur en parle, ce qui ramène au cas antérieur où ils n'en voulaient rien savoir, déjà. À moins que pour justifier leur distance ils ne minimisent la Chose.

En tout cas, on paiera cher encore longtemps pour n'avoir opposé à l'Holocauste qu'un mur de culpabilité.

La singularité historique d'Israël (son « élection », ou plutôt ce qui lui a fait élire ce Dieu-là précisément : l'être-temps) implique-t-elle cette éthique-symptôme et cette morale de coupable ? L'exigence éthique après l'Holocauste, est-ce de basculer dans le « se sacrifier à l'autre » ? Avec le « choix » de leur Livre (tout centré sur l'*être-temps*), les Juifs ont ravivé *une faille trop humaine*[3] *qui pour chacun sépare telle phase narcissique de tout le reste du mouvement d'être.* Ils ont posé que *rien d'autre que l'être* ne vaut d'être « divinisé », ils ont apporté un Livre inouï qui « retient » ce qui s'est ensuivi pour eux dans ce rapport singulier à l'appel et au nom : de ce fait, ils sont *exposés* à quiconque a des problèmes d'identité – avec l'être, le nom, la différence, l'angoisse narcissique... Et quand ces problèmes prennent la dimension qu'ils ont eue en Allemagne, au nom de l'Occident ou presque, c'est un grand risque d'être juif et de se trouver dans les parages. Il s'ensuit une souffrance singulière. Mais la souffrance n'a pas de sens... tant qu'on ne lui en trouve pas un. Et quand on l'a trouvé, l'important est de pouvoir en changer, de ne pas y rester, car un sens unique est déjà une punition, une souffrance.

Lévinas dit que son œuvre fut marquée par l'horreur nazie, il ne dit pas comment. Or cette œuvre fut *infléchie*, réfléchie, à travers les voies complexes, contradictoires, que lui-même n'a pu à la fois vivre et penser. Faute d'un lieu d'être et d'une distance devant cette horreur, il a dit qu'elle était l'impensable ; et cela produit un vrai chantage : si on pense l'Holocauste, si on arrive à le surmonter, c'est qu'on a pu le liquider, tourner la page... Or faire le deuil, ce n'est pas oublier, ni même pardonner ; c'est ne pas faire de cette perte la fin de l'histoire, l'ultime forme du néant ou de l'être. Bouger son corps après un deuil c'est vouloir la *suite* du temps, le *reste* inépuisable. Quitte à s'effondrer si c'est trop dur, et à se relever encore. Beaucoup de belles vies titubent d'une création à l'autre, *à travers* le bien et le mal.

C'est donc manquer de confiance dans l'*être-temps indéfini* que de vouloir, au moyen de la mauvaise conscience, *barrer la route de la perfection* (comme si elle nous guettait !). Lévinas dit : « Plus je suis juste, plus je suis coupable ! » Autant dire qu'il s'interdit le partage avec l'autre, la reconnaissance que donne l'autre en quittant la place de victime. Il pose qu'être humain ce n'est pas *être au monde* mais être en question. Et n'y a-t-il pas un temps de repos pour les questions ? Non, car

3. Voir *Annexes*.

ce programme de « sacrifice sans réserve » pour l'autre est celui de « l'incessante expiation d'une dette inexpiable » (*sic*). Programme de rééducation pour les témoins indifférents de l'Holocauste…

Que la victime des Camps puisse dire : « Dieu est mort » et que son bourreau le dise aussi, n'est pas si stupéfiant. L'un et l'autre ont pu figer le tout de l'*être* en un être suprême, « Dieu », qui de ce fait même ne peut être que déjà « mort ». Surtout si on attend qu'il réponde, dans un franc dialogue d'homme à homme, un dialogue qui franchisse l'abîme ontologique entre l'*être* et *ce-qui-est*. Exiger ce « dialogue », c'est peut-être une autre façon de passer Dieu. Le sens du cri « Dieu est mort » est sans doute plus vivant si on l'entend du point de vue de l'*être* : ce que vous avez fait de l'être, cette chose que vous appelez Dieu, ce n'est pas vivant, c'est mort ; trouvez d'autres rapports avec l'*être* qui vous fassent vivre ; parlez avec l'*être* sur un mode plus vivant, plutôt que de vous voiler la face en disant que « Dieu se détourne », ou de vous boucher les oreilles en disant qu'il n'entend pas.

On peut encore égrener les vérités bien connues confirmées par les Camps, même les nazis les connaissent puisqu'ils ont joué là-dessus. En revanche, c'est un triste projet de faire des Camps le haut lieu de l'Impensable, pour faire passer sous le chantage une éthique qui ne résiste pas à la pensée.

Une remarque sur le mot Shoah, adopté pour désigner l'Extermination. Dans la Bible, ce mot intervient dans des contextes presque ordinaires du malheur, de la catastrophe, comme : si vous ne vous conduisez pas bien, il y aura de la catastrophe, de la destruction, de la *shoah*. La destruction de Jérusalem est une *shoah* ; quelqu'un rentre chez lui et voit son village détruit, c'est une *shoah*. Pourquoi a-t-on choisi ce mot pour qualifier le projet d'extermination nazi ? Est-ce pour rayonner à partir d'un mot hébreu, incompréhensible, une aura obscure et sacrée qui contribue à l'idée qu'Auschwitz est impensable ? Comme si cela devait le protéger de la pensée ? Alors qu'Auschwitz est une relance déchirante de la pensée qui doit affronter l'Événement, et en sortir comme d'un buisson ardent rechargée d'*être* et ressourcée.

Le mot *shoah*, des gens qui n'en savent pas le sens en parlent avec dévotion, comme d'un sacré, d'un intouchable. Il contribue, pour les non-hébraïsants, à faire une sorte d'idole noire, à sacraliser cette Chose, à l'extraire de la pensée et de la vie. Or cette Chose doit être pensée régulièrement – non pas à tout bout de champ, mais à bon escient – comme le symbole de ce qui fait que l'homme se rabat sur l'anéantissement de l'autre quand il a trop de problèmes avec l'*être* et avec son mode d'être.

Lévinas fut une victime du nazisme en tant que philosophe, pas seulement comme déporté ou fils d'une famille gazée. (Il fut déporté comme officier français, pas comme Juif, et cette culpabilité aussi a dû lui peser.) Et il devient lui-même objet de la Shoah, victime du nazisme en ayant dû sacrifier tout ce que son maître avait touché – puisque Heidegger fut nazi même s'il ne fut pas que cela. Lévinas n'a retrouvé que peu à peu sa veine philosophique liée au Livre, dans ses commentaires talmudiques ; plus tard, presque trop tard, après avoir déjà produit cette éthique poignante, non crédible à moins d'être banalisée.

Il a été, comme penseur, pris en otage par la Shoah, et il y voit surtout le décalage entre les souffrances endurées et l'idée de « théodicée » (justice de Dieu). Dans ce décalage il voit « *le fait le plus révolutionnaire de notre conscience du* *XX*^e^ *siècle*[4] », le discord entre réalité du mal et projet divin (supposé par des hommes). C'est nettement en retrait par rapport à d'anciens penseurs, lors de catastrophes antérieures : Mais que fait Dieu devant l'horreur ? criaient déjà l'antique Job et les vieux prophètes. Le Talmud, lui, alla plus loin : Dieu voudrait parfois rayer le mal qui fait tant souffrir « son peuple », mais il en est *empêché*. Par quoi ? Par… l'instance de la Loi. Autrement dit, par des nécessités intrinsèques à l'histoire, au réel ; elles font loi, et il vaut mieux étudier – chercher, talmudiser – plutôt que de s'en prendre à Dieu qui en ce sens « n'y

4. Voir *Entre nous*, p. 114.

peut rien ». Ces nécessités, dans le cas du nazisme, sont l'érection d'une identité totale, complète, mue par l'envie, la jalousie, la rage des vaincus ; c'est tout le déploiement de la « haine identitaire ». Alors ? Aura-t-il fallu attendre Auschwitz pour penser, côté religieux, le décalage évident entre « projets » divins et désirs humains ?

C'est dire que son analyse du nazisme (en 1934)[5] est mince, et elle surprend car il croit vraiment que l'hitlérisme est fondé sur la biologie. Or le nazisme, suivant en cela d'autres idées « racistes », notamment celles de l'Inquisition, s'est « fixé » dans le sang et les gènes comme sur une forme de Réel où personne n'ira vérifier... quoi ? Que la différence indésirable, persécutive s'est logée là. Cette rationalisation cache surtout le projet de se faire élire ou agréer par le dieu Réel, celui de la Vie brute élémentaire. L'essentiel est donc le mouvement de plénitude narcissique – et par suite idolâtre – qui trouve son garant là où il peut pourvu que ce soit hors de portée ; de là il veut achever tout ce qui pose ou maintient la question symbolique. Le nazisme veut non pas « le corps » mais la transmission naturelle, automatique, celle qui se passe du symbolique, qui l'évite parce qu'elle l'exècre. Le nazisme magnifie le corps (pas tout corps, le corps conforme) surtout comme lieu de forces obscures, que le Fürher saura par ailleurs manipuler. Lévinas identifie le nazisme et le culte du corps. C'est inexact et gênant car aujourd'hui ce culte s'étale innocemment, dérisoirement, sans qu'il y ait pour autant trace de nazisme. En revanche, il dit (dans ce texte) que le nazisme est « dangereux », qu'il veut la guerre. Pour certains, c'est prémonitoire. Ils oublient que c'est écrit en toutes lettres dans le livre de Hitler ; qu'en 1934, quiconque voulait savoir savait, « le monde » savait et fermait déjà les yeux en attendant le viol massif. De fait, Hitler dans son livre disait tout ce qu'il ferait, et il a fait tout ce qu'il a dit : la guerre, l'élimination des Juifs, etc. La vraie question c'est plutôt qu'ayant montré que le nazisme était dangereux, ça n'ait rien fait à personne. Certes, on eût aimé que Lévinas dît quelques mots sur son maître Hei-

5. In *Réflexions sur la philosophie du nazisme*.

degger qui, à l'époque, proclamait : « Que non pas des thèses et des idées soient les règles de votre être : le Fürher lui-même et lui seul *est* le présent et l'avenir du peuple allemand [6]. » Mais il n'en dit mot.

De fait, la solution qu'il a produite pour sortir de sa souffrance et exister comme penseur est assez intemporelle (les dates n'y sont que de simples repères) : il s'arrache à la pensée de Heidegger *après* la guerre. Cette pensée n'était pas seulement pour lui une seconde origine mais un report philosophique de *son* origine biblique. Il s'y arrache et se retrouve acculé à une posture de sacrifice de soi à l'autre, posture théorique mais essentielle, qu'il rectifiera *in extremis* au nom du simple réalisme (si tout autre se propose, à moi qui donne, où vais-je donner de la tête ?). L'aspect intemporel de cette solution confirme qu'elle porte la marque de l'inconscient, comme tout symptôme, dont on sait qu'il s'élabore comme un arrêt du temps ; un arrachement à l'histoire. Mais en rejetant Heidegger, Lévinas rejetait la partie la plus profonde et archaïque du judaïsme, partie que d'ailleurs il ne pouvait, à l'époque, approfondir puisqu'elle restait pour lui au second plan, loin derrière le discours universitaire. De sorte qu'en revenant plus tard au judaïsme comme à une source essentielle de sa pensée, il y revient par la *Shoah*, à travers elle. Dans ces cas, la culpabilité du survivant est assez lourde et ne laisse aucun répit pour poser la question de l'*être*, surtout quand on l'a rejetée. Quelle rigueur implacable dans ce trajet ! Pourtant, comme toujours dans la vie, elle se nuance : il y a la veine talmudique qui a donné ses belles *Lectures* ; et ses commentaires bibliques le samedi matin à la synagogue de l'École normale, dont profitèrent les élèves avec qui il mena une vie religieuse orthodoxe...

---

6. Cité dans *Heidegger* par F. Guibal.

Chapitre III

BRÈVES 1

Éthique ou morale ?

1. ***Quelle différence ?*** Les prophètes déjà la suggèrent sur le mode : Vous dites que vous faites bien, que vous êtes conformes à la loi... mais c'est tout le contraire : vous faites ce « bien » pour pavoiser, pour avoir de vous-mêmes une bonne image ; alors que vous *êtes* féroces et idolâtres. C'est la différence entre conformité à un principe et mouvement d'être qui met en jeu ce principe, dans sa genèse, son déclin, ses limites ; mouvement qui, à travers ce principe, met en jeu les questions qu'il refoule. Exemple : on peut être conforme à : « Tu ne tueras point » et *être* « un *tueur* » (en langue moderne, c'est clair). Bref, la morale est un cadre de principes et l'éthique une épreuve d'être, en amont des cadrages. *La morale couvre un bloc de principes qui la portent, l'éthique est leur déploiement symbolique*. C'est pourquoi l'*éthique de l'être* semble un pléonasme, n'était que l'*être* dont elle parle n'est pas seulement le mouvement d'être de chacun, mais l'être qui le déborde et où il prélève de quoi... être.

Ou encore : l'éthique est un rapport à l'être et la morale est ce qui prétend encadrer l'être – lequel ne se laisse pas faire puisqu'il excède tout ce-qui-est, donc tout cadrage. D'où le caractère toujours forcé d'une morale, pour ne pas dire vaguement pervers, là où l'éthique n'exige que de prendre en compte... l'être.

Il est naïf de ramener l'éthique à la pratique sociale, car les questions d'« éthique » que se pose tel corps d'experts (médecins, avocats, éducateurs...) se posent à tous. Simplement, ces agents y invoquent une certaine loi, fermée sans doute mais rappelant l'idée de loi, laquelle est un processus infini, puisque dans ces cas critiques que les experts agitent, nulle loi digne de ce nom ne dit d'avance « ce qu'il faut faire ». Il y a problème éthique toutes les fois qu'il y a faille dans la loi, passage à vide dans son procès d'émergence, dans le frayage de son écriture, en principe infinie. Cette cassure inévitable est le signe que ce processus de loi suit le mouvement de la vie.

Cela tire à conséquences. Les religieux ont une morale, les laïcs aussi, mais aucun d'eux, en général, n'a une éthique « meilleure » que l'autre ; puisque chacun, précisément, veut d'abord être meilleur que l'autre.

Les textes de la Bible s'en prennent aux uns autant qu'aux autres. Et les textes religieux ne sont pas utiles pour l'éthique, non parce qu'ils sont religieux au sens de superstitieux, mais parce qu'ils sont moraux, c'est-à-dire pris dans l'éthique de l'*être conforme*. Conformité dont nous savons qu'elle fait obstacle à l'épreuve d'être, qui implique de n'être pas conforme à soi-même.

Les textes bibliques, une fois « éclatés » sous le poids de l'interprétation, laissent voir leur ancrage dans l'*être*, et sont utiles pour éclairer le rapport à l'être. Ils tirent leur force de se mesurer à une pensée plus forte qu'eux. C'est sous cet angle que leur approche éclaire l'éthique. Ils recouvrent une pensée de l'être ; il faut aller l'y chercher ; quand on la trouve, c'est évident[1].

Mais l'éthique de Lévinas d'enfermer le rapport à l'être dans le rapport à l'autre (avec comme principe : priorité à celui-ci) est plutôt une morale. C'est conforme à sa logique : où pour donner à l'autre le pouvoir sur soi il faut déjà le contrôler ; logique qui régit les montages pervers.

2. ***Grandeur et misère de la victime.*** Souvent *la victime résiste à parler, à demander justice* (voir le long silence des Rescapés), car elle a peur de réveiller chez l'autre une culpabilité trop forte, qui peut devenir inintégrable donc violente. Elle se doute qu'après un temps d'apitoiement – où « les autres » tolèrent les récits affreux de la violence et même en redemandent, ça les émeut – ce sera le retour de bâton : « Bon, ça suffit ! Assez de vos histoires ! »

1. Voir « Pour une éthique de l'être » dans *Les Trois Monothéismes*.

En même temps, l'état de victime est un arrêt du processus identitaire. À ce titre, il est narcissique. *Il y a un narcissisme de la victime*, assumé ou pas ; dangereux pour elle, pour son avenir. Les nazis continuent de faire des ravages parmi les Juifs vivants en les fixant à cette place de victimes, ce qui les empêche d'approfondir leur mouvement d'être, leur processus identitaire.

Quand ce sont les tenants mêmes de la loi qui cautionnent la violence, la victime se sent coupable, puis angoissée, terrorisée. C'est qu'elle partage certaines valeurs avec ceux qui la violentent : la loi justement, comme rempart face au chaos. De sorte que, violentée par des gens qui se réclament de la loi, la victime se sent condamnée par cette loi. Du reste, les auteurs de la violence arbitraire attendent que la victime se mette en faute pour une raison tout autre, anodine mais palpable, bien distincte de la raison – inavouable – pour laquelle ils l'excluent. (Par exemple, ils attendent qu'elle proteste de façon intempestive, pas-dans-les-formes.) Alors ils peuvent l'exclure, violemment, répéter sur elle leur violence initiale, mais en étant couverts par cette raison nouvelle. Ils sont justifiés de leur violence et la victime, qui le sait d'avance, se tient tranquille. Pour ne pas être *encore* en faute, preuve qu'elle l'était déjà...

Les spectateurs, eux, sont parfois indignés par l'attitude de la victime : « Quoi ! elle ne se révolte même pas ? C'est du masochisme ! Elle ne veut pas accuser ? raconter ? *transmettre* ? » C'est leur peur d'être victimes qui parle ainsi : eux n'agiraient pas de cette façon ; ils se révolteraient, oui. C'est le risque d'identification qu'ils combattent, sans plus. (Aujourd'hui, on parle beaucoup des camps, et cela tire peu à conséquence, mais gare au retour de bâton.)

Soutenir une victime, c'est l'aider à sortir du statut de victime ; à trouver la passe, la faille dans le cadre identitaire où elle risque d'être enfermée et parfois de se complaire. Seuls peuvent l'aider à s'en sortir ceux qui n'ont pas besoin de victimes à défendre. Ils peuvent l'aider à comprendre que ceux qui l'ont violentée ne *sont* pas la loi, n'incarnent pas la loi, qu'ils en sont les sangsues, les parasites ; qu'ils se cachent derrière la loi pour ne pas être pris – et y a-t-il meilleure cachette ?

Savoir comment *sortir du statut de victime* relève d'une question bien plus vaste : comment *sortir d'un état identitaire*, d'un cadre où le processus identitaire semble arrêté, où l'on devient identique à soi-même, en proie à une mort invisible ? Comment se remettre en mouvement quand on est *arrêté* ? (Dans son *Procès*, Kafka explore cette question chez le névrosé qui, en guise de réponse, de mouvement, s'agite et s'enfonce dans son ratage, faute d'une idée plus *juste* de la loi.)

L'identité de victime – c'est le danger de sa force – permet d'accuser l'autre et de *se définir* ainsi : par cette accusation. Cet « avantage » écrasant écrase aussi la victime, l'empêche de se confronter à elle-même. Pour qu'elle sorte de son cadre – aussi fermé que celui de ses oppresseurs – il faut que l'acte qui l'y a mis soit reconnu et autrement représenté.

Du Dieu biblique, symbole de l'être, il est dit qu'il *entend* les victimes ; il « est » donc prêt à les aider à être autre chose que des victimes. Mais il n'est pas dit qu'il les « aime ».

3. *Devenir Dieu ?* Lévinas se retrouve tenant de l'Être suprême au moment où, après Heidegger, cela semble une régression « philosophique » ; surtout quand on a, en tant qu'Hébreu, accès à des textes (bibliques) qui dépassent Heidegger dès qu'on les lit du point de vue de l'être, de l'être comme fonction. Du coup, pour être radicale son éthique fait de la surenchère. Cette surenchère a pour symbole : aimer ses ennemis. Comme s'il fallait arracher au langage ce mot *ennemi* dont on ne veut plus. L'idée, depuis Jésus, est que c'est banal d'aimer ses amis ; aimer ses ennemis, voilà le défi. (En somme, tout le monde peut voir, avec un peu de lumière, mais voir dans le noir, voilà le défi...). Lévinas a sa surenchère à lui : la sainteté – « la seule valeur absolue ; c'est la possibilité humaine de donner sur soi une priorité à l'autre ». Mais le saint masochiste « possède » l'autre à qui il donne priorité, du fait même qu'il la lui donne. Alors à quel saint se vouer ? Et s'agit-il de se vouer, ou de soutenir un lien à l'être ? La logique du tout-pour-l'autre oblige à être un Dieu. C'est donc une idolâtrie. S'il faut *cela* pour secouer l'égoïsme, où est le gain ?

Lévinas dit que la dette s'accroît dans la mesure où elle s'acquitte. C'est dire qu'elle est compulsive, névrotique, qu'elle prend sa source dans un trauma qui force à presque déifier l'autre tout en répondant pour lui ; car en principe, les fidèles répondent *devant* Dieu mais pas *de* lui, sauf s'ils l'ont fabriqué. On peut répondre de l'être, c'est-à-dire de sa part d'être, de ce qu'il vous est donné à être, mais répondre de cet autre, c'est le surmonter, le surplomber. Chez Lévinas, le sujet devient Dieu parce qu'il surmonte le Dieu qu'il s'est fabriqué et qui est l'autre dont il répond.

Détail piquant : Heidegger fait beaucoup d'étymologies, et Lévinas n'en voit pas la portée, il dit que c'est là une « manière de penser qui [lui] paraît beaucoup moins contrôlable que *Sein und zeit* ». Moins contrôlable, moins conceptuelle, moins grecque... donc choquant la tradition philosophique à laquelle il s'identifie. (De fait, ces étymologies sont de type biblo-talmudique. Lévinas lui-même s'y est livré plus tard, dans le sillage du Talmud plus que de la Bible.) Or la langue du Livre est un véritable opérateur d'entre-deux-langues. C'est plus que de l'étymologie : chaque mot porte activement ses jeux possibles ; c'est un travail *radical* qui met les lettres à l'épreuve, *via* le moteur de l'être, puisque l'être « fait » le monde avec du verbe, à coups de lettres, dans un travail où le *dit* et le *dire* se confrontent, travail que toute pensée créative peut reprendre et poursuivre. Heidegger, lui, a repris ces jeux de langage, que Lévinas dénonça, bien plus tard, comme pas assez « rigoureux »...

4. *Dette ou amour ?* Abandonner à Heidegger le privilège d'articuler l'être et le divin, renoncer à entendre l'enjeu énorme du nom ou du symbole que donne le Livre (l'être-temps, l'être-étant-été-à être), c'est payer cher le rejet de l'être. Dans cette optique, Dieu aussi est coupé de l'être, il est identifié à l'infini ; avec l'idée curieuse que l'infini « fait éclater » la pensée car il n'est pas... identique à son concept. Et l'on retombe en douceur sur l'idée que l'amour du prochain correspond à l'amour qu'a Dieu pour l'homme. De fait, le Livre ne dit pas « Aime ton prochain » mais : aime *pour* ton prochain comme pour toi. Autrement dit : ne lui souhaite pas ce que tu ne veux pas pour toi ; donc : partage l'amour de l'*être* avec les autres ; ne sois pas seul à aimer l'*être*, tu te prendrais pour l'*être*. Le Livre conjure la scène à deux par une scène où tous deux sont confrontés à l'amour de l'être-temps dont ils se donnent comme ils peuvent des parts fécondes ou arides.

C'est seulement de l'être-temps, comme recharge des appels d'être, que le Livre dit : Tu l'aimeras de tout ton cœur. Et cet amour est réciproque : si l'on aime l'*être*, on est aimé par l'*être*. Cela ne veut pas dire qu'on est heureux continûment ; on est relié à l'*être* vivant par un lien d'amour. Il est vrai qu'il faut de l'esprit, du désir, du travail pour inscrire cet amour et accéder à l'*être* aimant, parlant, créant... S'il y a une autre éthique que l'éthique de l'autre, c'est celle de l'amour de l'*être*.

Alors des phrases subtiles de Lévinas vacillent : « [Dieu] ne me comble pas de bien mais m'astreint à la bonté, meilleure que les biens à recevoir ». Car qu'est-ce qui vous « astreint » à la bonté sinon l'appel à ne pas faire le mal devant l'*être*, l'appel à ne pas « être » mal et à choisir d'être bien face à l'*être* en tant que charge de mémoire et recharge de possibles ? Qu'est-ce qui astreint – sinon les appels d'*être* – à faire des choix de vie, puisque l'être-temps produit sans cesse et du bien et du mal ? Le dire de Lévinas sur Dieu ne tranche pas sur le discours religieux convenu. Parfois s'y ajoute une théologie négative (Dieu comme *absentement de tout sens*, *absolument ambigu*, transcendant jusqu'à l'absence...) qui régresse par rapport au « je suis... que je suis » du Dieu biblique : où le divin se révèle *pliure de l'être* sur lui-même, rature de l'être par le feu de la lettre et le feu de sa transmission, *brûlure contagieuse de l'être*, qui n'appelle les hommes à s'entendre que dans la mesure où chacun d'eux peut entendre ou sentir les appels de l'*être-temps*.

Son discours sur Dieu est en retrait quoique *excessif*. Il lui suffit que le mot Dieu « signifie pour la pensée », dit-il. Et s'il signifie cela même au nom de quoi on opprime et on tue ? (« On » : tous ceux qui le trouvent *bon*, le Dieu, de leur permettre cette possession, cette main basse qu'ils font, ces déchaînements de *leur* loi.) Il peut même signifier le père idéal, l'ultime recours, l'Être suprême... cela évite à beaucoup de questionner leur lien à l'*être* et leur mode d'être. Quant à l'idée de « Dieu en moi », n'est-ce pas un cliché ? Le divin hors de moi m'intéresse beaucoup plus : c'est en pleine réalité qu'on s'émerveille des mouvements subtils et chaotiques de la justice « divine » (symbolique, surhumaine, la justice du « là-bas/là-bas »), quand on la voit rétablir en passant, distraitement, ce que les humains retordent dans leurs efforts pour faire justice. On s'étonne de la richesse des appels d'être au cœur des événements les plus aigus.

Le Livre, lui, ne pose pas la justice comme correctif aux « exigences » extrêmes de l'éthique. Il pose l'éthique comme justice et justesse au regard de l'*être*, dans l'espace des relations entre les hommes face à l'*être* ; sachant que par cette justice les hommes s'ajustent à la loi symbolique de rigueur et de grâce, loi qui leur échappe et fait retour sur eux en forme d'appels et de destin.

5. ***L'empire du même.*** D'où lui vient cette conviction que l'*être*, c'est l'« empire totalisant du même » ? Pourtant, l'apparition même du visage de l'autre est un événement d'être. Certes, si l'on aime l'être comme potentiel de possibles, cela n'implique pas d'aimer chaque être, bien qu'on puisse voir en chacun les mêmes démêlés que nous avec l'être (mais les tensions narcissiques nous font rejeter ce qui nous ressemble). En tout cas, *chaque tentation d'être qui rejoint le possible rencontre l'élan des autres, donc le défi de les respecter.* Ce respect, connexion majeure entre les uns et les autres, est nécessaire, mais dans les faits c'est l'issue idolâtre – narcissique – qui s'impose bien souvent ; l'impuissance à aimer, donc à penser.

Parfois Lévinas congédie l'*être* par un poignant jeu de mots : ça relève de l'*inter-esse*, de l'inter-essement ; sous-entendu : c'est sordide, et grâce au *désintéressement* on « sort » de l'être. C'est comme de dire : avec l'acte gratuit on sort de la dette et du paiement ; or on y est, on est en plein dans leur déni.

Son « au-delà de l'être » ne fait sens qu'en réduisant l'*être* au « sujet » ou au « moi ». Et même quand le sujet se prend pour l'être, cette réduction est abusive, étrange, ainsi que la ritournelle qui l'accompagne : « dépassement de la perspective ontologique heideggérienne ». Comme s'il allait de soi que Heidegger, parlant de l'être, en avait fait sa chose, et que le dépasser, lui, c'était dépasser l'*être*. C'est à peine dépasser ses limites à lui, celles du fantasme narcissique où il se prend pour l'*être*.

Et ce n'est pas en opposant Kant et Heidegger que Lévinas pouvait sortir du piège heideggérien et de la question de l'être. Car Heidegger connaissait Kant dont il a d'ailleurs commenté une profonde remarque sur l'être : « L'être comme *position* ». Dans la langue du Livre, cela rejoint l'idée de Lieu, du lieu d'être, de l'être-temps comme potentiel de lieux… Mais cela, ni Kant ni Heidegger ne le « savaient ». Lévinas l'aurait su mais l'a refoulé suite au clivage qui fut celui de sa vie : d'un côté philosophe et de l'autre lecteur du Livre. Certains clivages sont coûteux.

6. *L'être irréductible.* Est-ce le respect du savoir établi qui lui a fait entériner sans discussion que l'être, la question de l'être, c'est Heidegger (en quoi il entre dans le fantasme de celui-ci) ? Lorsqu'il parle de Dieu[2], loin de poser que le Dieu biblique porte la question ontologique, le même respect de l'ordre fait qu'il laisse intact – jusqu'à paraître l'entériner – le point de vue métaphysique, comme si la question de l'être se réduisait à ce qu'en font les religions, qui saisissent l'être dans le carcan de l'Être suprême. Du coup, quand il nous donne l'idée de Dieu à travers l'idée d'infini, il s'use à s'expliquer avec Husserl et Descartes, comme si l'idée d'infini, parce qu'elle excède l'« intentionnalité », faisait « éclater la pensée » ; et comme si d'échapper au cadre cartésien, elle excédait toute pensée. Or même la mathématique, toute rationnelle et cartésienne qu'elle passe pour être, fait éclater ce cadre par son traitement de l'infini qui aboutit, par exemple, aux infinités

2. Même en 1982, alors qu'*Autrement qu'être* est de 1974.

d'infinis (les *aleph* de Cantor), aux énoncés indécidables (quoique rationnels et bien formés). Son traitement de l'infini, prouve seulement qu'il est naïf d'identifier l'infini, l'impensable et Dieu. En revanche, l'infini comme figure ou modèle de l'*être*, pourquoi pas ? à condition de ne pas réduire l'*être* à ce modèle.

« Dans la vérité, l'être est embrassé », dit-il. Disons plutôt *embarrassé*. Mais l'être se tire bien de cet embarras en faisant de cette vérité une simple pause dans un mouvement de vérité qui est aussi celui de l'*être*.

7. *Succès.* L'« éthique de Lévinas » a un certain succès, bien qu'on l'évoque plutôt qu'on ne l'applique. On l'invoque contre l'égoïsme ambiant. C'est que la plupart proclament que « ça ne dépend pas d'eux », qu'ils « n'y peuvent rien » à ces horreurs. Leur dire que ça dépend d'eux – ils sont si « pratiques » – c'est étendre leur influence jusqu'au tout de la planète. C'est gratifiant, narcissisant. Et comme on ne leur demande pas chaque jour des preuves de leur engagement, c'est une fiction plutôt soutenable.

Certes, ce n'est pas rien de dire aux gens : regardez-vous en face, tout simplement. Mais ce regard peut être décapant, et les faire éclater de rire ou s'enfuir d'horreur. Regardez-vous et non pas : répondez au regard de l'autre ; regardez-vous et vous verrez dans vos regards les masques d'où ils émanent. Ou encore : répondez-vous les uns les autres ; ne laissez pas l'autre sans réponse ; violentez-vous et réconciliez-vous ; détruisez-vous et reconstruisez-vous, mutuellement.

Autre raison du « succès » de cette éthique : rappeler l'importance cruciale de l'autre, y compris dans la constitution du sujet, cela paraît banal ou agaçant à ceux qui le disent depuis toujours. Mais c'est qu'à force d'en parler, ils ont peut-être oublié l'autre. Le leur rappeler devient alors un acte étrange et bénéfique. L'ennui c'est que l'autre, pour retenir leur attention, devra être une victime. Ne pourrait-on pas être présent à l'autre, avec l'autre, sans qu'il soit une victime ? Sans qu'*il paye de son malheur l'intérêt qu'on lui porte* ? D'autant qu'aujourd'hui le secours qu'il appelle comme victime lui est parfois fourni par des systèmes qui intègrent l'oppression, qui font de chaque « moi » qui se dévoue un rouage parmi d'autres. Et l'aide que « je » lui porte me sépare encore de lui, me montre à lui sous un jour très factice.

Pourtant l'auteur de ces lignes en sait un bout sur l'« aide » : il a été longtemps aidé sans être victime. Au Maroc, nous recevions du *Joint* américain (fondation juive) des œufs en poudre, du lait en poudre, des jouets (pas en poudre) et des vêtements de cow-boys. Les notables se servaient d'abord, mais nous avions de beaux restes. Puis l'école de l'Alliance israélite nous initia à la culture occidentale, nous permettant ainsi – à notre arrivée en France, démunis jusqu'à en rire, sans bien ni lien ni lieu – de rejoindre facilement le monde scolaire ambiant, et l'université ; nous évitant ainsi d'être une main-d'œuvre à bon marché pour l'Establishment israélien qui traitait les immigrants juifs du Maroc comme l'Europe a traité ses immigrés : avec mépris et rigueur. J'ai reçu toute cette aide, que j'ai ensuite tenté de rendre, sans m'être jamais senti « victime » de quoi que ce soit, simplement en butte à l'ordre humain le plus banal : à l'arrogance des riches et des gens de pouvoir, à leur dureté étrange (c'est bien plus tard que j'ai compris à leur misère, aussi grande que chez les pauvres) ; à la suffisance mortifère des gens cadrés et souffrant de l'être....

8. ***La connaissance.*** Elle est l'étant de la pensée, ou plutôt elle est à la pensée ce que l'étant est à l'être. C'est dire que la pensée excède la connaissance, prend appui sur elle, s'avance dans cet écart grâce au fait que le savoir n'est pas vraiment adéquat à son objet. La connaissance est une extension narcissique (on agrandit son moi avec le savoir acquis), mais la valeur de la connaissance est de nous porter vers l'impossible à acquérir, l'impossible à avoir, l'inconnu – d'autant plus riche que le connu est plus vaste. Elle nous porte vers l'indécidable, d'autant plus fécond que les décisions existantes sont nombreuses. La connaissance n'est pas toujours assimilation mais accompagnement ; elle accompagne la naissance d'une relation ; d'où la « connaissance » au sens biblique, érotique.

Elle est de l'ordre de l'être-avec et du partage. Son signifiant biblique est riche (Da'aT) : il évoque la *limite* ('aD, la *limite*, inversion de Da': *sache*) et il évoque le *témoin* ('éD), et le *temps* ('éT). La connaissance, ce n'est pas de l'*avoir* qu'on intègre, c'est une *prise à témoin*, devant la limite qu'on peut franchir et devant celle qu'on ne peut pas. Car toute connaissance mène à une autre ignorance, une autre limite. C'est dire aussi que la connaissance est un partage de lumière (OR), de ce qui se montre (TORaH), de la lumière comme acte d'*être*, premier acte créatif de l'*être*, symbole d'un partage – de ce qui émane *en premier* de l'être.

Si Lévinas ne voit pas cela alors qu'il a une bonne vue, c'est qu'il est révolté par l'homme chargé de savoirs-sur-l'homme et qui sait ignorer l'autre qu'on tue ou qu'on arrête. Ces savoirs émanent d'un mode d'être narcissique qui se prend pour le tout. Lévinas, lui, les impute à l'*être*, vu comme une chape glacée dont il s'agirait de sortir. Il s'en tient donc à l'idée que dans le savoir, le même englobe l'autre dans une réduction au même. Il ne voit pas que le nerf du savoir, c'est aussi que le même échoue à inclure l'autre. Même dans la technique, champ très partiel de la connaissance, la prétention d'englober l'Autre est le fait d'experts bornés, idolâtres du savoir-faire, qui croient y enfouir l'*inconnu* des autres pour avoir pouvoir sur eux, et qui espèrent y inclure l'*être*, l'essentiel, dans un avenir très proche. Ce n'est pas l'essence du savoir qui est en cause mais l'usage d'un savoir par ceux qui le fétichisent.

Le savoir vivant, lui, se transforme et se réfute, il vit de ses propres failles et de ses limites qu'il reproduit. Lévinas n'y pense pas : a-t-il en tête le savoir absolu de Hegel ? ou le savoir heideggérien qui dans les faits se révèle vain ? À l'évidence, il n'a pas digéré cette leçon « éthique » écrasante : un penseur de l'être, de l'essence, de l'appel, de la vérité, du questionnement, a trouvé sa réponse... dans le nazisme. Mais cela montre surtout qu'un penseur, même profond, ne se juge que dans l'acte de penser et dans sa pensée en acte ; que s'il déchoit, sa pensée et son échec peuvent servir de matériau pour d'autres voies. Lévinas est trop blessé pour avoir ce recul ; blessé dans son transfert à Heidegger *et* à la culture occidentale – qu'il avait presque chargée de réparer la blessure juive originelle. Or cette culture en a fait une blessure mortelle, avec l'appui d'un philosophe, Heidegger, qui a puisé aux sources juives.

Parfois, il oppose son éthique au « savoir absolu ». Mais ce savoir n'existe pas. Des philosophes l'indiquent comme leur fantasme majeur, mais ils ne *savent* pas y voir un fantasme, certes fécond, qui passe à l'acte par petits coups de folie.

9. ***La totalité.*** Lévinas en fait une belle critique. Mais dans le Livre, cette critique découle de la pensée de l'*être* ; elle est intrinsèque au rapport à l'être : tout ce-qui-est est partiel, donc la prétention à être-tout est idolâtre, c'est une « insulte » à l'être-temps ; une posture narcissique mortifère. Lévinas, lui, trouve cette critique dans Rosenzweig. Pas avant, curieusement, culture oblige ; pour l'université, la totalité, c'est Hegel, et Rosenzweig critique Hegel. Pourtant, la *science* aussi est une critique de la totalité. La science a porté loin la promesse de *tout* résoudre, de tout dompter un jour, et voici qu'elle réfute ce préjugé qui l'a portée. Même la mathématique « critique » la totalité, de façon féconde : non pas en la rejetant mais en montrant, par exemple, que l'infini n'est pas totalisable, que sa résistance à se totaliser produit des univers de transfinis, des multiples variés, animés d'une dialectique de coupures-liens, de transmissions, d'un grand intérêt symbolique[3]. Lévinas, lui, déclare : « Ma critique de la totalité est venue après une expérience politique que nous n'avons pas encore oubliée. » Il a attendu le nazisme pour critiquer la totalité. Pourquoi pas ? Du reste, c'est moins le concept qui l'intéresse que le fait, pour lui traumatique, de ces penseurs qui au moment de l'acte, face à l'événement, se dégonflent et courbent l'échine devant le Maître, se ferment sur leur certitude, se *totalisent* de ce qui les comble. Toute sa pensée est là, enfermée dans cette question, cette scène, ce choc : des gens perdent la face, ferment leur visage, deviennent des totalités, des réduits narcissiques, alors que leur visage est ce pour quoi ils peuvent s'ouvrir sur l'infini. Certes, ils *savent*, mais le

3. Voir « Transfini et castrations » dans *Le Nom et le Corps*.

savoir a ses limites. L'idée que, parce qu'on *sait* certaines choses on *est* autre, est un leurre étrange. Car ces choses fortes que l'on sait, on les refoule, on les empêche de vivre, on s'empêche de les vivre ; c'est comme si on ne savait pas ; du coup, le savoir n'est en cause qu'à moitié. Quand on attend des « gens qui savent » un peu de dignité, on ne compte pas sur le contenu de leur savoir mais sur l'épreuve de l'être-inconnu que ce savoir peut leur faire vivre. Il est vrai que s'ils la vivent sur le mode de l'avoir, du comblement narcissique, on a de savants imbéciles et l'essentiel leur échappe. Mais ce n'est pas joué d'avance.

Le savoir qui tire à conséquence concerne le rapport à l'être, comme épreuve. C'est ce qui récuse le clivage entre ceux qui sont pleins de savoir mais se dégonflent devant l'épreuve et ceux qui sans savoir « répondent » pour l'autre. Ce clivage est illusoire : ces deux héros, qui semblent être si opposés, refusent tous deux l'épreuve du savoir comme épreuve vivante ; l'un refuse d'en savoir plus sur sa place, sur son implication, et celui qui « répond » si bien refuse d'en savoir plus sur l'autre, sur ce qu'il impose à l'autre en répondant pour lui.

10. ***L'altérité trompée.*** Dans la morale, le sujet vise telle « perfection », ou telle « authenticité ». Le moteur du processus (qu'il veuille maîtriser ses pulsions ou produire des actions « bonnes »), c'est lui-même, comme sujet. Lévinas croit « renverser » l'idée morale en posant que l'impulsion éthique ne vient pas de « moi » mais de l'autre homme, de sa « révélation » à moi, qui n'ai plus dès lors qu'à me donner à lui... Mais le renversement tourne court, il n'est qu'apparent : l'impulsion viendra toujours de « moi » – me-mettant-sous-l'autorité-d'autrui, de « moi » – sous-l'emprise-de-sa-demande que j'attends pour la satisfaire. C'est toujours « moi » me creusant pour mieux avaler l'autre, étranger et victime. Le renversement lévinassien s'opère deux fois et revient au point de départ ; Lévinas ne le voit pas car il ignore la logique des procès pervers (où le moi domine l'autre... en se donnant à lui ; où le moi se « donne » à l'autre pour le prendre comme point d'appui).

Quand Lévinas ne fait pas de l'autre une victime, il en dit des choses pertinentes. Ainsi, autrui ne peut pas se « définir ». Si cela veut dire qu'on s'interdit de *cadrer* l'autre, ce respect recoupe nos vues sur la violence, celle-ci étant souvent une manie de cadrer l'autre pour l'enfermer, le maîtriser (même dans un « bon » cadre qu'on a fait exprès pour lui). Et d'ordinaire, la violence entrechoque des cadrages narcissiques dont aucun ne supporte d'être entamé par l'autre. Définir l'autre, c'est l'acte majeur de la violence, car il est clair qu'on vise à en finir avec.

Mais dire que l'*autre* est « l'absolument absent » (l'autre non pas abstrait mais charnel, avec un corps et un visage), c'est supposer que le « moi » a déjà pris toute la place ; ou qu'il l'occupe encore – n'ayant pas encore compris que l'autre y a fait trou. (Curieusement, Lévinas félicite Sartre d'avoir dit « qu'autrui est un pur trou dans le monde [4] ».) Or l'autre n'est pas qu'un trou, un manque, une béance, il est lui-même troué, ouvert sur l'*être* par un manque qui me traverse également. Et ce n'est pas parce que l'autre a un visage qu'il est au-delà de l'apparence ; il y a droit, lui aussi, aux apparences. Si l'« autre en guise de visage, se dénude de ses formes de l'apparaître ou de son masque de personne ou de citoyen [5] », c'est que « moi » je fais l'effort de l'arracher à l'apparence, au risque de l'envelopper de mon idéal ou de mes fantasmes.

De même, Lévinas exclut avec raison que l'autre soit un *alter ego* : car en faire un autre « moi », c'est éviter de l'aborder par son ouverture sur l'*être*. Mais si ce n'est pas un *alter ego*, c'est que nous sommes trois : lui, moi, et l'*être* qui nous porte et nous traverse l'un et l'autre. Donc, retour à l'éthique de l'*être*. Faute de voir cette commune ouverture, ce commun manque, Lévinas pose qu'« autrui est (...) ce que moi je ne suis pas ». Or le problème commence quand il y a empiétement, recoupement, partage ; quand l'autre est aussi (ou veut être) ce que je suis.

---

4. *En découvrant l'existence...*, p. 198.
5. *Autrement que savoir*, p. 33.

Dire que « l'altérité d'autrui ne dépend pas d'une qualité quelconque qui le distinguerait de moi [6] », car cette distinction « impliquerait précisément entre nous une communauté de genre qui annule l'altérité [7] », c'est manquer le problème de *l'altérité dans le groupe, dans la communauté* – de genre, de nombre, ou de toute autre nomination. L'altérité dans le même nom par exemple, dans une famille, vaut son pesant de violence, de problèmes si insolubles que chacun dans son coin doit en faire un symptôme.

Lévinas a raison de poser que « moi-toi, ce ne sont pas là individus d'un concept commun », qu'on n'est pas frères au départ, qu'une fraternité, en somme, ça se construit ; moi-toi peuvent avoir en commun tel concept ou tel nom, ce n'est pas de cela qu'ils dérivent comme sujets ou individus. Sauf s'il s'agit de l'*être*, justement. Ce que « moi » et « toi » ont de commun c'est leur béance sur l'*être*, c'est ce qui leur manque, c'est ce qu'ils n'ont pas et qu'ils ne peuvent jamais avoir. Ce *sont* des événements d'*être*, des fragments d'*être* irréductibles. C'est leur « concept commun », le plus large et le plus réduit. Au fond, *ce qui les rend irréductibles l'un à l'autre, c'est cela même leur point commun*.

Nous avons tous en commun le non-concept, l'inconcevable, l'inconscient, l'*être*. Et cela s'observe couramment : tous ces gens dont chacun veut être unique font *masse* dans leur effort commun pour être uniques. Cette positivité du manque, Lévinas ne peut la voir à cause de son rejet de l'*être*. Et quand il dit : « Nous sommes le Même et l'Autre » parlant de soi et d'autrui, il pose un clivage absolu qu'il lui faut plus tard annuler. Car c'est bien sûr plus complexe : le même que je crois être porte une altérité qui dépasse l'autre que j'ai en face, et son altérité à lui est portée une mêmeté tenace, qu'en général il revendique.

Lévinas voit surtout « l'absence de *patrie* commune qui fait de l'autre l'étranger et de moi l'autochtone ». Mais l'absence de patrie, on peut l'avoir en commun et ne pas le

6. *Totalité et infini*, p. 168.
7. *Ibid.*

supporter ; beaucoup rejettent ce croisement dans l'altérité, cette altérité dans le même, cette rencontre dans le même manque. (Voir l'agressivité qu'ont entre elles certaines minorités ethniques accueillies dans un même espace.)

Du coup, poser que le rapport à autrui ne peut pas être de « connaissance » – perd de sa valeur. Si cela veut dire : ne pas prendre l'autre comme objet de connaissance, c'est trivial ; et l'épreuve du transfert montre que même si on le prend comme « objet », autre chose va opérer à notre insu. Du reste, en le prenant pour « objet », nous exprimons aussi la peur d'une rencontre qui ferait vaciller nos « défenses ». Cela dit, pourquoi nier que le rapport à l'autre implique de la connaissance et du « faire connaissance » ? Sans la connaissance, l'investissement de l'autre comme tel le transforme en votre être qui l'enveloppe de ses dons. Cela vous coupe de l'*être* lointain et vous rabat sur un projet sacrificiel pour sauver l'autre et vous sauver.

11. ***L'« ensemble » des faces.*** Lévinas, pour nuancer le face-à-face de l'un-pour-l'autre et éviter qu'il ne lèse d'autres qui sont trop loin, bref pour éviter le *tout-pour-l'autre* dans le réel alors qu'il en fait un principe, invoque le Tiers social, l'être ensemble, la simple socialité. Il dit qu'elle est « une sortie de l'être » bien plus forte que la connaissance. Pourquoi la socialité ? Est-ce par l'exigence banale qu'il faut bien vivre ensemble ? Ou parce que Heidegger la stigmatise tout spécialement comme « bavardage » ? – en quoi il manque à son tour la parole qui fait lien... Mais la socialité est aussi une entrée dans l'*étant* et par là même dans l'*être*. Du reste, le rôle du temps – forme essentielle de l'être – y est crucial : comme rite, rendez-vous, transfert, transmission, objets porteurs de temps. Lévinas dit que « le temps est un dynamisme qui nous mène ailleurs que vers les choses que nous possédons ». Oui, ailleurs que vers l'avoir. Vers l'*être*, donc ; vers l'*être-temps*.

Puis il pose que « le véritable ensemble n'est pas un ensemble de synthèse, c'est un ensemble de face à face ». Certes, les ensembles, les collectifs ne se font pas par synthèse de leurs éléments. J'ai montré[8] que chaque groupe tient lieu d'inconscient à ses membres. Les collectifs se font par coupure-lien avec l'« univers » qui les porte, avec l'être qui les traverse, à charge pour chaque groupe de moduler cette coupure-lien, cette alliance que souvent il érige en point de mystère ou de silence ou de refoulement – qui accroche la mémoire de chaque membre. C'est au regard de ce refoulé partagé que les membres du groupe se font face, avec leurs jeux d'influence, de pouvoir, d'emprise, de transmission aussi... En tout cas, un ensemble qui se constitue par « face à face » serait voué aux ravages de la séduction et du regard.

C'est dans cet « ensemble », dans ce couplage de faces, que Lévinas met la transcendance qui manque aux savants froids. Mais le lien de socialité, plutôt qu'une valeur suprême, est un procès où les rapports entre acteurs se jouent au regard de l'être et du possible, où le tiers n'est pas seulement la loi d'une démocratie libérale mais l'être-temps et l'univers. L'espace de jeu est le tiers entre l'un et l'autre, tiers ouvert sur l'être et sur la « lettre » à transmettre. Même en mathématiques, entre deux ensembles, le vrai lien est celui des correspondances de l'un à l'autre ; c'est leur entre-deux qui reflète la structure de leur univers, dans sa globalité, et pas seulement le face-à-face des deux ensembles.

A fortiori s'agissant du face à face de deux humains : il ne peut éluder la loi symbolique qui inscrit les rapports à l'*être* tels qu'ils se sont présentés aux origines et dans l'histoire. Si l'on pose que « le véritable ensemble est un ensemble de face-à-face », on ne voit pas comment des hommes se lient ensemble, comment se fondent leurs liens. Ce face-à-face est aussi bien un dos à dos. Mais le lien du groupe entoure un point de silence et d'inconscient, un point de secret et de refoulement dans le groupe. Ce lien traverse les relations locales, les croisements partiels qui permettent à chacun de se tenir face au groupe, face aux autres et à lui-même, face à l'*être* que ce groupe et ce lien localisent, un lieu d'être humain.

Bien sûr, un groupe ne tient pas sur la synthèse qu'il fait de

8. Voir *Le Groupe inconscient*.

ses membres et de ce qu'ils pensent. Comment pourrait-il synthétiser ce qui leur échappe, ce qu'ils passent sous silence, ce qu'ils doivent taire pour garder leur appartenance ? Un groupe rassemble des gens décidés à se taire sur la même chose – qui représente leur refoulé originaire. Mais dans ce cadre il y va d'un *partage du lieu d'être*. Or Lévinas élude l'idée de partage au niveau de l'*être*, au regard de l'*être*, et ne garde que la relation de face-à-face. Il parle peu de la transmission. Pourtant, dans la Bible, le mot pour dire *autre* (AHéR) comporte le mot frère (AH) et le mot « après », l'*après* de la succession (AHaR).

Lévinas semble mettre le partage du côté... de l'avoir. Mais le partage de l'*être*, qui est partage de l'origine, est au-delà de l'*avoir*. Même sans partager mon existence avec l'autre, je partage avec lui la relation à l'*être-temps*.

12. *Droiture.* D'aucuns ont dit qu'il « en fait trop », qu'il exagère, avec ce don pour autrui. Mais c'est l'excès et l'hyperbole qui *impulsent* cette pensée. Dire : « Aime ton prochain », c'est discutable. Mais dire comme lui : « Aime ton prochain car *c'est* toi-même », cela fait plus « vrai » par excès : cet amour pour ton prochain *c'est* [le meilleur de] toi-même. Du coup, ça se banalise : on sait bien qu'en aimant on est « au mieux » de soi-même. En fait, on sort de soi-même pour entrer dans l'être, dans une nouvelle partie de l'être. Du coup, *exit* le prochain : quand on aime, c'est toujours un(e) prochain(e).

Bien sûr, Lévinas a raison de demander l'impossible, il veut « une innocence sans naïveté, une droiture sans niaiserie », il veut de l'absolu : « droiture absolue qui est aussi critique absolue de soi, lue dans les yeux de celui qui est le terme de cette droiture [l'autre] et dont le regard me met en question (...) Mouvement vers l'autre... plus fort que la mort. Droiture qui s'appelle *temimout*, essence de Jacob ».

Mais ce dernier point est curieux, car là encore la Bible est moins idéaliste : elle dit bien que Jacob était droit (TaM) ou plutôt « achevé », honnête, et en même temps elle met en scène ses rétorsions (il « achète » le droit d'aînesse, il soutire à son beau-père un salaire plus honnête...). Donc, même chez lui, la droiture est retorse. Du reste, aujourd'hui *tmimout* veut dire « crédulité ». Cela aiderait à une critique de la « droiture », que Lévinas invoque souvent comme évidente. La racine du mot (TaM) c'est aussi : fermé sur soi ; c'est ce qui dans certains cas peut rendre crédule, si l'on ne fait pas l'aller-retour entre soi et le reste, entre l'être et ce-qu'on-est ; si l'on croit que le vrai, on peut l'inclure en soi. Job était un homme « achevé » (TaM) et droit (YaSHaR). Le tout est de savoir où s'inscrit cette droiture, dans quel espace, selon quelle « géométrie ». Dans certains cas le chemin le plus « droit » a une courbure, reflétant l'altérité qui est à l'œuvre dans cet espace. Mais Lévinas maintient le cap : « Droiture extrême du visage du prochain (...) droiture d'une exposition à la mort ». On y revient : l'autre va mourir, c'est imminent, c'est cela qui dicte l'« urgence » et donne à ce visage son orientation « absolue », sa « transcendance indiscutable ». Sinon, s'il doit mourir en son temps, *après* avoir vécu sa vie, il y a dans cet *après* tant de détours et de torsions, que la droiture lui fait problème autant qu'à tous. Alors l'enjeu « éthique de l'être » – sortir de soi, faire face aux appels d'être avec amour de l'être – cet enjeu a cours pour lui et pour moi, au regard de l'*être*, c'est pour nous une épreuve de partage.

Même la sainteté – que Lévinas met « au-delà » de l'éthique –, s'élabore et se soutient devant l'*être*. Quel intérêt d'être « un saint » pour quelqu'un ? Du reste, chacun vous donne du « saint » dès que vous renoncez à ce qu'il convoite ; dès que vous répondez à ses demandes sans opposer de résistance : « Vous êtes un saint... » Autre chose est d'entrer dans le jeu de l'être, le jeu de coupures-liens où se transmet le possible et l'impossible ; autre chose : prendre le risque d'être réduit à soi, de passer outre et de rencontrer l'appel d'être sous ses formes simples ou sublimes que la loi tente d'inscrire.

Lévinas voit bien que la sainteté est utopique, non pas comme Kant à cause de la finitude humaine mais parce que la responsabilité pour l'autre est « infinie » : elle augmente d'autant plus qu'elle est assumée. Plus je suis responsable, plus je le suis... D'où l'ascension « asymptotique » vers l'infini de mon devoir envers autrui. Mais accomplir vos devoirs envers l'autre ne suffit pas à calmer votre « insatiable » désir de lui faire du bien. C'est que ce désir est compulsif, inapaisable, il tient au fait que l'autre est autre, que s'il n'est pas consumé par le bien qu'on lui fait, il en redemande. Quant à l'ascension asymptotique : le sujet monte vers Dieu, Être suprême supposé responsable de *toute* sa création ; il monte vers le devenir Dieu.

Du coup, quand Lévinas veut empêcher la sainteté d'être injuste en donnant trop à ceux-ci et trop peu à ceux-là, il est en pleine contradiction. Car la sainteté raisonnée n'est plus injuste certes, mais elle n'est plus la sainteté ; c'est de la justice gestionnaire. L'injonction absolue se dissout en une gestion très relative. Non sans humour : la justice interviendrait pour empêcher que le sujet donne trop à certains « autres » ; mais on la voit rarement accourir pour empêcher l'excès de bonté...

13. *Visage aimé.* Même le visage est d'abord partage de l'*être* qui affleure dans ce visage et dans le mien ; deux facettes ou façades d'un flux d'être et d'histoire plus lointain ; devantures où fourmillent le secret et l'aveu ; limites où chacun prélève dans l'être de quoi jouer la partition de ce qu'il *peut* être, aux confins de ce qui pour lui sera l'impossible ou fera loi.

Parfois, le pur symptôme vient brouiller l'interface : certains névrosés croient désirer une personne, un visage, et quand ils le *voient*, avec le nez, les rides, le menton, le grain de la peau, quand ils voient la concrétude du visage, leur désir s'évanouit, s'effondre sur l'épreuve matérielle d'exister, sur le fait d'être envisagé hors du fantasme.

L'événement pur affleure du visage. C'est du reste un événement du corps, une *naissance* qui me fit écrire sur le temps : *le temps affleure à l'approche du visage*, à l'approche du corps, d'une présence pensante... Cela me fit voyager longtemps et passer par beaucoup d'oasis[9], la piste étant toujours celle de

9. Je pourrais dire que toute la suite de mes œuvres depuis ce « Temps » (dans *L'Autre incastrable. Psychanalyse et écritures*, 1977) couvre le champ tumultueux des rapports avec l'Autre, en tant que l'Autre est un entre-deux vivant, corps visible et corps mémoire : *Le corps et sa danse*, *Violence*, *Perversions*, les leurres du *Peuple « psy »*, la puissance du *Jeu*, celle de *L'amour inconscient*...

l'amour – où le corps de l'autre se donne à vous comme votre plus pure richesse, prend place dans votre préhistoire, vous accompagne dans une autre toute neuve où l'ancienne histoire n'a plus son goût de fatalité. L'amour vous enrichit de ce que vous êtes, et votre avoir y passe à l'*être* – à travers l'être de cet autre qui vous en donne l'accès par la vie même du manque-à-être partagé.

Quant à l'obsession du visage d'autrui, du répondre-pour-lui, elle annonce une scène à deux où le sujet risque de sombrer dans le miroir de sa conscience, de sa mauvaise conscience. Car l'autre visage est d'abord un miroir : il renvoie ce qu'on ne veut pas voir, ce qu'on aimerait voir aussi, à l'exclusion du reste, mais il renvoie tout cela revu et corrigé par des pensées souvent secrètes, des interprétations non-dites. Le temps de les expliciter, on est déjà noyé, dans soi-même heureusement (ce qui pourrait protéger l'autre). Certes, cette mise en face dit le désir d'interpeller le peuple ambiant, de le mettre face à lui-même après la Scène : Pouvez-vous regarder votre face après avoir laissé faire ça ?.... « L'accès au visage est d'emblée éthique », dit Lévinas. Bien sûr, la question éthique s'y trouve puisqu'on l'y a mise au départ. À ceci près que l'être (ou l'entre-deux qui serait le tiers), l'être-parlant, symbolisant, instituant..., est pour lui soit un leurre nécessaire (la loi de la société libérale), soit une horreur abstraite : l'*être* exécré..., l'être monstre froid. (Parfois il voit l'*être* comme Nietzsche voyait l'État.)

14. ***Face détournée.*** L'*accueil* de l'autre se fait dans le geste d'aller *au-devant* (mot enraciné dans le visage : PéNé, FéNé, LiFNé). On reçoit l'autre de face, pas en se détournant. Dans cette langue, réception ou fête, c'est *réception des visages* : du mien par les autres que je reçois, du leur par le mien, et de tous nos visages par la présence du *tiers*, le regard de l'*être* qui « juge » des pièges et des contraintes, des vérités. Si certains visages sont des masques, on ne sait pas à quoi ils jouent, on les reçoit. Les *Psaumes* quant à eux ressassent l'appel à l'être-temps : Ne *détourne* pas [ne cache pas] tes visages de moi ;

Tourne ton visage vers ma détresse... « Vois ma détresse », adressé à l'être divin qui voit tout, c'est le vœu que *soit* plus investi ce que l'*être* voit de ma détresse. C'est presque : Vois un peu moins le reste et un peu plus ma peine. Appel à une *distinction* ; sans l'appel elle n'est pas donnée ; et l'appel ne la décroche pas forcément. Mais *une chose est distinguée parce que l'*être *lui fait face* ; car bien sûr l'*être* est voyant, il « voit », mais pas toujours en face.

Pour certains auteurs religieux, la Shoah est le fait que « Dieu a détourné ses faces (son visage) ». L'être-temps a détourné sa face de « son peuple », le laissant en proie au Meurtre ou au néant. Ce n'est pas une vue religieuse, si la *face* du monde, la face des peuples est incluse dans la face de l'*être* : c'est seulement dire que les peuples ont détourné leur face de la Scène pour ne pas en répondre. Quitte à ce que cette non-réponse se révèle pure démission devant l'ouverture d'être qu'est le visage – celui d'un collectif ou d'un de ses membres.

Du reste, c'est là que l'accueil de l'autre aurait dû (et a pu) s'exprimer à travers l'hospitalité : mais donner l'hospitalité à l'autre, ce n'est pas répondre *pour* lui, c'est lui prêter un répondant face à l'épreuve. On peut même en faire un critère : l'autre que je dois *d'abord* aider est celui auquel je peux, d'une façon ou d'une autre, donner l'hospitalité ; de préférence à l'autre qui est au bout du monde et qui exige pour que je l'aide que je refasse ma vie là-bas. (Aller là-bas partager avec lui mon dénuement et mon exil... Est-ce que ça l'aidera ? – Oui, il ne sera pas seul à souffrir. – Mais avant mon arrivée il n'était déjà pas seul. – Sa peine sera diminuée. – La mienne augmentée, ou redoublée de mon impuissance. – *Être avec*, déjà, est une puissance... Etc.) Il importe et d'avoir lieu et d'avoir des lieux possibles à partager. Peut-être qu'avoir lieu, c'est avoir des lieux possibles à partager, lieux matériels et de pensée, à vivre avec d'autres.

Et qu'est-ce que cette « face détournée » de l'*être* ? En fait, chacun la vit à des moments de catastrophe : celle-ci est une *rupture du dialogue avec l'être*. On ne perçoit plus le possible ; or l'*être* c'est du possible, donc il n'y a plus de contact avec l'être. On ne dialogue plus qu'avec soi, le sens est saturé ou manquant. Le fil de la transmission d'être se casse. Quand on est aussi atteint, comment sortir de ce-qu'on-est pour parler avec l'être et faire face au possible ? Il faut un deuil, une mutation où peu à peu s'impose l'idée que l'*être* ne reste pas *toujours* hostile ; que même si l'on est dans un « trou », l'*être* dépasse ce trou et ce repli, car *l'être est pris ou se prend dans le temps*. Comme potentiel de possibles, il ne peut pas se réduire à *cette* perte, à *ce-qui-est* perdu, à ce pur manque-à-être. Mais l'épreuve est dure de refaire une autre trame ; et de voir dans ce malheur une nouvelle origine, une nouvelle chance ; et de se pardonner d'être tombé dans ce trou. La morale veut qu'on y soit tombé parce qu'on était fautif. C'est un peu simple : on y tombe aussi parce qu'on *était* parti pour une route sans accident, oubliant que l'ancrage dans l'être – la mise en place de l'inconscient – est une épreuve. Et l'*être* s'est ouvert comme une crevasse, on y est tombé. Mais puisqu'il bouge, qu'il est vivant, voilà qu'il redevient possible. À nouveau, l'*être* s'ouvre et se fait accueillant. À nouveau, on a lieu d'être. L'accueil *de* l'être est réciproque : on peut soi-même être accueillant.

Donc l'accueil de l'autre suppose l'accueil de l'*être*... qui se joue avec l'autre, si l'autre a « le souci » d'accueillir l'*être*. Mais si l'autre est coupé de l'être, fermé sur lui-même, l'accueillir c'est prendre le risque d'abriter un ennemi. – Pourquoi pas, si l'on se prend pour le tout de l'*être* ? pour Dieu ?....

15. *Agrément et accueil.* L'approche du visage c'est l'épreuve de l'*agrément*, du *trouver grâce aux yeux de*, ou *devant* ou *auprès* de... C'est un entre-deux-faces où toutes deux, par ailleurs, font face à l'*être*. L'épreuve a lieu toujours, même dans le non-dit ; et faute de l'assumer, on tombe dans l'agrément du pur plaisir, ou du refus par simple gêne ; et l'agrément ou la grâce viennent de l'*être*, du possible, du temps qui s'ouvre. Cela nous ramène à l'accueil.

Accueillir c'est aussi précéder, devancer, aller au-devant de l'autre, être la réponse à l'appel qu'il n'a pas encore lancé mais que l'accueil rend possible en instaurant une *répondance* de part et d'autre ; un partage de répondance, une co-répondance. Accueillir l'autre, c'est le devancer… chez soi ; donc faire de « chez soi » – et de sa présence – un lieu d'accueil, qui rayonne l'*être* accueillant et signale que l'*habitant* ne fait pas de ce lieu un pur retrait, un temple de ses petites *habitudes*, l'habitacle du culte qu'il se rend à lui-même (qui aujourd'hui se dit : *cocoon*). *Recevoir* – ou devancer – exprime aussi le *vœu*. Dans la langue de mon enfance à Marrakech, lors des moments de joie (naissance, mariage, « crémaillère »…) on disait aux autres un mot (QBaL LiK) qui signifie : *Que* [cette joie] *vous approche* (dans le temps) ; que le temps de votre joie approche. Cette langue mixte disait bien qu'en recevant l'autre, on partage avec lui *le vœu d'aller ensemble* vers *un don de l'être, de possible, d'abondance, dont l'un a reçu avant l'autre les premiers signes*. L'hospitalité est une prise de position dans l'être et dans le temps, un événement de l'*être-temps*, où l'un et l'autre cherchent à être agréés. Dans le sillage du *recevoir*, il y a l'*agréable*, et aussi le fait d'être *initié* ; à quoi ? à la transmission de l'*être* par lettres. La transmission, c'est de *recevoir* des lettres chargées d'*être* ; des transmissions d'*être*, avec l'insu et le savoir qu'elles portent, le mystère et le visible, le secret et l'évidence.

Dans le Livre hébreu – le plus vieux *monument vivant*, qu'on lit depuis trente siècles sous des formes variées (y compris coraniques ou chrétiennes) – l'*hospitalité est un acte dans l'être-temps*, acte *de l'un et l'autre* partageant un lieu d'être et un temps, même le temps rétroactif d'une parole. L'accueil et l'être-hôte deviennent *épreuves* de vérité au regard de l'*être*. (N'en faire qu'un thème théorique, c'est n'en dire que platitudes ; pourquoi parler d'accueil si l'on n'*est* pas *dans* l'accueil ? D'ailleurs on bute vite sur un écueil ou un vide, et c'est justice.) L'accueil est épreuve d'être au regard de l'*être-temps* qu'on veut fléchir, rendre moins âpre, plus près de nous agréer. Ritournelle du Livre : « Et il adoucit la face de l'être-temps… » Faire en sorte que l'*être* hostile se retourne, se repente, remonte la pente, n'inspire plus la peur mais l'agrément ; permette qu'on *soit* agréable.

L'agrément du visage est une vraie hospitalité ; elle est réciproque : votre visage agrée l'autre, c'est pourquoi il *est* agréable, agréé par l'être, par le visage de l'autre ou du possible, de l'histoire, de l'événement. Dire que l'*être* vous agrée, c'est dire que les choses cessent d'être hostiles, de mal se présenter. On l'a vu, accueillir, c'est recevoir un visage. Même un collectif, une tribu (QBiLa), c'est un ensemble de gens *agréé par l'être* ou supposé l'avoir été au point de se poser comme origine d'une transmission. Recevoir quelqu'un ou aller à sa *rencontre*, c'est le faire agréer par l'*être* dont on suppose qu'il nous agrée ; et partager cet agrément.

Tout cela excède le face-à-face. La langue (sémite) dit en deux mots ce que certains disent en mille pages : l'accueil et l'hospitalité tiennent au visage, celui de l'autre et le mien, en tant qu'ils se font face mais qu'ils abordent le regard de l'*être* dans une épreuve d'agrément – où l'on sacrifie quelque chose pour n'être pas sacrifiés, pour ne pas donner son être car son être on ne l'a pas ; pour le donner symboliquement à quelqu'un qui l'a déjà, qui a déjà accès à l'*être*, même à son insu. Épreuve d'amour et de vérité, vérité des interstices qui toujours implique la grâce.

Mais ce n'est pas rien de recevoir un pervers chez soi (Shakespeare le montre dans mainte pièce) : il peut prélever chez vous assez de traits ou de détails pour mieux asseoir sa calomnie et donc faire des ravages. Si les acteurs sont assez forts pour soutenir l'épreuve, l'effet de vérité peut en être plus fécond : resserrement des vrais liens, élagage des liens factices...

Dans la tradition, on *reçoit* une fête, comme on reçoit le visage de l'*autre* ; c'est qu'on reçoit le visage du Temps. C'est le même mot pour dire : faire un *reçu*, donner acte par écrit que c'est reçu ; le même mot aussi pour dire *entrepreneur* : il reçoit les demandes et les offres, il fait face au réel et à l'acte d'entreprendre. Quand on reçoit des hôtes, le mot pour dire *bienvenue* s'entend aussi : espace pour vous, ou avec vous ; *il y a de l'espace pour vous dans le partage de l'être*. *Espace* a même racine que *vaste* ; pourquoi se « presser » ?....

16. ***Accueil et sodomie.*** Côté Livre : Abraham voit trois messagers allant vers Sodome et il insiste pour les recevoir. Essentiel, d'accueillir des gens qui ne sont pas dans le besoin mais qui peuvent être des *porteurs d'être*. Tout homme *a priori* est *porteur d'être*. Certains textes (d'Isaïe) appellent à recevoir chez soi des pauvres *dénudés* : ils sont porteurs de traces d'*être* éprouvantes, leurs blessures de corps et d'âme disent leurs « rencontres » avec l'*être* qui pour eux ont mal tourné. Pourtant, même dans cet accueil, Abraham ne *répond* pas *pour* ses hôtes : il les reçoit, parle avec eux, les découvre. En revanche, quand ils seront *reçus* par Loth à Sodome, la foule les assaille et veut les... sodomiser ; et Loth répond *pour* eux, d'une façon assez curieuse : il offre ses filles à la foule pour qu'elle en jouisse et qu'elle épargne les invités. Dans un autre épisode, un homme et sa femme sont laissés la nuit sur la place de la ville, sans que personne les accueille, sauf un vieillard démuni ; ils sont attaqués de nuit sur le mode de Sodome ; l'homme leur livre sa femme, ils la violent à mort ; au matin l'homme la découpe en morceaux qu'il envoie à chaque tribu d'Israël ; et c'est la guerre de toutes les tribus contre celle de Benjamin – sur le territoire de laquelle a eu lieu le forfait. Ici la violence collective procède d'une violence individuelle... faute d'ac-cueil, d'hospitalité. (Dans cette guerre, on repérait l'ennemi par sa façon de prononcer le mot *shiboleth*, qui veut dire *épi*. L'entorse du dire reflète l'entorse du lien à l'autre, dans le viol ou le rejet.)

Dans la langue du Livre, le sujet est un hôte de l'*être* (*Lévitique* 25) : Vous êtes des étrangers et des résidents avec l'*être* ; en même temps, *le sujet est otage de l'être, et non pas d'autrui : il ne peut faire autrement... qu'être*, et sur un mode qui l'affronte avec l'*être* – affrontement dont Israël a voulu être le signifiant, puisque « Israël » veut dire : qui se bat avec Dieu, qui est aux prises avec ; cet affrontement force à sortir de l'identité à soi-même.

17. ***Visage du Livre.*** C'est clair, le visage est un thème biblique central. On l'appauvrit en en faisant un absolu, une totalité infinie. Le visage est pluriel (*panim*, pluriel non duel, il n'y a pas deux faces mais un grand nombre). Le singulier (*pane*) veut dire aussi « de peur que », « pour éviter que ». Exemple : « pour éviter qu'il ne vienne » se dira (*pén yavo*) : face-il-viendra ; comme si, pour éviter tel événement désagréable, il fallait un acte qui puisse faire face ou qui puisse solliciter la face de l'*être*, le potentiel des faces. Le visage, pluralité des faces, n'est pas homogène. L'événement du visage, c'est qu'une des faces soit investie, se mette devant, interpelle la face de l'*être* sur un mode agréable – si possible agréé par l'autre. Le même mot veut dire à la fois devant, avant, et « à la face » ; comme si le mouvement des faces de l'*être* commandait la position (spatiale et temporelle) ainsi que l'approche de l'autre. « Devant moi », c'est tout ce par quoi l'*être* peut me faire face. Et si c'est par un événement, il est devant moi mais il me précède aussi, car le temps a toutes ses faces... De même, mourir se dit d'un mot (*nifna*) de la même racine, quelque chose comme s'é-facer, perdre toutes ses faces. (Étrange, puisque un visage de mort, surtout d'un être cher, est tout le contraire d'effacé, c'est une énorme densité de la face, unique, homogène parce que sans vie. Mais le Livre n'investit pas les visages morts.) En outre il interdit aux juges non pas de regarder le visage de l'accusé mais de le *reconnaître* : de renouer avec lui une connaissance antérieure, une ancienne complicité voire un transfert de sentiments qui biaiserait la justice. Mais ils peuvent le voir, pour faire preuve, dans leur jugement, de grâce et de rigueur – et pas comme dit Lévinas pour « mettre l'éthique au-dessus de la justice ».

Le visage prend racine dans le temps à cause de tout ce qu'on y transfère – et le transfert déplace les temps et les époques. Par sa présence dans l'être-temps, le visage se relie à l'anticiper : *avant que*, de *peur que* (question de hâte). Le visage et l'accueil sont le même geste de se tourner vers, de ne pas rester tourné vers soi ; gestes d'ouverture sur l'être-temps, approches de l'instant où ça se croise, de l'instant où ça se passe, où c'est possible. Mais quand Lévinas dit : « Dans l'accueil d'autrui, j'accueille le Très-Haut auquel ma liberté se subordonne », il rabat la question de l'*être* sur l'Être suprême ; sur Dieu. Pourquoi le « Très-Haut » ? parce qu'il est censé être aux cieux : mais alors, pourquoi ne pas questionner cette hauteur et ce Lieu ? Il se trouve que les Cieux (SHaM-aïM) c'est le pluriel de *là-bas* (SHaM), pluriel duel : deux fois *là-bas* ; le là-bas du là-bas ; l'au-delà d'une limite qu'on a tracée pour prendre appui, pour souffler ; « cieux » est donc un *transfert permanent de limites*. C'est ce transfert qui doit toujours rester vivant et mouvant. C'est aussi le pluriel du *nom* (SHéM). Un *Psaume* (68, v. 38) joue là-dessus en parlant du divin comme *chevauchant les cieux*, les *cieux d'antan* ; ce sont les mêmes mots pour dire : *chevauchant les noms*, les *noms d'antan*, les noms *premiers*, archaïques, originaires. « Cieux » – double limite – est donc aussi l'ancrage des noms, l'épreuve où les noms changent, se transforment quand la vie touche à ses limites. Du coup, *l'accueil d'autrui est l'accueil d'une épreuve d'être où des limites s'interrogent et parfois se franchissent ; épreuve d'être où des noms se transforment et des appels se renouvellent*.

Cela éclaire au passage l'« origine céleste » de la Loi : elle vient du « là-bas là-bas » (des cieux) et y revient *via* des passages par des épreuves où le lieu d'être se localise, prend consistance ; épreuves où le lieu d'être s'humanise dans le partage de l'avoir lieu et de l'être-temps. (Des lecteurs de Lévinas, quoique semble-t-il non religieux, entérinent sans discussion cet accueil du visage comme accueil du Très-Haut ; leur instinct religieux y trouve son compte et contourne à bon marché la question de l'être. Curieuse mode d'user de repères religieux sans paraître y croire – tout en y croyant...)

18. *Sacrifice.* On connaît l'histoire du petit prophète Jonas que la parole de l'*être-temps* requiert pour aller à Ninive, la prévenir de sa ruine si elle persiste dans *son* être. Jonas s'enfuit car il souffre d'avance que des « pervers » soient sauvés de la ruine par la parole qu'il leur apporte. Pure jalousie au regard de l'*être*. Il s'enfuit sur un bateau, la tempête arrive, il s'isole, il est pointé comme *responsable* de la tempête, il demande qu'on le jette à la mer pour qu'elle se calme, se retrouve dans le ventre d'un poisson, prie son Dieu pour être délivré, est recraché sur une plage, où il entend le même appel : Va à Ninive et crie sur elle ce cri qui t'est transmis... Cette fois il y va, Ninive est sauvée, il est complètement déprimé. Or la seule fois où on lui dit : Quoi ? tu vis ta vie pendant que d'autres souffrent ?, c'est quand il est endormi dans la cale du bateau pendant que les autres résistent à la mer déchaînée. Et encore, le capitaine lui dit plutôt : Lève-toi et prie ton Dieu toi aussi, peut-être nous sauvera-t-il... S'il en vient à demander qu'on le jette à la mer, c'est qu'il s'est identifié à la parole divine, il s'est déjà fétichisé ; ça tombe bien : les marins l'avaient déjà tiré au sort comme responsable. Peut-être a-t-il voulu qu'on le sacrifie pour retrouver l'intimité de son dialogue avec l'*être*, lui qui a voulu sortir de l'*être*, fuir l'être-temps, en allant loin... Lévinas aussi veut aller loin dans le sacrifice et le rejet de l'*être* ; et il sera ramené à l'*être* sous forme purement religieuse : l'Être suprême, le Très-Haut...

19. ***Coup de force.*** Lévinas met Pascal en exergue : « Voilà le commencement de l'usurpation de toute la terre » – lorsqu'un homme prit possession d'un lopin sous le soleil... Mais c'est aussi le commencement du geste d'habiter, d'avoir lieu d'être, de se reconnaître dans certains lieux. L'objection de Pascal vaudrait pour tout, pour le langage par exemple : le premier mot, voilà le commencement de ce qui devient parole menteuse, ordre humiliant. Toujours l'obsession d'un lien de vie où il n'y aurait que du bien et aucun mal ; un lien de vie coupé de l'être.

20. ***Appel d'être.*** Vu sa position sur l'être, il ne pouvait pas dire que le repère éthique, c'est l'*amour de l'être-temps* qui invite à se surmonter. Ce n'est pas rien d'aimer être surmonté par l'appel d'*être* qui vous sort de l'esclavage où vous êtes identique à vous-même. Or le désir d'*être*, s'il n'est pas fermé sur le désir d'être conforme à telle image, fût-elle « soi-même », est un désir à *être*, une intensité d'être, une ouverture à l'*être* qui déborde le moi et se déborde elle-même, créant de nouvelles différences, rencontrant l'étrangeté, en nous et en l'autre, et en ces autres concrets dans lesquels l'*être* se met en acte.

Si cette rencontre est éludée, c'est qu'on cherchait l'être en soi, en « moi », et non l'*être* ouvert à ses possibles, à ses autres mises en acte, notamment dans ces autres. C'est presque un critère : prétendre rencontrer l'*être* sans rencontrer ses mises en acte dans ces autres singuliers est une simple supercherie. Ces autres n'en sont pas l'incarnation mais la scène, l'occasion où il se montre comme rappel du passé et appel d'avenir.

21. ***Autrement qu'être.*** C'est une poignante expression pour maintenir l'altérité sans en appeler à l'*être*. Car dans toute philosophie l'*autrement* se puise dans l'*être*, dans le fait que l'être est plus que ce-qui-est (qu'on fasse de l'être un Dieu suprême ou un potentiel de possibles). Mais Lévinas, en rejetant l'être, n'a plus qu'une sorte de transfusion où l'on se coule dans l'autre, à qui l'on donne tout. Or être coulé dans l'autre, en quoi est-ce autre chose qu'être ? Avoir posé qu'« être » c'est être-moi, bloque tout mouvement ; et l'*autrement qu'être* ce n'est qu'*être substitué* à autrui, remplacer l'autre dans l'épreuve... Dans ce sacrifice se dissout la métaphore. (De fait, le sacrifice n'aura pas lieu : réalisme oblige.)

En revanche, le paradoxe d'être-autrement est plus ouvert sur la vie ; être soi et pas soi, assumer ce-qu'on-est et être appelé ailleurs ; souvent ce-qu'on-est implique d'être appelé ailleurs, ou consiste dans cet appel. Mais pour Lévinas, être-autrement c'est encore être « moi »... autrement arrangé ; comme s'il était exclu que les changements que je vis concernent mon rapport à l'*être* qui me dépasse ; comme s'ils ne concernaient que mes semblants ou mon « essence » ; c'est dire qu'on reste dans l'identité. Et il pose que le savoir, la connaissance, ne sont que des pistes pour ramener l'autre au même, comme si connaître c'était toujours introjecter, ingérer, assimiler à soi. Or développer une connaissance, c'est assimiler des choses ici pour qu'ailleurs se produise l'inattendu, même si on n'y a pas accès. Donc le paradoxe d'être-autrement, quand on dépasse le blocage où *être* c'est *moi*, indique des aires d'altérité où l'on peut reconnaître comme nouveau ce à quoi on est appelé, appelé à être. C'est aussi le paradoxe de la nouveauté : si c'est entièrement nouveau, on n'a pas de quoi le percevoir ; et si on a de quoi le percevoir, c'est qu'on y reconnaît de l'ancien. Mais le paradoxe n'est qu'apparent car le nouveau bat le rappel de tout l'ancien et y ajoute une petite pointe de dépassement, une ouverture qu'il n'y avait pas ; même avec du connu. C'est un entre-deux dynamique où émerge du connu dans l'inconnu et de l'inconnu dans le connu. Être-autrement c'est donc, en passant par l'altérité, découvrir celle qu'il y a en moi, et trouver à travers elle des traces sinon de moi, de mon histoire, de mes appels d'être. C'est un croisement intermittent.

Nous évoquons *Autrement qu'être*, considéré comme l'acmé de sa pensée, mais son autre livre majeur *Totalité et infini* en préparait déjà la voie. Il y oppose l'ouverture sur l'infini à la totalité du moi ou des systèmes totalitaires. Il faut briser cette totalité, ouvrir le moi sur l'infini, et pour lui, c'est l'autre qui sera cet infini. Pour nous, l'ouverture d'infini, c'est l'ouverture sur l'*être* qui se ponctue et se concrétise via les rencontres avec l'autre quand celles-ci prennent corps et mettent en acte cette ouverture, pour chacun des deux acteurs. De sorte qu'on ne peut pas être ouvert sur l'être et fermé aux autres concrets. La même question se posera à propos de l'hospitalité : est-ce qu'on y est trois ou deux ? Si on est deux, l'autre et moi dans ma posture sacrificielle de don total, l'issue cannibale n'est pas loin. Même lorsqu'au-dessus des deux plane le même Dieu qu'on invoque, et que chacun des deux prendra soin d'annexer comme un bien très précieux. (Dans l'Algérie d'aujourd'hui, des gens peuvent dîner ensemble sous le signe d'Allah, et plus tard dans la nuit quelques convives reviendront armés sacrifier la famille qui les a reçus). Dans tous les cas, il s'agit de sortir de soi en rencontrant la part de l'autre qui est aussi sortie de lui, et la rencontre se fait sur cette part d'être qui échappe à tous les deux ; elle se fait avec don et partage, échange et transmission, marquant le fait que la part qui est commune aux deux n'appartient à aucun.

Recevoir l'autre dans l'épreuve du rapport à l'être peut aider à n'être ni son serviteur ni son maître. C'est sous le signe de la rencontre et du possible...

Et si l'ouverture de l'autre sur l'*être* est détruite ? Raison de plus pour partager avec lui la mienne, par greffe ou par toute autre transmission. Entre-temps, voilà qu'il se comporte comme un « objet » autonome, un système clos ou programmé, en détresse ou arrogant, et le partage que je lui offre n'est qu'un espoir dans la nuit, une attente, où je peux avoir l'illusion d'en savoir plus et de viser plus loin. Mais c'est la rencontre effective qui dira, après-coup, son verdict. Elle dira si j'étais son prédateur généreux, l'annexant de mes dons, ou si j'ai pris avec lui le risque de l'événement d'être.

22. *Rencontres.* Il faut essayer de penser l'*être* non comme un *tout* – car on tombe dans l'Être suprême ou dans des schémas ensemblistes peu productifs – mais comme une fonction ou plutôt un « foncteur » : les choses sont des dépôts d'être avec sur chacune un « vecteur » qui la dispose à un mouvement d'être possible ; ce vecteur se déclenche ou pas ; et dans la mesure où il s'active, elle a un devenir. En tout cas, le déploiement des étants (pour ne pas dire leur ensemble) est un champ d'être qui n'épuise pas l'*être* (et qui n'a pas de maximum : il n'y a pas d'étant suprême).

L'être *opère* sur les étants, ce n'est pas un tout. Déjà dire : *soit* x un étant, c'est amener cet étant vers la question de l'être ; sinon il n'a même pas à *être* appelé. C'est par l'être qu'il advient comme support de pensée. Un étant tout seul est intenable sans cette emprise de l'être sur lui, qui le porte et le traverse. Mais ce couplage qu'il fait avec l'être, appelons-le E(x), c'est justement ce qui lui donne place dans la pensée. Et cela donne en retour une « responsabilité » à cet x : le voilà exposé à l'être. Et si je *suis* cet x et qu'un autre *soit* y, est-ce vraiment entre x et y que va passer la question de la transcendance ? Non, elle passe entre E(x) et E(y), entre les deux couplages, ceux que chacun fait avec l'être. *Le rapport entre deux sujets passe par l'espace de leur questionnement en face de l'être.* En ce sens, pour rencontrer l'autre il faut rencontrer l'*être* et sentir de quelle façon, à son tour, il le rencontre. Si on ne rencontre pas l'*être*, on ne rencontre pas l'autre mais la clôture où il s'enferme et se mutile ; la clôture où on l'enferme. Mais ne rencontrer que l'*être* et pas l'autre, c'est se prendre pour l'*être* ; c'est ce qu'a fait Heidegger : il est la pensée de l'être... Et lorsqu'il voit des étudiants juifs qui devaient passer leur thèse avec lui et qu'il leur dit : « Ce n'est plus possible de vous faire passer la thèse, car vous êtes juifs », c'est sans doute plus de la bêtise – au sens de la complaisance narcissique – que de la haine...

Chez Lévinas en revanche, la transcendance a lieu quand le sujet lit dans le visage de l'autre la demande radicale qui le « précède » et l'instaure comme sujet, et donne sens à sa vie. Du coup, le voilà rappelé à ses origines, à son ancrage dans l'être. Pour nous, cela revient à une rencontre du sujet avec l'être, il est face à l'être, même si cet « en face » a été déclenché par l'autre. Pour Lévinas au contraire, le sujet est face à l'autre à qui il doit *se soumettre* pour s'ouvrir sur l'être, ouverture qui semble contrôlée par cet autre ; l'approche de l'être est occupée par un mur, celui d'autrui. C'est comme une exigence préalable, comme s'il disait : « Vous voulez parler de l'*être* ? C'est bien abstrait, dites-moi d'abord comment vous faites de Lévinas, avec les autres, ces victimes de massacres ou de catastrophes qui sont là... Après on parlera de l'*être.* »

Cette approche, issue de l'Holocauste, pose un préalable qui ensuite prend toute la place, et n'en laisse même aucune à l'autre, sauf si cet autre est mourant ou en détresse. Cela produit un couloir très étroit et singulier vers l'être ; un rétrécissement du geste de se tenir face au possible. On peut comprendre cette « exigence » comme une demande obsessionnelle de garantie. Mais y a-t-il des garanties dans le rapport à l'*être*, sinon dans l'acte d'y accéder et d'être dans le possible ? Le don-de-soi à l'autre est-il une ouverture sur l'être ou une fermeture *sur* l'autre, pour l'envelopper et s'en nourrir ?

23. ***Masques et dévoilements.*** Le rapport entre soi et l'autre est un processus d'*entre-deux*, il peut ouvrir un partage d'*être* et d'infini. Il dépasse le clivage sujet-objet, non parce que l'objet s'intègre à l'identité du Même mais parce qu'il y a deux sujets et deux objets entremêlés ; chacun est une scansion de la fonction sujet et un rythme de l'objet.

La relation avec l'Autre est infinie car l'*entre-deux* est un écart dans l'*être*, et l'infini de l'être rejaillit dans la relation, laquelle n'est donc ni symétrie ni simple dialogue. (La pratique analytique le montre : cet autre est… « autre » et il m'est semblable, et sur cette similitude se détache son altérité.)

Bien sûr, on veut *atteindre* l'autre dans sa pure vérité, quand tous les masques seront tombés l'un après l'autre. C'est le fantasme d'une vérité qui se donnerait une fois les semblants démasqués : « La vie de l'*expression* [celle du visage, donc de l'autre] consiste à défaire les formes où l'étant se dissimule [10].» Comme si le visage n'était pas lui aussi un masque derrière lequel le moi souffre ou se protège ; son symptôme l'empêche de changer d'image du côté de l'être. En principe, le visage est un potentiel infini de masques et de dévoilements, d'images et de leurs traversées. Dans le champ du symptôme, son clavier s'appauvrit.

24. ***Éthique imaginaire.*** Les grands penseurs, devant une épreuve concrète – un affront, un chagrin d'amour, une nomination qui tarde – sont aussi affectés que n'importe qui et pensent à leur blessure plus qu'à l'autre ou à l'être. Cela ne signifie pas que l'éthique est oiseuse : comme repère elle fait sens.

Ce livre montre la genèse d'une morale, et l'on y voit les ingrédients qui d'ordinaire font symptôme, notamment : produire ce qu'on redoute le plus (la « peur » de Heidegger fait produire à Lévinas un système que Heidegger peut renverser d'une chiquenaude) ; oublier ce qu'on sait pour se fixer sur le *trauma* et y réduire tout le possible. L'« autre » de Lévinas est toujours sur le point de mourir, il émeut quiconque l'approche, son visage est forcément démuni. Mais votre pire ennemi, menacé de mort imminente, vous attendrit. Sa mort l'absout et l'efface en même temps. Cet « autre » est donc ce sur quoi on peut projeter sa violence mais sous forme inversée car sans lendemain, puisqu'il est mourant.

Cette inversion ressemble à un don, à une bonté, mais sa teneur agressive, les « psys » ne l'ont pas inventée, elle leur

10. *Ibid.*

crève les oreilles. Inversion projective visible sur le « visage » qui du reste est aussi bien le corps de l'autre : Lévinas cite une scène de roman (de W. Grossman) où les prisonniers d'un camp russe font la queue devant un guichet, chacun ne voit que le dos de l'autre, mais sur ce dos, il « voit tout » – la joie, l'espoir, la détresse de l'autre... « Ici, le dos devient visage », dit Lévinas. *Image* marquante pour une éthique imaginaire que l'on projette sur le dos de l'autre. Il y va non d'une présence partagée mais d'un rapport où l'enjeu est moins d'aider l'autre *réellement* que de *se donner à lui pour l'annexer à soi* ; c'est moins l'autre qu'il faut sauver que le sujet qu'il faut parfaire.

Cette éthique reconstitue le rapport à l'autre dans sa genèse, en posant « autrui » comme premier. Or pour l'enfant, le premier Autre auquel il est exposé c'est sa mère ; autrui, cela fait partie du décor. L'approche d'autrui qu'a l'enfant, est une image de soi projetée sur un corps familier, semblable et autre. C'est ce rapport au *double*, lieu de tous les vertiges narcissiques, des violences déniées, des captations imaginaires, que Lévinas érige en haut lieu de l'éthique. Pourquoi pas ? Mais le fantasme sous-jacent – se sacrifier pour l'autre, ou s'être sacrifié pour lui – a d'étranges naïvetés. Notamment l'exigence d'un discours « irrécupérable », d'un Dire qui ne se fige dans aucun Dit. (C'est un des thèmes d'*Autrement qu'être* ; mais comment parler, avec ça ?) De fait, quand cette éthique se concrétise, on a vu qu'elle devient banale comme si son génie était d'être imparlable : ancrage *absolu* d'une vraie différence, d'une vraie altérité, « antérieure » au sujet, d'une proximité d'autrui « avant » toute proximité...

Lévinas peut renier la différence ontologique – entre l'être et ce-qui-est –, différence fondatrice dans toute la Bible quoique ceux qui l'ignorent l'attribuent à Heidegger, quand c'est de lui qu'ils la tiennent. Il peut mettre cette différence au compte de l'ambiguïté – de l'« amphibologie » – la récuser parce qu'« elle ne signifie pas l'ultime ». Il reste pourtant dans le champ de l'*être* ; tout comme l'« autrement qu'être » n'en est que le déni.

25. ***Connexions.*** On comprend qu'un penseur, après l'Holocauste, agacé par tous ces discours sur l'autre – par l'écart immense entre une pensée de l'être et le rapport à l'être qui se révèle chez tel penseur (par exemple chez Heidegger) – demande soudain : comment faites-vous avec autrui ? avec cet autre qui, là, sous votre nez, se fait arrêter ou tombe dans la rue ? qu'est-ce qui se révèle de vos pensées dans cet acte ? Et comme nul ne lui répond, comme nul ne *répond*, il s'accroche à cet autrui comme à sa planche de salut ; plus elle est fragile, plus il renchérit et y met ses espoirs. Et la réponse qu'on lui refuse ou qu'il attend en vain, il décide de l'offrir à l'autre : réponse *pour* l'autre, « sans réserve ». Cela lui donne de beaux éclairs : « L'idée de l'Autre, *c'est-à-dire* la relation avec autrui. » Quel salubre rappel à l'ordre pour tous ceux qui n'ont que l'Autre à la bouche et qui, devant *un* autre, se révèlent des faux-culs.

Mais voilà, l'Autre est aussi ce qui m'échappe de moi-même – un acte étrange, un rêve glauque, une trouvaille, une vue hallucinée. C'est une forme de l'être qui passe par moi et par d'autres ; et ils y sont concernés en même temps que mon lien à l'être qui détermine ces étrangetés. On était deux, nous voilà trois (sans que le Tiers soit l'État). Même la Scène traumatique est un rapport triangulaire avec l'être : cet *autre*, *moi*, l'*être* comme potentiel de possibles qui nous porte tels que nous sommes et nous affronte à nos limites, à l'épreuve de leur franchissement, donc au rapport avec *la loi en tant que trame infinie où s'articulent dans le temps des repères essentiels.*

Et dans cette Scène ou dans d'autres moins traumatiques, n'y a-t-il que des individus, comme l'autre et moi, se regardant ou scrutant le possible ? Non, il y a des *connexions transversales*, qui tiennent ou pas. Exemple : Ne convoite pas ce qu'a l'autre (ton désir vaut mieux que d'imiter le sien, que de se planter dans les objets où son désir s'est arrêté). Ou encore : Ne te venge pas ; n'en reste pas à te mortifier avec le manque qu'il crée en toi, relie-toi au *possible* pour transmuer ce nouveau manque et rejoindre le jeu de l'être.

À vrai dire, la plupart des lois du Livre, du point de vue de l'éthique de l'être, sont des principes de *connexion* qui lient entre eux les différents rapports à l'être, faisant vibrer dans chaque fils ce qui arrive aux autres fils et ce qui, au passé, est arrivé de façon *marquante* puisqu'on l'a *retenu* et transmis. Ces lois symbolisent des appels d'être à repenser, interpréter. Elles n'excluent pas leur transgression, pas plus qu'une théorie n'empêche de penser autrement : c'est là, comme repères vivants, garde-fous et mises en garde, nouvelles interprétations, présences parlantes qui signifient : fais ce que tu veux (aie déjà un vouloir) mais sache qu'il est dit *non* à ceci ou cela, et fais avec. Si tu veux nier toutes ces limites, si tu es assez gonflé pour excéder toutes ces bornes, c'est à tes risques et périls. La version religieuse dira : « alors tu *es* exclu du groupe des tiens ! », mais c'est sa façon d'aller vite, de dire : « Si tu refuses tout témoignage et toute mémoire, tu vas compter tout seul ; mais tu auras assez de rencontres avec l'*être*, assez d'épreuves pour faire tes preuves et t'expliquer ; entre-temps tu comptes pour nous comme solitaire. »

Du coup, la loi symbolique, est-ce le visage d'autrui qui me l'ordonne ? Est-ce ce visage qui me dit : « Tu ne tueras point » ? Non, le visage est un relais privilégié de cet interdit. Il signifie que quelque part, dans une mémoire appelée « Tables de la loi », il est dit *non* à l'acte de tuer. Au moment où dans la haine et la fureur on voudrait achever l'« ennemi », « en finir » avec, le rappel de cette trace peut aider. Mais la loi n'abolit pas le possible du crime. Une loi qui ferait que sa transgression soit impossible serait une loi terroriste. De fait, ce qui empêche de tuer, c'est le sentiment qu'en faisant le pas, ce pas-là, on passe vraiment de l'autre côté, et que pour vous tirer de là il faudrait toute l'humanité s'y mette. Certains actes sont exclus parce que ce serait « fou » de les faire ; on a peur de ne pas en revenir, d'en devenir tout autre. On a peur d'*être* totalement *autre*.

En tout cas, il y a une connexion d'être entre l'*autre* (le visage), la *loi* (qui le précède) et le « *moi* ».

La loi des institutions fait aussi connexion entre moi et autrui, mais sous le signe de la bonne gestion, où l'équité du jeu concerne assez peu la « justice » : celle-ci exige le passage par l'*être*, l'être-avec et autrement, la mise en acte de la loi symbolique par le hasard ou par des hommes. La loi des tribunaux relève, comme toute gestion, du déploiement technique, du faire ensemble – s'entendre, négocier, s'accorder, faire une trêve... Elle opère sous le signe de l'espace social à ménager. On est loin des grands élans du tout-pour-l'autre. Lévinas sait bien que la justice n'est pas la gestion juridique, mais il ne voit pas que le rapport à l'être (qu'il écarte) implique le rapport à l'autre. Or une simple expression biblique comme « Et l'*être-temps* vit que » (par exemple : que la lumière c'est bon, ou que « l'instinct de l'homme est mauvais », c'est-à-dire *se présente* mal d'emblée) signifie (c'est-à-dire symbolise le fait) que *c'est* visible sur les visages, dans leur rencontre avec l'*être* ; que sous le signe de cette rencontre, tout visage est concerné, même s'il se cache. Ceux qui se voilent la face peuvent éluder la rencontre, mais ils le regrettent – et se plaignent de... n'avoir rencontré personne. Bref, *pour rencontrer l'*autre, *il faut rencontrer l'*être.

Et déjà cette fameuse approche de l'autre, appelée responsabilité, suppose qu'il y ait *réponse* donc rapport : mais que puis-je entendre dans l'appel d'autrui, même silencieux, sinon l'appel d'*être* qui m'appelle à être autrement à travers cette rencontre avec l'autre ?

26. *Politique.* S'agissant du « politique », Lévinas pense faire un renversement : ce n'est pas au nom du sujet, de l'individu blessé dans sa singularité, qu'il propose de se rebeller contre l'ordre de l'État – lequel englobe les individus au sein de sa totalité pour les protéger de leur violence (« l'homme est un loup pour l'homme ») ; c'est au nom des *droits de l'autre homme*, et non des « miens » que Lévinas met en cause l'ordre politique. Mais là encore, cela revient au même grâce au « miroir » collectif ou médiatique : où l'on voit l'autre victimisé, privé de droits ; on se voit soi-même en train de voir ce malheur, de voir cela sans réagir. Et l'opinion publique – c'est à son honneur –, même la moins mûre ou la moins « préparée », exige que les Responsables « fassent quelque chose », que l'État « prenne des mesures »... Même si l'on dit que ça la gêne dans son confort, sa digestion, son bien-être, ça malmène aussi son sens de l'équité ; les motivations sont mêlées, on n'attend pas qu'elles s'épurent pour penser ou agir. Donc c'est au nom du Moi-public gêné de voir cela que s'exprime la « révolte » contre la raison d'État.

Une bonne part de l'indignation contre les États, les gouvernants, exprime que les citoyens ne veulent pas rester passifs devant l'injustice, ou inactifs devant l'horreur. Et l'on revient à une révolte au nom de l'« honneur » des sujets, de leur dignité, qui inclut par là même le droit des autres, le droit de « tous » à cette même dignité. En fait, on voit que nos États libéraux, pris dans leur langue de bois, méprisent les droits de l'autre lointain dans la même logique où ils méprisent leurs citoyens, et où ceux-ci se méprisent eux-mêmes quand ils endossent cette langue de bois.

Mais la phrase de Lévinas : « les droits de l'homme, ce sont les droits de l'autre homme » peut s'entendre d'un point de vue non sacrificiel mais symbolique : c'est l'autre-homme en moi que j'honore en défendant les droits de l'autre. Défendre les droits de l'autre, c'est défendre l'être-temps qui se présente dans l'autre-homme même dans la méconnaissance (si l'Autre-homme est une manifestation pro-nazie...). Si l'être-temps porte et traverse le visage de cet autre, l'un et l'autre luttent contre la même totalité, pas seulement celle du politique ou du social mais celle – narcissique – que l'on s'impose pour arrêter son mouvement identitaire, dans le parcours de ses rapports à l'être-temps.

27. *Histoire.* L'histoire, si elle n'est que « rapports entre hommes » ignore l'*être* en chacun d'eux ; et c'est à eux – à chacun d'eux – de le faire parler à travers elle, dans leurs paroles-actes portant sur cette histoire qui sinon les emporte. Il ne s'agit donc pas de « s'arracher » à l'histoire (« quand l'homme aborde vraiment l'autre, il est arraché à l'histoire [11] »), mais d'avoir sur elle une vue plus transversale, plus extérieure, tout en y étant impliqué. Comme d'avoir une vue

11. *Totalité et infini*, p. 23.

plus lointaine face à ce-qui-est et à ce-qu'on-est, pour les reconnaître et espérer les traverser. Cette posture transversale aide à vivre l'histoire sans en être l'objet. Disons donc plutôt : celui qui aborde vraiment (la question de) l'*être* est toujours en appui sur l'histoire et en léger devancement : il peut voir plus loin qu'elle sans en être trop dupe ; il peut la juger non pas du haut de son tribunal (l'histoire aussi est juge) mais en y ouvrant son jugement ; il peut soutenir la dispute avec elle du point de vue des mouvements d'*être* qui portent l'un et l'autre – l'homme en question et son histoire.

Du reste, l'homme ne s'est pas privé de juger l'histoire, sans toujours y faire preuve de jugement. Ce n'est pas de titres qu'il a besoin pour la juger mais de moyens, de capacité.

28. ***Entre éthique et politique.*** Quant à savoir si l'ordre éthique (du rapport infini à l'autre) peut déterminer la rationalité politique, est-ce bien la question ? Faut-il vraiment cette rationalisation de l'éthique, cette descente de l'éthique vers la *ratio* politique où elle en vient à justifier l'ordre existant ? Chez Lévinas, cette descente est évidente : dès qu'il « raisonne » et calme un peu le souci éthique, dès qu'il corrige l'hypertrophie sacrificielle avec l'autre, dès qu'il module le face-à-face, il tombe dans le cadre politique de l'État libéral, dans la gestion raisonnable, avec seulement ce rajout : *vive la gestion démocratique qui, armée de la sagesse grecque, s'améliore sans cesse, se remet toujours en question*. C'est simplement reconnaître que la politique est devenue une technique et que, comme toute technique, elle s'améliore, se remet en cause, affine ses cadrages, optimise ses répartitions... Tout est donc pour le mieux puisqu'on cherche à l'améliorer. Cette éthique qui a horreur de l'« il y a », de ce-qui-est, s'y intègre finalement, s'y inclut en rappelant aux gouvernants qu'on peut toujours améliorer ; mais ils le savent, dites-vous, ce sont de bons techniciens.

Du reste, lorsqu'il invoque un second autre pour corriger le face-à-face avec autrui, Lévinas se demande qui des deux autres est « premier » : « Je pose la question de justice, lequel dans cette pluralité est *l'autre par excellence* ? » L'autre, décidément, doit être victime pour être l'autre. Au commencement il y avait la victime. Et comme il y en a beaucoup, on appelle la sagesse grecque à la rescousse pour « comparer les autres » entre eux, eux qui étaient incomparables. Et l'infini de l'être qui éclairait le rapport à l'autre et le marquait d'*infinitude*, devient le *grand nombre* de perfectionnements techniques propres aux États bien gérés.

L'autre argument, typiquement lévinassien, est que l'État vient comme limite non pas de la violence mais de l'obligation éthique. Comme si ce qui menaçait la société était le risque que chacun veuille tout donner à son autre favori, négligeant donc tous les autres injustement. Heureusement l'État y met le holà ; il suggère qu'on lui donne d'abord à lui (sous forme d'impôt ?) pour qu'il puisse mieux répartir. Cela semble comique ; mais, comme pour les autres renversements, cela revient à l'idée de départ, celle d'avant le « renversement ». En l'occurrence cela revient à la vieille théorie de l'État comme empêchant la violence entre les gens. Car il est clair qu'en donnant à son autre favori, c'est-à-dire à son plus proche, le sujet est égoïste, donc agressif envers les autres. Ainsi, chez Lévinas comme chez... Hobbes, l'État intervient pour limiter cet égoïsme et cette violence. Et l'éthique reparaît dans le politique comme appel au perfectionnement – lequel est pris en charge par la technique, celle de tous les pouvoirs modernes.

Quelle dure rigueur des choses : si le rapport s'atténue entre éthique et politique chez Lévinas, si le don pour l'autre ne se dissout pas dans la bonne gestion libérale, son éthique devient une variante de l'éthique christique mais sans Christ ; et si le lien se renforce entre éthique et politique, son éthique devient un projet de vœux pieux et d'intentions idéales. Il y a donc trois cas : ou son éthique se lie au politique et elle devient irréaliste ; ou elle s'y adapte (grâce au « Tiers-État ») et elle s'affadit ; ou elle s'en écarte et elle devient christique sans Christ.

29. *Liberté.* Son idée de la *liberté* fait question. Il pense que « l'esprit de liberté » est l'essentiel de la civilisation européenne : « Elle est un sentiment de la liberté absolue de l'homme vis-à-vis du monde et des possibilités qui sollicitent son action. L'homme se renouvelle éternellement devant l'Univers. À parler absolument, il n'y a pas d'histoire. » « Cette liberté infinie à l'égard de tout attachement, par laquelle en somme aucun attachement n'est définitif, est à la base de la notion chrétienne de l'âme [12]. » Le judaïsme, lui, apporte « ce message magnifique » du « remords », du « repentir » qui répare. « L'homme trouve dans le présent de quoi modifier, de quoi effacer le passé. Le temps perd son irréversibilité même. Il s'affaisse énervé aux pieds de l'homme comme une bête blessée. Et il le libère [13]. »

Cette idée que la liberté, c'est de se libérer du passé et de « surmonter l'histoire », il y tient beaucoup. C'est même ce qui lui fait dire que le nazisme est contraire à toute liberté car il mise tout sur le corps, sur l'« enchaînement » biologique. Mais qu'est-ce « surmonter » l'histoire ? On est dans l'histoire, avec peut-être un pied dehors lorsqu'on peut la penser. On ne la maîtrise pas, on se ressaisit des secousses qu'elle impose, on les intègre, on les exploite, on s'en nourrit – au risque de s'en intoxiquer : ce sont des appels d'*être* et des rappels.

Pour nous, le premier pas de la liberté, c'est qu'il y ait assez de *loi* pour n'être pas tenu de la garantir ou d'en être le gardien – ce qui rend captif, anxieux. C'est donc le contraire d'un régime où il y a bien une loi mais qui exige de jouir de vous, qui a besoin de vous comme nourriture, comme proie pour exister.

Et quelle curieuse fascination pour le temps qui fuit, pour le « fait accompli », pour le présent qui « échappe à jamais » mais qui « pèse sur [notre] destin »... Alors que ce temps « perdu » on peut le retrouver, et faire qu'il ne soit pas un temps passif ou inerte mais un trésor où la mémoire et la pensée se ressourcent.

Et le « retour » n'est pas seulement le repentir, la rature,

12. *Réflexions sur la philosophie de l'hitlérisme*.
13. *Ibid.*

l'inflexion qui reconnaît la perte ; c'est le retour à la mémoire comme lieu d'attente, à la pensée comme ouverture. On peut revenir au refoulé pour « s'expliquer » avec – autrement ; ce *retour* est plus productif que la non-perte. (Idée talmudique : pour qui sait « faire retour », les fautes commises deviennent des mérites.) Savoir *faire retour*, ce n'est pas rentrer au bercail, c'est se rendre plus libre au regard de ce qui, dans le passé, ne passe pas. C'est donc mieux s'ouvrir à *l'être*.

Du reste, le « sentiment tragique » des Grecs est ancré – non pas comme il le dit dans l'idée du temps qui passe mais justement – dans le *retour*, dans l'idée que le destin ramène les fautes et les manques, que les Dieux reviennent demander justice, ou reviennent faire leur justice, celle du cosmos, qui nous échappe, dont on n'a pas la moindre idée. Et le christianisme, s'il est une révolte, ce n'est pas tant « contre la fatalité grecque [14] » que contre la loi fétichisée du judaïsme, alors même que celui-ci a combattu le fétichisme y compris celui du rapport à la loi. (On le sait, beaucoup de conduites juives, raides et fermées, semblent appeler un messie qui les délivrerait d'elles-mêmes. C'est en quoi un certain verrouillage rabbinique a préparé la voie de Jésus.)

En tout cas, le sujet peut se libérer de ce-qui-est (ou de ce-qui-fut) par connaissance et reconnaissance en vue de passer à ce qui peut être. Pour cela, lui faut-il vraiment une « virginité première » – où Lévinas voit l'apport du christianisme ?

30. ***Liberté et jeu.*** S'agissant de liberté, celle de nos sociétés peut-elle nous leurrer ? La liberté règne tant qu'elle sert le pouvoir, les gens au pouvoir, le fonctionnement du système (c'est beaucoup) ; sinon, elle est normalement bafouée ; très peu de liberté pour changer et transformer ; c'est logique : elle serait une incitation à changer, auquel cas, s'y jetteraient ceux à qui ça profite ; retour au cas précédent. Et puis, cette liberté, tout le monde est pour, comme on est tous *pour* le bonheur ; c'est même *pour* ça que tous sortent leurs griffes et que ça s'entre-déchire. L'éthique qui émane du social est celle

14. Voir *Réflexions, op. cit.*

de la « bonne gestion », des règles du jeu où le jeu est le cadre narcissique de chacun ou de chaque force instituée ; à chacun de se battre comme il peut ; et s'il se fie d'abord à ses semblables, à ses autres plutôt qu'à son rapport à l'*être*, il sera vite leur esclave, l'esclave du système (travail, échéances, déchéances...). D'ordinaire, le seul trait pertinent que l'on retient, c'est qu'il faut que ça *continue* à jouer ; que le jeu ne s'arrête pas, même s'il est fermé, même s'il n'a plus de rapports à l'*être*, à l'appel d'*être*. Mais du côté de l'être, Lévinas est ferme et fermé : il identifie être et totalité ; dommage, car l'être réfute la totalité autant qu'il la met en jeu.

31. ***Retournement.*** Lévinas opère un autre « retournement » dans « ma liberté » face à l'autre : il remplace le couple puissance-impuissance par le couple justice-injustice. En cela, il reprend le vieux cri de la Bible : justice ! (Même la charité se dit « petite justice ».) Pour lui, face à autrui, je suis « essentiellement injuste ». Soit, mais est-ce le fait d'un mauvais partage – d'un partage injuste –, ou le fait même du partage ? Dois-je rectifier celui-ci ou le supprimer au profit du don de soi total et pur ? Et quand Lévinas dit que « l'infini se présente *en* autrui »[15], la même question se pose : est-ce autrui qui m'oblige ou l'infini de l'*être* qui en lui se présente ? infini que j'ai à deviner, à écouter, à faire entendre...

Certes, Lévinas rectifiera par le recours à une gestion plus mesurée qui conjure le face-à-face. Même au niveau du face-à-face, il bat vite en retraite : « l'étendue des obligations à l'égard des hommes pleinement hommes (*sic*) n'a pas de limite ». L'ennui, c'est qu'on fuit ces obligations en décrétant que ces hommes-là, ces adversaires, ne sont pas « pleinement » hommes. Tant qu'on ne dit pas que ce sont des rats... L'humaniste récusera votre humanité dès qu'elle le gêne.

De sorte que ce « renversement » ne résout rien, à part munir le sujet d'une solide culpabilité (pas toujours nécessaire : elle est déjà si massive qu'elle le rend très intolérant ; il se raidit contre l'autre, l'accuse... de le culpabiliser). En tout

15. *Ibid.*

cas, engager l'épreuve d'infini avec cet autre, c'est vivre l'épreuve de la rencontre en présence de l'*être* infini, présence qui fait tiers symbolique, sans laquelle on a vite fait d'en finir avec l'autre ; même en l'absorbant de nos dons comme une proie ; ou en se donnant à lui pour le capturer.

32. *Matière*. Est-ce bien sûr que « la raison exorcise la matière physique » ? La raison étudie cette matière, elle s'y soumet, elle veut la dépasser, elle y échoue ; mais il faut un peu plus que la raison pour voir plus haut que ses dialogues trop parfaits avec la nature, laquelle dépasse semble-t-il toute méthode rationnelle de la connaître.

La raison n'exorcise même pas la matière psychique ou sociale ; car à elle seule, la raison n'inclut pas la dimension symbolique. De même que la « prise de conscience » ne suffit pas à s'affranchir du symptôme ; ni de la place qu'on occupe dans son groupe ou sa fratrie ou son pays. Même des êtres avertis ont des « prises » de conscience bizarrement limitées ; et ceux qui « prennent conscience » sont-ils pour autant libérés ? Beaucoup, très lucides sur leurs symptômes, en restent prisonniers ; ils prennent conscience de leurs chaînes, sans plus. À moins que, se libérant de ces chaînes, ils ne deviennent *esclaves de l'idée libératrice*. (Le marxisme par exemple libère l'homme des illusions de la raison et l'asservit à cette promesse libératrice. Pur transfert d'asservissement que l'histoire a confirmé. Toute liberté conquise y fut d'emblée sacrifiée pour la liberté finale. Et c'est sans doute cette idée de sacrifice qui tout un temps lui attira des adeptes ; y compris la sympathie de Lévinas qui y voit, toujours en 1934, une promesse de liberté « malgré tout ».)

33. *Symbolique et don du sens*. La loi symbolique n'est pas une loi réglementaire, elle peut en prendre la forme si l'espace en cause est privé de toute règle. Elle n'est pas un « donner sens » mais elle peut en prendre la forme si l'espace de jeu est dépourvu de sens. On l'a compris, c'est l'effet de don qui compte le plus dans cette loi. C'est pourquoi quand elle se donne, elle donne une certaine liberté : on peut s'appuyer sur elle pour penser à autre chose.

De fait, beaucoup fréquentent le symbolique dans des situations où il leur ouvre un sens de plus, qui n'était pas donné. Alors ils pensent que ce qu'on peut donner de mieux, c'est du sens. Or il y a des cas où ce n'est pas le don de sens qui fait acte symbolique mais le *don* d'autre chose – d'un repas, d'un appel, d'un geste, d'une possibilité de dire... On peut faire une liste d'actes symboliques possibles, mais outre qu'elle ne serait pas exhaustive, elle peut devenir caduque pour un temps si l'effet symbolique se porte ailleurs. Elle peut même devenir fausse si l'on croit que c'est la vraie : si on l'enferme sur sa vérité ressaisie, maîtrisée.

Le symbolique est la transmission d'un appel qui porte la transmission de l'humain. Celle-ci implique aussi la connaissance des événements où s'est transmis de l'inhumain. Ce n'est pas simple à transmettre, vu que s'y rejoue la genèse même du symbolique ; et que l'inhumain est au cœur de l'humain. En essayant d'éviter l'inhumain, on le produit parfois, comme dans la « scène traumatique » : toute la passivité ambiante joue là-dessus, elle invoque la neutralité et elle se révèle inhumaine. Et quand l'inhumain s'accumule, le refoulement le maintient dans l'oubli, puis il craque et ça ressort chez les enfants qui (se) font « du mal » sans savoir pourquoi. De toute façon, ça se transmet.

Quant au sujet, c'est une fonction : on n'est pas tout le temps « sujet », de façon continue. On peut *être atteint* par la fonction sujet, on parle en tant que sujet, on continue, et l'on s'aperçoit soudain qu'on est parlé par autre chose ou par quelqu'un ; qu'on est déjà devenu objet d'un « sujet » qui est ailleurs, que « tout cela » demande à être ressaisi. Il ne suffit pas d'interpréter ou de « mettre en mots » pour chaque fois reconquérir sa position de sujet ; ni de se poser, comme Descartes, en sujet qui veille, traque la tromperie, mobilise « toute » sa raison, doute de tout ce-qui-est suspect... Cela ne suffit pas. Car l'attention consciente se mêle d'inconscient ; pouvoir dire *je*, c'est se brancher sur le jeu de l'*être* sans *se* perdre de vue. Le sujet est « substantiel » mais ce n'est pas une substance ; ni un pur évidement ou une fuite dans l'autre.

Le sujet lévinassien aussi est une fonction, celle où il advient dans le don qu'il fait à l'autre, le don de soi (qui d'ailleurs se révèle soumis à de telles conditions... qu'il n'a pas lieu). *Croire que le sujet n'est « pleinement » lui-même que quand il se donne à l'autre – à tout autre – se révèle une impasse : car l'autre devient ce qui fait exister le sujet, et ainsi il s'efface dans le sujet qui se donne à lui pour devenir plus authentique.*

Je maintiens – par différence avec Lacan, Lévinas, et bien d'autres – que le symbolique est bien plus que la métaphore-métonymie. Celle-ci est la routine du langage, et le symbolique, lui, est un effet d'origine, de nouveau départ, d'émergence originaire du langage quand il manquait, quand celui qu'il y a est usé ; dans toute langue de bois, même psychanalytique, le symbolique est mort ou gelé. C'est le don du dire possible. Par exemple, tout le monde parle, quelqu'un était exclu de cette parole ou du groupe, soudain il se passe quelque chose qui fait qu'on lui donne de pouvoir parler, on l'intègre, cela fait acte symbolique, ça le tire de sa posture mortifère. Rendre la parole à ceux qui ne l'ont pas, à ceux qui en sont exclus, c'est un acte symbolique et cela ne peut se faire qu'au prix de cet acte ; cela fait du bien à ceux qui la rendent comme à ceux qui la reçoivent. Le même acte tire leur parole de son narcissisme totalitaire, il la marque et d'ouverture et de finitude, lui donne une limite vive, une pensée du passage. Tant qu'elle reste en elle-même, elle a besoin pour se soutenir de l'exclusion des autres, de la certitude qu'elle se suffit. Ceux qui accomplissent l'acte symbolique, il les sort d'eux-mêmes, leur évite même la bêtise d'être-si-bien-entre-soi...

INTERMÈDE

JUSTICE ET PARDON

1

Et s'il y avait une justice ?

Parlons justice, non pas celle des tribunaux qui relève d'une gestion des jeux d'intérêts en vue sinon de l'équilibre, du moins de la garantie que le jeu continue, que ça continue, même avec abus. C'est que les joueurs ont besoin de limites et de règles pour se contenir ou faire semblant – et pour jouer. Mais parlons de l'*autre* justice, appelons-la symbolique, celle où le mouvement des choses semble faire *retour*, de par sa propre nécessité, vers des points où l'abus fut trop dur, trop criant. Et dans ce retour ou ce retournement se produit un coup d'arrêt, sec ; comme un coup de gueule du destin, plus excédé qu'apitoyé par le cri des victimes. Cela fait dire : « Eh bien, il y a une justice ! »

Ceux qui le disent ne sont pas toujours les victimes (le procès de Nuremberg ou le bombardement de Dresde, ça leur fait une « belle jambe » aux victimes des chambres à gaz). Et s'ils le disent, ce n'est pas toujours par esprit de vengeance mais par une sorte d'éblouissement devant une belle nécessité – qu'on aurait oubliée. Mais parfois les victimes ou les témoins de l'abus sont là et voient avec joie et stupeur l'effondrement de ceux qui maniaient la férule. Comme quand le Bloc de l'Est s'est affaissé. Même si parmi les anciennes victimes se recrutent les nouveaux truands. L'essentiel est que les forces du temps, les mouvements de l'*être* et du devenir ont secrètement fomenté un acte qui pour beaucoup s'interprète comme *justice* : il clôt une histoire, il en ouvre une autre, il n'est donc pas défini mais il règle des comptes. (Au passage, si cette expression est décriée c'est que ce « règlement », quand il est aux mains des hommes, devient souvent à son tour un abus, une pure vengeance. Mais aux mains de l'*être-temps* et du hasard, il lui arrive de faire merveille.

C'est qu'elle va loin, cette justice symbolique. Bien sûr,

celle des tribunaux parle aussi de « symbolique » : le « franc symbolique »... Façon d'avouer que le symbolique n'a pas de prix, moyennant quoi ils lui fixent un prix nul. L'autre justice, c'est autre chose ; elle a des coups géniaux que nul n'aurait pensé préparer. Préparer la chute du Kremlin ?.... Quel paranoïaque aurait osé y penser ? Ou simplement l'arrestation de Pinochet, le tyran chilien ? Qui l'aurait envisagée ?

Bien sûr les hommes y mettent la main, comme ce juge espagnol qui saisit le bon hasard du « déplacement » de Pinochet pour l'épingler, l'interpeller. La justice symbolique prend les hommes comme instruments et leurs actions comme matériau, même leurs actions dites de justice dont elle démasque les simagrées, puis elle fait sa cuisine à elle, subtile, relevée, surprenante, et vous la sert *comme ça*. Et quand elle sert Pinochet sur un plateau, il faut encore que le système puisse l'intégrer ; parfois il s'y met : il gère, il digère, et... il recrache, ça fait trop mal à trop de ventres mous. Entre-temps l'autre justice a jugé le dictateur en lui retirant... le jugement : « Allez, sénile ; z'avez trop traîné... » Étrange objet : un tueur rendu à sa débilité. Et puis ça rebondit : il avait feint d'être sénile pour qu'on le lâche. L'autre justice aura joué au second degré, nous offrant un tyran-tueur en train de faire le clown pour échapper aux tribunaux, et les Responsables se faisant avoir à son « cirque » – ou feignant de se faire avoir... Elle aura fait cela pourquoi ? Juste pour nous rappeler qu'on n'est pas à la hauteur des rencontres qu'elle nous propose ? Des convocations qu'elle nous lance ? Allez savoir... En tout cas, même lâché – par des lâches –, il aura reçu une marque d'elle : le hasard a martelé dans sa vieille cervelle qu'il peut avoir à répondre, que c'est possible, que ça peut devenir réel, cela même fut un acte de justice. Du coup ça rebondit encore : il est pincé par la justice de son pays.

La justice symbolique a pour agent le hasard – avec son cortège d'actes manqués, de symptômes, qui sont parfois collectifs, historiques. Voyez l'Autriche, où elle vient de nous servir un acte étrange et inquiétant : le pouvoir à l'extrême droite, à des hommes pour qui les Camps de la mort furent des camps de redressement et qui sont, bien sûr, tout prêts à nous redresser. Certes, il y a danger, et déjà pour les Autrichiens : leur refoulé nazi, resté intact, refait surface et l'histoire les défie de s'expliquer avec eux-mêmes : de cracher ça ou d'assumer. L'histoire sait bien que ce pays ne s'est jamais regardé dans son passé nazi, qu'il ne voit même pas où est le problème, et elle l'invite soit à purger sa haine recuite soit à l'assumer au risque d'être gênant comme partenaire. Disons que c'est une *action en* justice, le procès est ouvert, l'arrêt n'est pas encore venu.

Mais certains trouvent qu'elle y met le temps, cette justice, à donner ses coups d'arrêt : tant de « tueurs » courent toujours. Elle répondrait qu'en un sens ils sont punis par le fait même qu'ils mènent une vie de tueurs, laquelle ne semble privilégiée qu'à ceux qui, n'ayant nul pouvoir, croient que ceux qui l'ont ont tout ce qu'il faut pour être *bien* même en *étant* des « tueurs ». Certes, ils ont tout ce qui manque aux sans-pouvoir, mais eux, ils manquent d'autre chose : d'oxygène, de vie, d'esprit, d'ouverture, d'avenir ; d'*être*.

Plus généralement, on peut être puni de ce qu'on fait par l'acte même de le faire ; par le fait même qu'on pense des choses stériles ou obsédantes. Comme quelqu'un qui ferait une saloperie et à qui cette justice dirait : « Bon, en attendant qu'on voie ton cas, tu seras condamné à y penser, à faire tourner toutes tes pensées autour de *ça*, sans le savoir. » Il y a des pensées basses dont on est puni par le seul fait de les avoir.

Il n'y a pas que les obsédés qui se punissent par la pensée – très réellement. Dans tout symptôme il y a un aspect punitif, selon cette justice symbolique, un aspect où l'on est soi-même son juge le plus cruel. C'est que la culpabilité des « coupables » est un agent de ladite justice ; il peut les faire arrêter par la justice des hommes. D'ailleurs, ils tournent autour d'elle comme des mouches, et font juste la gaffe qu'il faut pour se faire prendre. Comme s'ils devenaient les agents de l'autre justice, la symbolique, qui les prend au passage comme des jetons ou des rejetons de ses jeux bien plus vastes.

Parfois, elle prend au vol des Responsables très aguerris. Elle les laisse faire, puis elle se ravise, elle les prend en plein vol, main dans le sac, pour des vétilles. À la surprise de tous. Comment des gens de pouvoir qui en savent tous les rouages, toutes les combines... qu'ils enseignent à prix d'or, peuvent-ils un jour faire la petite gaffe pour se faire prendre comme des bleus ? D'aucuns diraient que les gens de pouvoir sont un peu déconnectés, coupés de la réalité... Mais justement, ce n'est pas devant « la réalité » qu'ils gaffent, c'est dans leur propre système, leur propre cadre de fonctionnement. Force est de dire qu'ils ont un rapport narcissique à la loi : ils la font, la connaissent à fond, alors ils se disent qu'elle ne va pas leur « faire ça » à eux, ses familiers, s'ils la forcent un petit peu. Ils ne se le disent même pas, cela va de soi. Mais elle n'aime pas ça, elle tient aux apparences, car elle rêve secrètement de passer pour l'autre loi, celle de l'autre justice.

Ce rapport narcissique à la loi se retrouve dans le social partout où des gens qui « font la loi » prennent pour loi ce qu'ils font. Et c'est source de violence ; ça en désespère plus d'un de voir que le narcissisme de tel commis de l'État, grand ou petit, fait loi. Et on soupire : « Il n'y a pas de justice... » ou alors : « Elle n'est pas de ce monde » (ajoutant ainsi du boulot au bon Dieu avec les complications que l'on sait quand on en fait une personne...). Mais l'autre justice, elle, ne chôme pas.

2

Le pape pas coupable mais si responsable...

Est-ce encore elle, la justice symbolique, qui nous amène sur un plateau un « papa » repentant ? Qui sait ? Même si cela relève du plateau-télé planétaire, où les forces du spectacle cherchent le geste décisif, l'acte emblématique (oui, oui, un petit papier dans le Mur des Lamentations...) qui marquerait la foule – laquelle ne demande pas mieux.

De fait, ce pape est étonnant. Au-delà de ses « ouvertures » judicieuses, et pertinentes, et calculées, il demande aux catholiques de demander pardon à Dieu pour le mal que l'Église a pu faire à des personnes et à des peuples depuis vingt siècles. *A priori*, cela semble simple, évident : on fait du mal aux gens, on demande pardon. Et même s'ils ne sont plus là pour vous l'accorder, ça fait du bien de le demander, ce pardon, et de sentir qu'on l'obtient. On le sent au seul fait qu'on est sincère, ce qui est plutôt pratique : en l'absence des victimes, on peut se sentir pardonné du seul fait de le demander. À qui ? Justement, à Dieu. Là ça se complique, ce n'est plus du tout évident, et pas seulement parce que la réponse que vous fait Dieu – son agrément – n'est pas toujours très lisible ; encore qu'on puisse se sentir pardonné en voyant qu'on ne fait plus les mêmes fautes (on en fait d'autres…).

En termes plus raisonnables, cette demande de pardon signifie au moins que l'*on reconnaît ses fautes*, ou celles des siens, en l'occurrence celles de l'Église dont on se réclame, ou de l'une de ses chapelles. Et c'est bon pour les victimes, de voir qu'en face on reconnaît ses torts, elles sont contentes, c'était si rare, cette reconnaissance… Mais là aussi ça se corse : pourquoi des gens qui n'ont pas fait de crime doivent-ils demander pardon pour des crimes faits par d'autres ? Et pourquoi le demander « à Dieu » plutôt qu'aux victimes de ces crimes ou à leurs descendants – car après tout, le glissement qui rapproche les catholiques d'aujourd'hui de leurs ascendants fanatiques rapproche aussi ces mêmes victimes de leurs descendants. C'est le même glissement dans le temps.

Mais dans le projet papal ce rapprochement est écarté : on ne demande pas pardon aux *descendants* des Indiens, des protestants massacrés, des « sorcières » brûlées… mais pardon à Dieu. Il se trouve que dans certaines traditions, notamment celle du Livre hébreu dont dérive le christianisme, pour des fautes envers des hommes on demande pardon à ces hommes, et pour les fautes envers Dieu on demande pardon à Dieu. On ne mélange pas les genres, car Dieu peut toujours vous « pardonner » des fautes commises envers un homme ou un peuple, puisque vous le dites, mais cet homme, lui, ou ses descendants qui sont sa mémoire vive, portent toujours dans leurs corps – de chair et de mémoire – la marque de votre faute et la souffrance qui s'ensuit. Et cet homme ou ce peuple peuvent trouver indécente la démarche qui les contourne pour s'adresser d'emblée à Dieu, un Dieu que de surcroît ils peuvent ne pas reconnaître.

Or le pape – intelligent – a prévu cette objection, et s'il maintient la démarche, c'est que son idée est déjà faite : les maux causés par l'Église à ses victimes sont en réalité des souffrances infligées à Dieu, au Dieu qui s'est mis en Croix pour sauver l'humanité de tout mal et toute souffrance. Il est « normal » que ce soit à lui que le chrétien demande pardon. Mais voilà qui, peut-être, ne plaira guère aux victimes : où que soit l'âme ou la mémoire de ces suppliciés, notamment chez leurs descendants qui les évoquent, elle peut être révoltée par cette sorte de confiscation. Car la souffrance, c'est eux qui l'ont endurée, eux et les restes de leur mémoire vive que sont leurs enfants. L'attribuer à Dieu, c'est ajouter à cette souffrance le geste de la confisquer par une interprétation qui est celle de l'Église elle-même, auteur supposé des fautes en question.

Du coup, l'opération de repentance serait-elle une toilette narcissique pour ladite institution ? Elle devrait en sortir pure, épurée, donc en mesure d'exiger qu'on cesse d'évoquer son passé puisqu'il est pardonné. Allez, n'en parlons plus, quoique beaucoup se demandent si les millions d'innocents, avec femmes et enfants, marchant vers la chambre à gaz, ont besoin, pour faire sens et pour demander justice, d'être rapportés à la marche de Jésus vers sa Croix sous la férule des Romains ; s'ils ont besoin d'être mesurés à cette aune-là – sauf à des fins prosélytes où de grands oublis sont utiles.

Et là, le refoulement organisé va redoubler le refoulement involontaire dû par exemple à l'ignorance. Car pour reconnaître ses fautes – ou celles de son Église – encore faut-il les connaître, et ce n'est pas le cas pour beaucoup de fidèles très sincères.

Un simple exemple pris au hasard des circonstances. Très peu savent que la Bible, dite Ancien Testament, interdit à maintes reprises de prêter avec intérêt à son prochain. Façon de dire que les richesses, il faut chercher à les gagner non pas sur le dos de quelqu'un mais par le mouvement des choses : c'est le brassage du réel qui doit devenir enrichissant. On peut alors s'interroger sur l'étrange perversion qui fit que l'Église au pouvoir, par force, cantonna ce petit peuple au métier du prêt d'argent donc à l'usure. Cela produisit dans les pays où elle régna – dans toute la vieille Europe – une haine *populaire* assez ancrée envers les Juifs et assez « justifiée » pour que la passivité de ces peuples, du coup compréhensible, fût un facteur essentiel de la Solution finale. L'Église peut toujours objecter que l'idéologie nazie est païenne, non chrétienne, c'est vrai, mais cela ne contredit pas ce fait massif et reconnu. Simple détail adjacent : pour la plupart des chrétiens, Jésus chassant les Marchands du Temple, c'est Jésus chassant ces maniaques de l'argent, ces usuriers, d'un lieu saint qu'ils salissent. Or un peu d'histoire montre que ces marchands vendaient surtout les animaux et les produits (huile, farine, encens) qui servaient aux sacrifices dans le Temple. De son point de vue, Jésus n'avait pas tort de les chasser puisqu'il avait en tête de se sacrifier lui-même pour tous les péchés, et s'il y a sacrifice humain, à quoi bon les sacrifices animaux ? Mais du point de vue du vécu, et de l'invivable, son geste fait question. L'expérience montre, aujourd'hui encore, que lorsque des gens font une grosse faute, ils sacrifient des pans entiers de leur vie pour se le « faire payer ». Ce n'était donc pas si bête, de la part de la vieille Bible, de proposer des sacrifices animaux pour transférer sur une bête le mal qui vous menace de par la justice symbolique, le mal qu'on paie en gros symptômes.

Cela nous ramène au sujet. L'Église a fait des fautes et ne sait pas quoi faire pour se les pardonner, elle ne sait pas quoi sacrifier. Naguère, elle sacrifiait des gens – envoyés au bûcher ou au supplice – pour recharger sa bonne foi, sa croyance en elle-même, sa Croix adorable. Mais il se révèle au fil des temps que cela aussi était une faute ; que sa façon de se faire pardonner ses fautes était fautive. Cela invite à y réfléchir de plus près. La repentance et le pardon, ce n'est pas léger, et le retour sur soi risque de tourner au retour à soi dans sa plénitude retrouvée. (Les vieux prophètes, eux, disaient que le vrai sacrifice est une *âme brisée* ; que c'est la brisure où l'âme pleine d'elle-même s'ouvre à ce qui lui est étranger.)

En tout cas, en tant que spécialiste des trois monothéismes, je remarque avec intérêt que le christianisme qui au départ voulait se distinguer de sa source juive en posant qu'il remplaçait la loi par la grâce, la faute par le pardon ou la Rédemption, voilà qu'après deux mille ans il éprouve le besoin, au moins dans la parole du pape, de se poser comme fautif, de se *recharger* de faute, comme si la grâce n'avait pas vraiment suffi. Comme si l'esprit de la vieille loi de Moïse venait se rappeler, demander à être connu et reconnu dans sa double dimension : loi de grâce et de rigueur... Mais alors, diraient certains, il faut toujours de la faute ? pas moyen de partir dans la vie tout gracié ? Allez, tant pis.

Bien sûr, cela fait sens de demander pardon à son Dieu, pour avoir été au-dessous de son appel, de l'appel qu'on s'est fait envoyer par lui et auquel on prétend tenir. Mais ceux à qui on a fait tort, ces corps réels qui ont souffert, que recueillent-ils de cette démarche ? Certes, un peu de vérité, de reconnaissance ; et la satisfaction d'apprendre que vous vous sentez mieux. Mais quand votre Dieu vous aura pardonné, réparera-t-il leurs préjudices ? (Là encore n'est-ce pas les mettre dans l'orbite de votre croyance ?)

Du point de vue « éthique de l'être », la démarche est claire – même si elle est dure à vivre : d'abord demander pardon aux hommes, à ces hommes très précis, pour ce qu'on leur a fait ; *ensuite* demander pardon à « Dieu » (à sa conscience, son idéal... quel que soit le nom qu'on lui donne), disons pardon à l'*être* d'avoir *été* aussi injuste. Impossible de contourner l'autre au nom de Dieu... On comprend que Lévinas ait tant insisté sur l'autre : il a été traumatisé par tous ces « contournements »... Après tout, pendant la guerre qu'il a vécue et qui scella toute sa pensée, le pape priait pour les déportés sans empêcher qu'on ne les déporte, il ne disait mot aux hommes. Il contournait l'épreuve, et la voilà qui fait retour sous forme d'appel à « faire retour », à se repentir.

Demander pardon à des hommes réels est dur : soutenir le croisement des regards, l'éclair où les deux visages se dénudent (celui de la victime aussi se dénude de son masque, et le vôtre de son assurance) ; dans cet éclair, cette lumière d'être, un nouveau départ est pris, à partir de rien, d'un partage d'*être*, d'un renouvellement d'origine.

Une autre leçon de cette repentance papale est peut-être encore plus simple : l'Église bimillénaire est une belle Affaire qui marche, et si elle a tant failli, alors elle peut faillir encore, à tout moment, et peut-être que ce qu'elle donne de mieux à ses fidèles, c'est un Corps collectif accueillant et faillible, auquel *ne pas* s'identifier, vu que chacun par ailleurs a ses fautes à *curer* ; essayant d'en faire quelque chose de plus vivant.

3

Justice ?

De fait, il y a interaction entre la justice symbolique et la justice instituée. Celle-ci est une justice de rigueur mais l'aspect « grâce » s'y infiltre – d'une façon certes médiocre, au nom du fait qu'il faut d'abord vivre ensemble : on ne donne pas totalement raison à qui a raison, car il faut ménager les choses et pouvoir vivre avec ceux qui l'ont lésé. Cette justice instituée inter-agit avec l'autre justice qui comporte grâce et rigueur : les mouvements de la grâce sont rigoureux et interpellent réellement ; et la rigueur y a de la grâce.

Le pape pourrait demander pardon aux hommes pour les fautes envers les hommes, cela n'exclut pas qu'il demande ensuite pardon à Dieu, c'est-à-dire à son identité symbolique. De même que l'injustice instituée est un élément de la justice symbolique, et que parfois cet aspect institué s'éclipse et tombe, comme le premier étage d'une fusée, après quoi seul le second étage, celui de la justice symbolique, poursuit sa course dans le ciel. Mais sans lui, sans ce premier étage qu'est le pardon des hommes, il n'y a pas de second étage. Il y a donc de fortes relations entre les deux justices. La justice symbolique prend même parfois pour instrument la justice instituée : voici un tueur, nul ne s'en rendait compte, il se fait attraper parce qu'il a grillé un feu rouge, on s'aperçoit que c'est un voleur, mais la justice symbolique va plus loin et révèle que c'est le tueur... Petits hasards imprévus dans la justice instituée ; ils ont leur valeur de symboles.

Dans la justice symbolique, difficile de faire la part entre hypothèses et conclusions ; ça tourne, pas de causalité linéaire. Déjà dans la culpabilité, rapport trivial à la loi, il n'y a pas cette causalité : on se sent coupable parce qu'on a fait une faute, mais on se sent coupable pour ne pas faire une faute. Ça se retourne. L'important est qu'il y ait des implications, des tensions ; elles ne vont pas toujours dans le sens qu'on croit. En tout cas, la justice symbolique prend comme objet et surplombe la justice instituée : celle-ci rend son jugement, elle a réglé l'affaire, mais l'affaire n'est pas réglée car on n'a pas pu démontrer la vérité en termes juridiques. Alors la justice symbolique continue ; son action est infinie ; la justice officielle n'en est que la partie finie. Ce qui reste en course, c'est l'autre justice.

L'événement « juste » articule les deux justices par leur dimension symbolique. Prenons le jugement de Salomon, exemple typique d'entre deux : il suppose de la rigueur, des raisonnements, mais aucun ne prouve que c'est la « vraie » mère. C'est seulement vraisemblable. D'ailleurs, cherche-t-on la « vraie » mère, la mère réelle, ou la mère possible, celle qui peut redonner vie à l'enfant qui reste ? C'est clair que pour trancher il faut un acte d'amour où un homme dit : je « fais » un enfant à celle qui veut un enfant vivant. C'est un acte de grâce. Il se peut que celle qui veut qu'on coupe l'enfant soit sa mère réelle, prête pour battre l'autre femme à le sacrifier ; ça existe. Dans l'acte royal, les deux justices sont convoquées ; et les deux coïncident avec ces deux pôles : rigueur et grâce. Mais ce n'est pas toujours ainsi.

Changeons d'exemple : la recherche mathématique. C'est une recherche non de justice mais de justesse. Prenons-la pourtant comme recherche de justice : il y a des questions et on cherche le brin d'être, l'objet-lettre qui peut « répondre » – non pas à une accusation mais à un manque, un manque troublant de vérité. On cherche, et finalement pour trouver l'« accusé », pour que justice soit faite – c'est ainsi que j'interprète l'écriture d'une formule juste et belle –, pour que justesse soit faite, inscrite, il y a un mouvement de *rigueur*, celle de la démonstration, et un mouvement de *grâce*, celle qui pressent la trouvaille, puisque à un certain moment on a pris tel chemin où ça tombe juste, pour une raison infondée, sauf après coup, pour une « raison » inconsciente.

Disons-le autrement : si l'on met les hypothèses dans une machine à démontrer, que j'assimile à la justice instituée, il y a peu de chances pour qu'elle démontre cet énoncé nouveau qu'on cherche. Mais un chercheur qui, par à-coups, *sent* la justice symbolique en tant qu'elle comporte rigueur et grâce, peut tomber sur cet énoncé – lequel relève pourtant d'une justice purement rigoureuse ; la chance qui l'a fait « tomber dessus » relève, elle, d'une justice symbolique.

Et la loi du Talion ? L'Église a fait croire – et les dictionnaires ont suivi – que c'est la loi des Juifs : « œil pour œil », etc. Qu'en somme on crève l'œil de celui qui crève un œil, etc. Comme pour l'usure, c'est le contraire. (C'est aussi de cela que l'Église veut se repentir – d'avoir autant calomnié ; mais elle ne sait pas comment faire.) Donc cette loi est écrite dans un verset du *Lévitique* qui dit : Si une femme enceinte se promène et qu'un homme qui court la heurte et qu'il y a un dommage, alors tu donneras pied contre pied, œil contre œil, blessure contre blessure... C'est donc dans le cadre du don de vie (une femme enceinte), dans des circonstances dramatiques (on est dans un régime où il faut avoir des enfants...) qu'arrive ce choc : quelqu'un renverse une femme enceinte, le bébé meurt ; on va se jeter sur lui, le tuer ! Alors le Scribe s'interpose : ne t'affole pas, pas de tuerie, mesure plutôt le dommage causé, exige l'équivalent, pas plus. Il faut mesurer les dommages ; il est question d'échanges. Prendre un autre œil ne remplace pas le premier, ce n'est pas un échange ; ce n'est une équivalence que dans le mal. Et c'est contraire à l'esprit des lois du Livre, qui énonce par ailleurs : ne te venge pas (laisse la justice symbolique faire son œuvre, si l'humaine défaille) ; ne mets pas d'obstacle devant l'aveugle ; aime pour ton prochain comme [pour] toi-même... C'est donc une loi d'amour ; seul un névrosé malheureux peut dire : Je n'ai pas eu l'objet ? toi non plus, tu ne l'auras pas ; et il casse l'objet qui reste ; ce serait l'anti-jugement de Salomon. Seul un homme rendu méchant par le malheur dira : on coupe l'enfant, ainsi les deux seront morts ; on crève l'autre œil aussi, et chacun sera borgne. Si le Livre voulait qu'on crève un œil à qui a crevé un œil, pourquoi se serait-il mis dans ce contexte de femme enceinte ? Il s'agit d'autre chose, d'évaluer l'équivalent d'un mal non fatal.

Chapitre IV

COMMENT AIDER ?

Répondre pour l'autre ?

Il est clair, et la clinique le confirme, que le désir de l'homme et sa subjectivité prennent racine dans l'Autre (maternel, parental, collectif, culturel), dans l'*autre* comme possibilité d'exister (corps collectif où nous prélevons le rythme, le souffle, les sensations pour tenir debout), dans l'*autre* comme semblable, rappel, mémoire, étrangeté à soi et en soi… C'est la « décision » de répondre pour l'autre, de se « substituer » à lui, qui fait problème.

Parfois, elle va de soi, les gestes qu'elle commande s'accomplissent dans l'évidence, mais alors ce n'est pas une « décision ». Ainsi penser, c'est répondre de l'autre sans forcément le lui dire, c'est se mettre dans sa peau (et lui prêter la nôtre) dans une proximité secrète. Je vois une scène de violence, le seul fait d'y penser me met dans la peau des acteurs, et mes pensées sont ma façon de répondre pour eux, pour eux-pour-moi, et par là pour d'autres.

De fait, chacun avec sa « tête » et son « cœur », son symptôme et sa souffrance, répond pour l'autre dont le fantasme l'atteint quand il est sans défense, lui faisant inscrire dans sa « peau » de quoi répondre à ce fantasme, de quoi répondre du fait que l'autre tenait beaucoup à ce fantasme. Ainsi une femme est exposée à l'Autre femme en tant que source du féminin, un féminin qui se transmet ou se refuse. Si ça ne lui est pas *donné*, elle inventera mille folies pour suppléer à cette rencontre entre deux femmes qui n'eut pas lieu, elle le fera pour répondre de ce qui n'a pas répondu. Comme s'il y avait dans l'air un manque de réponse, un appel à répondre qui devrait être satisfait, même par du semblant. Car ladite femme peut inventer que l'Autre femme n'existe pas ou n'a pas de sexe, et que c'est elle seule qui est là, à répondre du féminin, aux yeux du père ou de tout homme – devenu dès lors introuvable. Elle peut inventer de ne voir l'homme que par les yeux de l'autre femme, de ne le chercher que dans les bras de celle-ci pour se le faire enlever. En cela aussi elle répond *de* ce que sa mère n'a rien transmis de l'être-femme. Elle répond *de* l'Autre-femme, c'est son symptôme.

Et c'est d'être exposé à l'Autre qu'on répond *de* ce qu'il nous lance comme appel ou défi ; de ce qui lui arrive aussi. Par nos symptômes, nos coups d'éclat, nos créations, nous répondons de ce qui se passe pour l'*autre*, de ce qui nous arrive dans l'Autre. Tout comme une femme est exposée à l'Autre femme, une culture l'est à une autre, une langue à d'autres ou à elle-même comme *autre*, à certains moments créatifs ; un corps à l'Autre corps, même quand celui-ci prend la forme d'un groupe où le corps esseulé va chercher une relance, un contact avec son âme en tant qu'elle est son autre corps.

Je vois aussi avec surprise que dans plusieurs champs de ma pratique (d'analyste, de chercheur, de militant) je frôle l'« éthique de Lévinas » mais sans son aspect christique. Je réponds ou je suis responsable non pas *de l'autre* mais de ce qu'il y ait du répondant *pour* l'autre et *par* lui. Le sens en est limpide.

Car que fait l'*analyste* ? Il écoute quelqu'un dire sa souffrance et ses manques ; en un sens il « répond » pour : non qu'il parle là où l'autre n'a pu parler, mais qu'il tente d'être pensant – et vivant – à cette place où pour l'autre, c'est l'impensable qui a régné, le traumatisme, la détresse, le rien… Dans les clichés qui courent, c'est « la psychanalyse » qui répond pour cet autre : elle « explique » là où ce fut l'inexplicable, elle donne son éclairage là où l'autre était dans le noir. Mais de fait, l'analyste est une présence vivante tournée vers cet autre qui parle, et au-delà de lui vers l'*être*, le possible qui le touche ou qui naguère l'a atteint de plein fouet ; une présence pensante orientée vers les possibles qui plus tard peuvent l'appeler, le concerner. L'analyste convertit cela en une présence, une existence qui mobilise des échos de l'être où le patient peut transférer, chercher, se retrouver. L'analyste doit être *doué* pour ça mais il sent bien que s'il actualise ce *don*, il va manquer de respect à l'autre, lui faire violence. Il cherche la voie, le passage entre l'excès de respect et son manque : *excès* s'il laisse l'autre avancer seul, voire s'enliser (là-dessus, terrible suffisance du silence analytique où l'analyste le plus médiocre ne peut qu'avoir raison, c'est pourquoi il a tort ; il ne répond de rien, sinon de la répétition) ; *manque* de respect s'il endosse dans le réel les failles de l'autre, ou ce qui l'empêche de « se » trouver.

Curieusement, l'analyste aide des gens qui sont « malades » d'avoir répondu pour l'autre alors que l'autre ne leur avait « rien » demandé, en apparence. Mais naïfs – ou enfants – qu'ils étaient, ils ont pris les devants, répondant pour lui, lui qui ne répondait de rien ; ils l'ont remplacé à leur insu : substitution inconsciente qui les a vidés d'eux-mêmes.

Du coup, l'analyste répond non pas *de* l'autre, mais *de* ce qu'il y ait un répondant : il fait tout ce qu'il peut pour que s'instaure une répondance de l'*être* (au-delà des co-répondances), une répondance qui vient d'*ailleurs* et qu'il n'a pas à forcer. Il s'engage pour qu'à travers cette répondance qu'il mobilise, l'autre ne soit pas devant *un monde qui ne répond pas*, une vie qui ne lui « dit » rien, des gens qu'il n'ose pas aborder. Et moins l'analyste répond à la demande (donc à l'image), plus cette répondance doit être active et symbolique. Le but de l'analyse est d'aider à être non pas devant une vie supportable (comme une potion qui fut amère et qui après beaucoup d'efforts devient « buvable ») mais devant une vie en cours qui *répond* quand on l'appelle ; devant des formes de l'être-temps qui répondent et soient audibles, dans un sens de vie, plutôt que comme naguère lors du trauma ou de ses suites : ne répondant que dans le refus et la bouderie...

Du coup, l'analyste « répond » de l'autre (du patient) signifie qu'il lui *transmet* cette *répondance*. Il *est* répondant plutôt qu'il ne répond. On comprend mieux l'agacement de Lévinas devant l'analyse : son approche à lui de l'autre serait une analyse active, gratuite, où l'analyste soutiendrait dans sa chair et sa pensée la blessure de l'autre, interviendrait pour être celui qui la répare... On sait que l'effet de cette attitude serait de soumettre le patient, de l'assujettir sur un mode qui pourrait devenir abject. Mais l'on dira : « N'est-il pas déjà soumis, le patient, du fait du transfert ? ne voit-on pas des patients, pourtant libres et raisonnables, parler de leur analyste comme d'un Dieu qui sait tout ? » De fait, ils adorent ce Dieu comme une image d'eux-mêmes, dont en principe ils sont là pour se dégager ; ce transfert qu'ils sont là pour traverser n'est autre que l'amour désespéré de leur passé et l'espoir de leur inertie.

Autrement dit : l'analyste répond du fait que l'autre répondra ; l'*autre* abstrait, inconscient, et l'autre concret, le patient ; qu'il trouvera son répondant à partir du fait que l'Autre (en tant qu'être et histoire inconsciente) est déjà là comme répondant possible, même si le patient n'y répond que par son symptôme ; et même si l'analyste n'y répond que par sa présence.

On voit la différence entre cette approche et l'« éthique de Lévinas ». Dans celle-ci, « je » suis responsable, la responsabilité s'arrête à « moi » ; dans l'analyse : je suis responsable du projet de rendre l'autre responsable. Un projet me traverse : que le patient puisse répondre de son temps et sentir qu'à travers ses blessures (malgré elles et grâce à elles) il lui reste de la vie ; et du futur pour la transmettre, la féconder. « Je » réponds de ce projet même si parfois je ne puis le mener à terme. Ce projet exclut que l'analyste *soit* neutre ; il joue de la neutralité, il abrite derrière elle ses sentiments et ses pensées pour qu'avance le projet essentiel. Sa neutralité – bienveillante de préférence – ne garantit rien, c'est un moyen de faciliter le projet. L'analyste n'*est* pas neutre, il l'est au regard de telle alternative, mais sur le projet lui-même – de produire du répondant, pour que *soit* la responsabilité –, il est partie prenante, à fond.

Mais qu'est-ce qu'aider l'autre à pouvoir répondre, à pouvoir être responsable ? Qu'est-ce que répondre de ce projet sinon aider l'autre à vivre un rapport à l'être qui lui permette de « répondre », donc d'entendre ses appels d'être ? (ce qu'il est appelé à être ; ce par quoi il est appelé ; la suite ouverte de ses « noms »...) En ces points vifs, l'analyste répond des moments douloureux où le patient n'a répondu de rien ou a répondu pour d'autres à son insu. L'analyste en répond jusqu'à ce que l'autre puisse les reprendre à son compte, les intégrer à son histoire – pour qu'il y ait du répondant : de l'appel d'être pour cet autre qui d'emblée s'est présenté comme sans appel.

Si le passage symbolique s'opère, le patient peut devenir responsable de sa vie, ne plus rester sourd aux appels de sa vie ni se perdre en « travaux forcés » pour racheter le droit d'être. La loi symbolique fait que ce droit est disponible, si l'on y est disposé. On en est partie prenante, on a donc à en répondre d'un bout à l'autre de sa vie. Une tradition prétend qu'en arrivant au ciel (là-bas là-bas), l'âme du défunt doit répondre à cette question : as-tu vécu tout ce que tu avais à vivre ? S'il a délaissé des possibilités de vivre qui étaient siennes, c'est un vrai meurtre : « Toi seul pouvais les (faire) vivre... »

Le « cadre » de l'analyse, qu'il soit souple ou rigide, est complexe, lui qui veut rendre opérante la relation à l'autre, qui prétend même la simplifier... C'est dire que, hors du cadre, la relation d'aide est plus complexe encore. Elle est hantée par la question : comment chacun y trouve-t-il « son compte » ? sa jouissance ? en quoi est-ce qu'il se paie ?.... Quand l'aide se ramène à un cadre qui sert de tiers (cadre moral, associatif, religieux...), une part de jouissance est prélevée pour ce cadre ; reste le partage, la prédation, l'emprise perverse ou névrotique et tant d'autres possibles incluant la... simple éthique de l'*être* où l'un et l'autre, prenant appui sur ce qu'ils sont et sur leur prise dans l'être, partagent cette prise dans un échange transitoire. Seul l'*être* – vivant, chargé de mémoire et de récurrences peut faire lien entre les deux. Car aider l'autre est difficile comme de faire couple avec un être d'une autre espèce ; le couple homme-femme donne une idée de la gageure. Du reste, c'est sous le signe de l'*aide* que YHVH les créa deux, en disant : il n'est pas bon que l'homme reste seul ; il lui fallait une aide, donc quelqu'un à aider. Déjà dans certaines thérapies un peu légères, quand on « aide » l'autre à tenir dans un moment pénible, on peut se demander si c'est une aide. Sans nous, il aurait pu faire sauter tout le décor où il était à croupir et voir beaucoup plus loin ; et l'énergie de cette secousse lui serait venue de la souffrance dont nous l'avons... « soulagé ». Mais en même temps, quelle prétention de refuser à l'autre, dans la vie, une aide possible, sous prétexte qu'elle limiterait son horizon dont nous voulons qu'il soit très vaste, nous qui voulons répondre pour lui. C'est dire qu'« il faut » penser à l'autre et l'oublier, l'aider sans l'aider, passer avec lui un moment vrai et productif où l'être-temps soit à nouveau ouvert pour lui, avec du possible qui passe par nous mais pas toujours. La langue simple le dit : l'aider à se passer de moi... ; à me perdre et à me retrouver autrement.

Le répondre-pour-l'autre de Lévinas est continu, incessant. Et si « répondre-pour-l'autre » devait être ponctuel, momentané ? Lorsque l'autre est en passe de s'annuler répondre-pour-lui fait d'emblée sens ; on dit que c'est se porter garant. La preuve que cela fait sens, c'est que les banques utilisent beaucoup cette notion (et il n'y a pas d'exemple qu'elles utilisent une notion « gratuite »). Être garant, c'est faire une greffe d'*être*, prêter ou supposer un minimum d'ancrage dans l'être à cet autre qui est absent, destitué, non reconnu – le *temps* qu'il se reprenne et relance son jeu de vie. Il s'agit bien d'*être* et de *temps* que l'on transfère sur l'autre, sachant que cet être-temps n'est pas à nous : on prend sur soi de le lui garder, comme on garde sa place à celui qui s'absente.

Cela ne va pas sans une violence symbolique et un certain amour de l'*être*. Là encore, on revient au partage d'être, au transfert de répondance (transfert qu'il faudra dénouer : pour ne pas fixer l'autre à la place qu'on lui garde). Quand le YHVH biblique (figure de l'être-temps) demande à Caïn : « Où est ton frère ? », la réponse du tueur est sciemment exagérée : « Suis-je le gardien de mon frère ? » Nul ne le lui demande, il devait juste ne pas détruire la place du frère. En tuant, il arrachait cette place à l'être. Lévinas prend pour norme le simple contraire du mot de Caïn et déclare : il faut être le gardien de tout le monde. C'est bien sûr impossible. Mais s'il avait dit : il faut prêter une place dans l'*être* à ceux qui s'y absentent (leur prêter, leur supposer, leur « donner » alors qu'on ne l'a pas), c'eût été banal, à moins de poser la question clef : comment *symboliser le don de l'*être, de l'*être* qu'on n'*a* pas ? C'est tout un travail. En un sens c'est la fonction de l'analyste authentique : symboliser le don de l'être à qui s'en est trouvé exclu, qui est tombé dans un trou d'être dont il ne trouve pas la sortie. Au fond, *l'analyste répond « pour » l'autre... en silence*, et sans formuler la réponse ; il « répond » sans avoir la réponse, il aide à ce qu'elle soit. Il garde à l'autre une place qu'aucun des deux ne connaît mais qui existe comme potentiel de déplacement.

Quant à la pratique *militante*, elle consiste pour certains à vouloir presque devenir « autres », à passer du côté de l'autre, de l'opprimé qui a la bonne identité et qui ainsi les aide à combattre ce qu'ils rejettent de la leur. Il arrive – ironie de l'histoire – que cet autre-opprimé une fois vainqueur les rejette à son tour. (Ce fut le cas des Français notamment juifs qui soutinrent les Algériens dans leur lutte pour l'indépendance et qui, pour cela, renièrent leur origine. Après l'Indépendance ils se sont fait expulser par les Algériens vainqueurs, parce que juifs.) Mais la pratique militante consiste aussi à aider l'autre : l'aider à pouvoir *dire*, à combler ses lacunes pour mieux comprendre ce qui l'entoure, mieux se défendre, établir un rapport plus juste ou plus vivant avec les forces au pouvoir. J'ai eu un temps cette pratique à la suite de Mai 68, notamment en milieu maghrébin ; comme pour payer une dette à mes origines et trouver par d'autres biais la chaleur de l'appartenance. J'y étais mû aussi par ce qui chez moi faisait presque symptôme : le désir farouche d'aider l'autre qui ne « sait » pas répondre à reprendre sa parole et avoir du répondant. (Sans doute pour venger ma mère analphabète, qui ne pouvait « répondre » aux fonctionnaires qui faisaient la loi.) De fait, militer, ça vous donnait un moral de fer, de quoi supporter les assauts du réel – de la famille, du système, des « forces au pouvoir » : quand on doit répondre pour l'autre, il reste peu d'affect et d'énergie pour être « atteint ». C'était symptomatique comme tout ce qui vise à réparer des origines – lesquelles peuvent bien rester irréparables –, origines où nous n'avions rien pour « répondre », au Maroc : ni aux notables juifs en place, ni aux violences antijuives des Arabes qui avaient le pouvoir de la rue, ni au pouvoir bureaucratique des colons.

Toujours est-il qu'en aidant, en banlieue parisienne, les ouvriers maghrébins à avoir plus de répondant et à être plus responsables, j'ai beaucoup appris. Les ouvriers en question trouvaient que je les aidais si bien qu'ils voulaient tout simplement que je devienne... leur chef (variante : leur gourou). Ce marché ne me convint pas et je me retirai peu après, ayant touché au point limite d'abjection où j'aurais eu à répondre – de ces corps qui s'abandonnaient – avec mes mots fragiles que l'on m'invitait à durcir. Il est vrai qu'ils s'abandonnaient à *mon désir* de les voir se dresser, se révolter contre l'injustice, contre l'hypocrisie de l'Establishment, l'oppression des cadres en place dont l'attitude nihiliste se donnait des airs de réalisme et de bonne gestion. Mais cette hypocrisie, ils en avaient pris leur parti, l'intégrant au réel dont on dit qu'on n'y peut rien. Il s'ensuivit un certain tournage en rond où je répondais pour eux dans le désir que je leur prêtais de se révolter, désir qu'ils endossaient pour répondre du mien, au mieux, m'appelant à être leur « responsable [1] ».

À ce point précis où se profile l'abjection d'une répondance totale, l'analyse a mis l'acte de symboliser.

Quant au penseur ou au chercheur, dont les ressorts les plus vifs ne sont pas l'« introspection », il est très exposé à l'Autre, il en recueille les signes – à intégrer, interpréter, élaborer. Il va vers l'*autre* et il répond intensément de cette rencontre, il espère qu'il s'y passera quelque chose : sa pensée est une réponse, un effort de répondre pour tout ce que l'autre manifeste – comme manque, excès, détresse... Le penseur que j'essaie d'être n'a jamais eu d'idée qui ne fût une « réponse », une étincelle répondant non pas pour l'autre, mais pour ce qui, dans la rencontre avec l'autre, a fait question insoutenable, exigeant une réponse urgente, juste le temps de s'inspirer ou de changer de souffle pour trouver d'autres réponses dont la série pourrait s'appeler : vœux de responsabilité. (De fait, même le penseur médiatique, qui ne cherche qu'à bien

1. Voir *Les Trois Monothéismes*, où je raconte comment j'ai arrêté cette « militance ».

revendre ce qu'il prend pour des idées, se tient très près d'autrui, pour y répondre par des signaux mieux vendables, plus fidèles aux clichés qui « marchent » ; pour que l'acheteur s'y reconnaisse, il faut le clicher, le fixer avec à peine quelques retouches, attentives à l'autre, à ce qu'on voit de l'autre.)

En s'efforçant de répondre pour la rencontre avec l'autre, le penseur reçoit les appels d'être passant par l'autre, concernant l'*être* de cet autre. Il les fait dériver vers des appels de l'être-temps, des événements qui en retour peuvent être perçus, compris par d'autres, qu'ils appellent à avoir du répondant. Dans ce travail, il faut qu'il ait la foi, non dans un Être suprême mais dans l'*être* comme événement, dans l'appel-rappel de l'être. Sa foi, c'est simplement d'aimer ce qu'il fait, ce qu'il fait dire aux rencontres avec l'autre là où elles frôlent la rencontre avec l'*être*. Cette foi tranche avec la foi religieuse et avec le nihilisme de ceux qui prennent leur air sceptique ou leur fatigue pour le comble de l'esprit.

« Répondre-pour-l'autre » pose tant d'autres problèmes... Comme je réponds-pour-lui, je fais ce que je veux et il me suit, cette sujétion lui convient. Ou cette douce prédation : l'autre attendait de l'aide et on s'aide au moyen de lui, et cela même peut l'aider en retour... Cette « réponse » – que l'on croit partie de rien – prend la suite de vieilles questions, il s'y transfère de vieilles histoires originaires et l'on s'y perd. Alors de temps à autre on sursaute : je veux savoir pour qui je réponds et pour quoi ; je veux être présent et qu'il le soit. Je veux...

Pourtant, ce point de contact avec l'autre fascine certains (dont Lévinas). Comment *savoir* ce que veut l'autre ? ce qu'il ressent vraiment ? À lui aussi ça échappe ; s'il le savait pleinement, il se dissoudrait en moi pour peu que je le comprenne. Blanchot écrit – et c'est devenu une ritournelle : « Comment philosopher, comment écrire dans le souvenir d'Auschwitz ? – de ceux qui nous ont dit parfois dans des notes enterrées dans les Camps : Sachez ce qui s'est passé, n'oubliez pas et en même temps : vous ne saurez jamais. » Cela traverse toute la pensée de Lévinas : l'autre, dans ce savoir qui est le sien, qui nous échappe, détient la clef de la transcendance. Or sans être un Déporté, tout homme qu'on tue injustement nous crie même en silence : vois ce qui m'est fait, sache-le, retiens cette injustice et sache que tu ne sauras pas ce que je vis à cet instant. Déjà notre savoir sur nos désirs et nos jouissances nous échappe, pourquoi celui de l'autre – qui lui échappe – nous serait-il plus accessible ? Et de mettre sur l'autre le nom d'Auschwitz doublé du mot « impensable » n'éclaire rien. Ce n'est pas cela qui appelle sur lui la transcendance ; elle est dans tout étant ouvert sur l'*être*, dans l'entre-deux mis face au tiers qu'est l'être-temps, au-delà du « social ».

Même l'« humanitaire » qui vole au secours des rescapés, souvent après le massacre, connaît la prédation débonnaire où dans le secours aux gens détruits et démunis il se donne un lieu d'être, et grâce à eux il tient debout. L'humanitaire, en répondant, acquiert une dignité mais lui aussi ne *saura* pas. Curieuse hantise du savoir impossible, du savoir de ce que vit l'autre, de sa limite la plus intime. Fascination pour notre insu, notre « inconscient » : sous la figure de cet autre, il serait enfin à portée de main.

Répondre *pour* l'autre dans ce contexte suppose que son appel soit purement objectif, presque animal : nourriture, soins, survie physique. Pour le reste, on ne *sait* pas ; d'un non-savoir qui veut forcer la dévotion.

L'« éthique de Lévinas » semble confirmée, voire accomplie dans l'effort de l'*humanitaire*, massif ou subjectif ; cela en montre les limites sans la rendre obsolète. Elle fait partie du système, elle s'y intègre bien, c'est cruel pour son auteur qui briguait l'irrécupérable. Tout ce que disent Lévinas et ses émules sur la responsabilité « irrésiliable » – le oui inconditionnel à l'autre – était dit de l'homme « créature de Dieu » : respect irrésiliable de son existence, interdit de le tuer ; et il fut massacré, en masse, avec l'accord serein ou coupable de peuples entiers. Alors voilà, la *responsabilité* prendra la place de l'homme : elle est un concept et lui l'homme est en chair ; on peut la respecter, elle, sans condition et sans engager l'impossible...

Dire que l'autre nous regarde, que « son altérité nous concerne », est trivial. C'est ce qu'on en tire qui fait question. Lévinas s'« émerveille » de l'« étrangeté de l'autre » qui le lie à nous éthiquement. Mais si cette étrangeté inquiète certains, est-ce parce que l'autre y devient « objet » de savoir ? Le travail de la connaissance est aussi loin d'épuiser l'autre que de me comprendre ; pour l'autre comme pour moi il débouche sur l'inconscient : je peux être fasciné par l'autre comme par moi-même. Lorsque Lévinas voit le moi se rompre – s'interrompre – et le soi de l'autre prendre la place de ce moi dans une fusion étrange, n'est-ce pas devant l'*hypnose* qu'il s'émerveille ? où le moi demande à l'autre de lui dire ce que lui-même n'ose pas se dire ?.... Certes cela rompt les frontières traditionnelles du *cogito,* mais le refus de l'être fait que Lévinas se contente de cette rupture et de cette substitution – sans voir qu'elle est le début d'une épreuve, d'un jeu précis et archaïque, plus subtil que la fascination des faces.

Chapitre V

PARTAGE DU RÉPONDANT

1
Responsabilité

La violence éclate lorsque dans la rencontre il n'y a pas de répondant, pas de lien ne serait-ce que le lien où serait dit : on peut parler. Faute de ce support, c'est le choc entre deux « corps ». Le répondant, c'est ce par quoi chacun répond à sa façon, est présent, prend part au lien. Mais suffit-il qu'il réponde pour qu'il y ait du *répondant* ? Seule la suite le dira ; le répondant permet qu'il y ait une suite. L'idée de répondre pour l'autre ne résout pas le problème du lien mais accapare le répondant, le fixe sur un seul, alors qu'il est un partage d'être et d'événements.

On est responsable au regard d'une loi prise comme tiers. Quand c'est la loi narcissique, on est « responsable » au nom... de soi-même, de la confiance qu'on se fait, de son enflure. Quand c'est la loi symbolique, c'est qu'on est prêt à tenter le jeu de l'être : à répondre de sa part d'être au regard des autres, à les soutenir quand ils tentent de répondre (avec ou sans conditions). *La responsabilité est la mise en jeu d'un lien symbolique qu'on est décidé à tenir et à transmettre* ; et s'il risque de s'abolir sous sa forme actuelle, on répond *de* ses résurgences.

La responsabilité, c'est répondre d'une parole, d'une loi, d'une transmission. Celui qui « manque » (à ce dont il est responsable) *porte* son manque, son échec, sa « malédiction ». La Bible décrit la responsabilité sans employer le mot ; ou presque, car le mot qu'elle emploie ('aRéB) veut dire aussi *garant* ; se porter garant pour un autre implique une sanction si le pari est perdu, si la garantie échoue. Dans l'histoire de Joseph et ses frères, Juda se porte garant de Benjamin auprès de son père Jacob, et lorsque Joseph déguisé veut garder Benjamin, Juda veut se substituer à lui, être pris comme esclave à sa place pour ne pas voir la douleur de son père s'il revient sans Benjamin. L'enjeu : si je ne ramène pas le petit frère, je serais coupable envers toi *pour toujours* ; c'est ce que dit Juda à son père. Il n'y a pas de mot dans la Bible pour dire responsable (à l'exception du *garant*) car ayant à se tenir devant l'être-temps, le sujet est d'emblée responsable de ce qu'il vit, de ce qui lui arrive ; qu'il soit individuel ou collectif. En cela, *être responsable pose un rapport à l'être en forme de partage*, partage d'une certaine voie. La responsabilité de ce partage est reçue de quelqu'un, comme une transmission symbolique, sans que ce soit devant lui qu'on est responsable. Chacun la reçoit d'un passeur qui l'introduit au rapport avec l'*être.* Pour qu'il y ait responsabilité, il faut que soit donnée la loi de l'être, qui implique des « choix » de vie, une écoute des appels d'être, une éthique non idolâtre.

La responsabilité suppose un lien avec la loi mais on ne peut la définir comme soumission à une loi, cette soumission fût-elle « libre ». Il ne suffit d'être pas « soumis librement » à un pouvoir, religieux ou laïc, pour être responsable. Car alors, on « répond » seulement du fait que l'autre répond ; on répond *de* ce pouvoir, *pour* ce pouvoir, cette religion, etc. La belle affaire si quelqu'un répond du fait que d'autres répondent pour lui et que lui ne répond plus. Dans les années 1950, un homme avec sa carte du Parti communiste, répond du fait que le Parti répond pour lui. Cela n'a paru fou que plus tard. Aujourd'hui c'est répandu, si l'on remplace le Parti par le poste occupé, la fonction exercée : beaucoup répondent du fait que leur « fonction » répond pour eux, ou leur hiérarchie. Ce n'est pas loin de l'idolâtrie ou du lien *toxico* : se droguer au travail, au fonctionnement, sachant que pour le reste, pour la vie, quelqu'un d'autre répondra. Cela dit, la liberté responsable ne s'oppose-t-elle qu'à la jouissance idolâtre ? Dans l'épisode biblique du Veau d'or, l'irresponsabilité s'exprime avant l'orgie dans le besoin d'un chef visible, d'un lien palpable et immédiat, d'un symbole qui soit « réel ». L'orgie vient ensuite, comme jouissance de ce lien : le nouveau Chef est le Veau d'or, il est visible, c'est le Guide, même s'il n'a plus à guider que des « robots ».

Tout lien pervers (donc tout lien débile ou *toxico*) évite d'être responsable, rend la chose inutile : c'est le lien qui répond. Ainsi répondre *pour* l'autre – sauf s'il est en danger immédiat et s'il faut un garant... – c'est être pour lui le lien fétiche qui détient le répondant, le lien total qui le surplombe, qui donc lui confisque sa question du rapport à l'être.

Or le malaise actuel, c'est que : a) Les liens qui servaient de repères symboliques éclatent et sont remplacés par des liens totalitaires, même limités, dont la forme la plus fréquente est le lien narcissique : n'être lié qu'à soi, dans un repli qui fait loi. (Variante : n'être lié qu'à son groupe, narcissisme collectif.) b) Pourtant ce n'est pas le chaos ; le désir de symbolique tient presque lieu de symbolique, cette dimension se reconstitue comme un tissu vivant après la lésion. c) Le savoir technique tient lieu de lien narcissique : si l'on détient tel savoir, on s'en réclame comme de soi-même. D'où une nouvelle perte de responsabilité : on se cache derrière ce savoir, on disparaît – « il n'y a plus personne ». Les ruptures de fonctionnement ont donc un intérêt : débusquer ceux qui se cachent derrière leur fonction. En général on cherche les responsables de cette rupture, de cet accident, mais pas du contexte qui l'a produit car alors on sortirait du cadre technique. Or si les personnes se réduisent à leur fonction, la responsabilité devient celle d'une technique ou de ses plus hauts « fonctionnaires », et en cascade cela pousse à être irresponsable. Mais l'accident, inhérent à toute fonction, exige d'être présent comme *personne*. D'où son étrange « nécessité ».

Bien sûr il serait naïf de dissocier savoir et responsabilité. Si un pilote ou un guide n'a pas le savoir-faire requis, il est irresponsable. Mais savoir ce n'est pas être responsable ; outre qu'il y a à répondre des failles possibles de ce savoir, du non-prévu par ce savoir, comme si cet imprévu tombait quand même sous le coup de ce savoir. Le savoir – trop plein de soi ou de son manque – oublie l'exigence éthique.

Le symptôme aussi est un « savoir », il proclame qu'on a échoué à « répondre » et en même temps, il empêche d'être responsable. Il prend le relais de la pulsion. Celle-ci s'exerce sur un sujet qui devant elle fut sans défense : du coup, il ne répond plus de ce qui passe dans le champ pulsionnel. Mais n'est-ce pas trop facile ? Cela veut dire que le sujet ne peut répondre ni de sa jouissance ni de sa souffrance. Et quand le symptôme est narcissique, le sujet se dit irresponsable, il l'affiche sans problème et ne répond qu'à lui-même. Dans tous ces cas, il parle de lui comme s'il était un autre (« tiens, voilà ma pulsion de meurtre qui me reprend... »), comme s'il était « pris » par un autre, pris en charge par le maître que lui-même s'est donné ; par une idole. Du coup, répondre *pour* lui, c'est devenir son idole ou prendre la place de son symptôme. (Là encore, c'est nécessaire si la mort est imminente...) En général, ce qui arrive est plus simple et cruel : on veut répondre *pour* l'autre et ça rate, comme tout montage idolâtre, car la réaction de l'autre à ma responsabilité pour lui change celle-ci. Si l'on répond pour l'autre, cette réponse elle-même encombre la situation, par exemple elle *délie* l'autre de son être-responsable, de sorte que dans la balance, dans l'espace de jeu, il y a une responsabilité de plus et une de moins ; le résultat est souvent nul.

Comme quoi la responsabilité n'est pas une substance mais un rapport à l'autre et à l'*être.*

Être non pas responsable *pour* l'autre mais simplement *responsable,* semble marquer un recul. En fait cela permet de « couvrir » le lien à l'*autre* et le rapport à l'*être* : on est alors dans une scène à trois l'*un,* l'*autre,* l'*être.* L'un et l'autre doivent répondre de leurs rapports au regard de l'*être,* chacun soutenant cette *répondance* (ou cette co-respondance) à partir de son rapport à l'être-temps. D'aucuns objectent que des gens graves et « responsables » – des responsables tout court –, il n'en manque pas, qu'à la tête de chaque « service » il y en a. Mais est-ce ceux-là qu'on va prendre pour modèles ? Non, car ces responsables (tout court et même très courts) répondent *pour* un être inanimé qui est leur cadre de fonctionnement, leur carcan, d'où la moindre sortie les angoisse ; ils répondent aussi pour leurs supérieurs. C'est dire qu'ils n'illustrent pas la responsabilité qui nous importe. Laissons-les donc à leur service.

Et disons qu'*être responsable c'est répondre de sa part d'être et de ses rapports à l'être en tant qu'ils touchent ceux d'autrui ; y répondre sur un mode qui aide l'autre à exprimer son répondant*. Dès lors, si je réponds sur ce mode et que l'autre est dangereux pour moi, j'intègre ce danger à l'histoire de ma vie. Parfois, l'autre est dangereux ou habité par des forces auxquelles je ne peux rien. C'est même ainsi qu'apparaissent certains parents à leur enfant : comme des phénomènes naturels auxquels il ne peut rien, mais il tente de faire face. Alors, être responsable de ce rapport – du point de vue de l'être – c'est intégrer cette *énigme*, la supporter, l'interpréter. Ce n'est pas se sacrifier pour cet autre, à qui le sacrifice fera autant d'effet qu'à une mer en furie si l'on s'y jette.

Cette approche qui implique un partage à trois, un partage d'être au regard de l'être, sans qu'aucun des acteurs soit *délié* de sa responsabilité, implique de s'accrocher au mouvement d'être, d'y reprendre pied en sachant que l'*être* passe par les *autres*, par tous les « autres », comme le sang passe par les organes. Et chacun des acteurs est *doublement responsable* : il doit répondre de sa présence pour l'autre et de sa présence dans l'être. Il n'a qu'une façon d'être délié de l'une ou l'autre : c'est que surgisse un sujet lévinassien qui vienne répondre pour lui. Car si vous êtes délié, c'est qu'un sujet répond pour vous, que vous l'ayez voulu ou non ; inversement, si un sujet répond pour vous, vous êtes délié, même en partie. *La question de la responsabilité rejoint celle du lien symbolique*, et il est bon que ce lien soit soutenu à trois plutôt que dans le face-à-face. « À trois » signifie : l'un, l'autre, l'être. Chez Lévinas, c'est l'un, l'autre, les lois de l'État pour moduler le face-à-face qui risque d'être trop absolu, alors qu'on a tout fait pour qu'il le soit.

Être responsable, pour chacun, c'est *être présent doublement* : à l'autre et à l'être, ces deux termes étant disjoints.

Que reste-t-il de l'approche lévinassienne ? Un appel minimal et tenace : être *sensible* à l'autre. Cela semble si évident que personne ne pose la question : ces savants qui scrutent le cosmos, ces philosophes qui cogitent, ces analystes qui analysent..., comment sont-ils quand un *autre* surgit devant eux, hors de leur cadre et de leur langage, hors de leur jeu bien établi ? Que sentent-ils ? que perçoivent-ils ? Une masse de chair ? un regard ? ou rien qu'ils puissent déchiffrer, auquel cas ils ne voient rien ? Ça leur *dit* quoi, cet autre ? Pourtant il symbolise ce qu'ils ne sont pas, donc aussi une partie de leur être. On sait que s'il est assez « proche », le jeu narcissique s'engage... pour l'absorber ou le rejeter ; ou négocier une forme de neutralité. Mais quand il est « loin » de ce-qu'ils-sont ? Il concerne la part de leur *être* distincte de ce qu'ils sont ; il concerne leur avenir, ou leur passé trop enfoui. Le sentent-ils ? Et si l'apparition de cet autre fait événement ? et si elle fait « toute une histoire » ? L'appel d'être est étrange, singulier, et s'ils n'y entendent rien, c'est déprimant. Je viens de lire qu'un philosophe en 1940 fut déprimé de voir dans une rue de Paris des enfants juifs rassemblés pour être déportés. Encore la Scène. Mais depuis, elle prolifère, de marginale qu'on l'a crue elle s'infiltre partout, elle envahit tous les cadrages. *Si l'on y est insensible, à quoi riment toutes ces théories* ? C'est la question de Lévinas. Dommage qu'il casse cette question par une réponse insoutenable : si l'autre surgit (or il est là), répondez pour lui, sacrifiez-vous à lui ; sinon vous n'êtes pas des sujets, vous n'êtes que les objets de ce que vous faites...

Cette surenchère bloque sa démarche, elle s'avance jusqu'au seuil de l'être, de la question de l'être, puis soudain s'infléchit et se referme sur le tout-pour-autrui. Même ses remarques sur la *jeunesse* comme rupture du contexte, la jeunesse du *dire* comme rupture du *dit* qui se fige... Certes, la jeunesse de chacun, c'est ce qui lui fait secouer le cadre et s'avancer dans le mouvement d'être et le renouveau du temps. La jeunesse – et on en a jusqu'à sa mort – c'est l'être en surplus de lui-même, c'est ce par quoi on continue à s'avancer dans l'*être* vivant. (Et beaucoup cessent de grandir.) Lévinas, lui, dit qu'elle est l'humanité de l'homme et ajoute aussitôt qu'elle n'a pas de rapport avec l'être mais avec la « sincérité ». D'emblée, il la rabat sur son obsession favorite : la « sincérité, c'est-à-dire la responsabilité pour autrui ». Cela referme la réflexion sur la jeunesse mais cela pose un nouveau critère discutable : la sincérité. Or tant d'abus sont faits avec sincérité : une mère peut rendre la vie impossible à sa fille en toute sincérité ; l'hystérie, c'est l'absolue sincérité ; le piège inconscient tendu par l'un, en toute sincérité, l'autre y tombe pour la vie... On peut bien sauver l'idée de sincérité en l'amenant vers la vérité, la vérité comme processus où l'effet (de vérité) est une certaine consistance du rapport à l'être, au fil du temps. Mais ce n'est plus « répondre-pour-l'autre », c'est répondre de son lien à l'être-temps [1].

Les jeunes sont plus *sensible*s à l'autre car leur histoire mouvementée leur fait vivre depuis l'enfance, toutes fraîches, des épreuves de honte, d'humiliation, de frustration, d'arbitraire, d'abus, d'affront, d'irrespect, de reconnaissance... De sorte qu'un jeune, s'il voit l'autre dans l'épreuve, se rappelle à lui-même, à son devenir ; il s'engage facilement, et veut parfois remplacer l'autre pour mieux le défendre. Généreusement, les jeunes combattent pour l'autre comme pour eux-mêmes, avec l'espoir, ce faisant, de changer leur propre sort ; contrairement aux adultes qui, résignés pour eux-mêmes, se résignent pour l'autre et le confondent avec eux-mêmes dans une vaste indifférence. Du coup, cet appel à la jeunesse que lance Lévinas [2] n'est que l'appel à penser et à vivre les trois temps, ensemble, constamment. En somme, expliquez-vous avec l'autre, soyez sensible à ce qu'il vit, approchez à travers lui ce qui pour lui est actuel et qui pour vous est au passé – dans la mémoire ou le fantasme. Alors autrui est une autre mise en acte du sujet, et se rapprocher de lui est une façon de se rapprocher de sa propre mémoire et de rejouer le jeu de l'être. Et si en se rapprochant de l'autre on voit qu'il est meurtrier, cela rappelle qu'il y a l'*être*, au-delà de cet être-fermé. Mais dans ce cas comme ailleurs, *répondre* c'est être présent.

Il est vrai que pour beaucoup, la « philosophie de la pré-

1. Cela dit, une éthique de la vérité est-elle soutenable ? Et si le plus fort imposait sa vérité ? Le philosophe Badiou, qui défend cette éthique-là, nous dit d'ailleurs que les nazis, « c'était sans doute leur vérité » d'avoir fait ce qu'ils ont fait. On n'en doute pas, mais qu'est-ce qui s'en trouve éclairé, s'ils détiennent ce titre-là de « vérité » ?

2. Cf. *L'éthique de l'autre homme*.

sence, c'est Heidegger ; et cela discrédite la présence ou fait croire qu'« on sait de quoi il retourne ». À quoi je réponds que Heidegger a pu parler de la présence dont il a puisé les figures dans la Bible (où déjà le petit Temple portatif des Hébreux dans le désert s'appelait : maison de l'être, lieu de rendez-vous avec la *présence*) mais que, lui, Heidegger, n'a pas été *présent* : son fantasme narcissique l'identifiait à l'être, figé comme lui voire mortifère. Et à quoi aurait-il été présent ? à lui-même, à son identité ; cela, il l'a été. De notre point de vue, il s'agit d'être *présent à ses possibles*, à l'épreuve du rapport à l'être, au partage de l'être dans un partage avec *les autres* de la présence et de l'absence. *Être présent avec l'autre c'est répondre du fait qu'il y a du répondant et que lui-même pourra répondre dans l'épreuve d'être que l'on partage*, dans l'espace triangulé et non dans le face-à-face.

Mainte expérience, notamment avec les jeunes – dits « irresponsables » –, suggère que parfois « être responsable » c'est avoir devant soi *à qui parler*, quelqu'un qui réponde de ce qu'il fait, au point que ça vous force à répondre, comme si l'être-responsable était d'emblée partagé. De fait, les gens « irresponsables » vivent et agissent comme s'ils n'avaient personne devant eux, pas d'interlocuteur qui tienne, qui fasse le poids. Ou à l'inverse, comme s'il y avait quelqu'un qui, de toute façon, répondait pour tout, donc pour eux, ce qui les dispense d'avoir du répondant. Ces gens ne connaissent pas le partage de la réponse – ni de la question. Leur être-irresponsable est leur façon de « protester » contre l'absence d'autre qui partage la rencontre, qui donc respecte sa présence *et* la leur. Les jeunes semblent dire : quand les adultes qu'on a devant nous tiendront le coup, quand ils auront du répondant, on sera « responsables ». Mais les adultes leur demandent d'être responsables pour pouvoir, eux, les adultes, s'absenter, se défiler.

Bref, pour comprendre la responsabilité, il faut vivre l'épreuve où des jeunes hésitent à être responsables quand devant eux les adultes se défilent, s'absentent à eux-mêmes (tout en jouant les « responsables »). Ils hésitent puis acceptent car ils voient que s'ils ne répondent de rien, rien ne leur arrivera et ils seraient hors de leur temps et de leur histoire.

Cela dit, si je réponds à *un* autre, Lévinas m'accuse de sacrifier tous les autres ; il a raison si... je dois répondre à tous, si je suis pris dans cette poussée totalitaire : répondre de tous, être requis par tous – qui m'attendent, me réclament, moi comme être singulier. Car si pour l'aide qu'ils réclament je suis remplaçable, ils trouveront bien à me remplacer. Mais pour Lévinas, « je » suis requis par tous, absolument et non pas relativement à l'aide que « je » peux apporter. Cette exigence sera plus tard modulée – en fait banalisée – par le Tiers institué, le Tiers... État.

Mais justement, voyons-la comme telle. Elle confond préférence et sacrifice[3], elle prétend même que le « sacrifice d'Isaac » a lieu tous les jours – et jusqu'au bout, ce qui n'était pas le cas d'Isaac. « Il a lieu » car en n'allant pas m'occuper de *tous* ceux qui en ont besoin, en préférant m'occuper de quelques-uns autour de moi, je sacrifie tous les autres, même les animaux : « Comment justifierez-vous jamais le sacrifice de tous les chats du monde au chat que vous nourrissez chez vous tous les jours pendant des années, alors que d'autres chats meurent de faim à chaque instant ? et d'autres hommes ? »[4] « Comment justifieriez-vous de vous trouver ici et parlant français plutôt que là en train de parler à d'autres une autre langue[5] ? » Cela suppose que les autres, ceux des autres langues, m'attendent impatiemment, exigent mes discours, et que de mon côté je sois certain que mes paroles sont bonnes pour eux. Dans cette optique seulement, préférer celui-ci, c'est sacrifier tous ceux-là. C'est l'exigence d'aimer tout le monde *également*.

On retrouve cet argument dans la critique que certains font de l'épisode Caïn-Abel. Pourquoi diable ce Dieu injuste a-t-il préféré l'un, Abel ? C'était acculer l'autre au meurtre ! Pourquoi n'a-t-il pas agréé les deux ? Il faudrait donc que si

3. Voir aussi Derrida, *Donner la mort*.
4. *Ibid.*
5. *Ibid.*

deux semblables rencontrent la différence (si l'*être* est différent pour eux à tel moment), l'égalité soit rétablie, l'écart annulé, aussitôt. Il vaudrait mieux même qu'il n'y ait pas de différence. On sait que le Livre ne promeut pas cette vue bornée et qu'il déchaîne dans tous les sens la différence et l'entre-deux. De fait, cette vue ne tient que dans le cas où *le sujet, réclamé également de toutes parts, par tous les bouts de la création, s'identifie à Dieu. Là est le narcissisme de celui qui veut répondre pour tous et répondre à tous*[6].

S'il faut répondre pour tout et pour tous, le sujet se retrouve fautif quoi qu'il fasse (c'était bien le but, l'hypothèse de départ) : s'il répond pour *cet* autre, il néglige *tous* les autres ; et s'il répond pour eux aussi, il devient Dieu ou plutôt il devient *l'Homme qui devint Dieu*. Ce devenir Dieu le sauve de la faute par la voie... de l'auto-sacrifice.

On nous propose donc la faute infinie ou le sacrifice christique plutôt que le partage de l'amour et de la présence avec l'autre – que l'*être* aura mis sur mon chemin... Dans cette « éthique », contrairement aux apparences, ce ne sont pas les autres qui deviennent Dieu en accédant chacun au titre d'autre absolu, de *tout* autre, c'est le sujet qui devient Dieu parce qu'il doit se donner à chacun de ces autres, comme l'éclat du soleil se donne à chaque brin d'herbe, et le regard de Dieu à chaque fragment de sa création. À un niveau plus prosaïque, dans le couple sado-maso, le maso se donne totalement et c'est lui qui a le pouvoir ; c'est lui qui est au-dessus de l'autre, dont il respecte l'altérité seulement dans un premier temps : quand il se « donne ». Après, la force de ce don écrase l'autre ou le fait disparaître.

L'idée de répondre *pour* l'autre, voyons-la déjà dans le cas singulier où cet autre c'est moi. « Je réponds pour moi » ou

---

6. Le « sacrifice d'Isaac » est quotidien en un tout autre sens : la filiation exige toujours de métamorphoser un meurtre, de le transformer en un lien symbolique. Et il est quotidien au sens où dans les familles, l'enfant a beau être aimé, il est l'otage du symptôme des parents ou de l'un des deux ; et d'être otage à son insu fait qu'il est souvent sacrifié ; surtout s'il décide de soigner leur symptôme.

« de moi ». Cela donnerait : « je suis responsable des malheurs qui m'arrivent ». On le voit, ce ne peut être qu'une question : Suis-je responsable ? Quelle est ma part dans ce malheur que je subis ? Parfois je n'ai pas de part visible, mais je dois la « faire », me faire part de ce qui m'arrive, l'intégrer à mon histoire, comme irruption d'être. Avec cette part étrangère, je suis mis au défi de faire quelque chose de cet événement, de savoir y prendre part de façon à ouvrir une partie plus jouable. Et ce n'est pas simple : Job est-il responsable des malheurs qui le frappent ? Ses amis un peu trop « psy » le pensent. Or, son épreuve est d'intégrer – difficilement – un nouvel événement d'être, une irruption d'inconscient, une nouvelle mise en place de l'Autre en tant que ça lui échappe. Il s'agit de remanier le rapport à l'être, à l'occasion de cette secousse d'être, de ce glissement de terrain.

En tout cas, cela fait sens d'« être responsable », de répondre pour soi, pour ce qui échappe à soi et qu'on tente d'intégrer. Si on ne répond que de ce qu'on *a*, tout le rapport à l'*être* s'effondre.

Par ailleurs, le sens élémentaire de responsable, c'est « être la cause » : il est responsable = il est la cause ; il *répond* comme cause, qu'il le veuille ou non. Ce n'est pas forcément éthique. On dit : voici *le* responsable du groupe, du convoi... Mais dire : cet homme est très responsable, c'est dire que des effets éthiques passent par lui. Or l'exigence éthique, c'est l'universel du singulier ; et si cet être singulier *répond du point de vue de l'être*, il prend pied dans l'universel. S'il répond de son rapport à l'être, il répond de la rencontre avec d'autres au niveau de leur rapport à l'être ; du partage de cette rencontre.

En revanche, s'il est responsable de la loi symbolique, c'est un programme de névrosé ; celui-ci n'a pas confiance dans la loi symbolique, il craint ses failles, il en répond, il en est « responsable »... Son symptôme lui tient lieu de loi. La névrose, c'est d'être captif du *manque de loi* et de ne pouvoir s'en libérer pas même par un symptôme.

Autant répondre pour soi est signe de respect de l'*être* et de l'autre (qui n'a pas à venir réparer nos manques lorsque nous-mêmes pouvons le faire), autant répondre toujours pour l'autre, c'est lui confisquer son destin. Sauf dans le cas de la Scène où il n'y a plus de loi, où vous êtes face à des visages qui disparaissent un à un. Vous devez les aider, vous ne faites rien… Lévinas appelle « éthique » celle que vous *auriez dû* faire.

2

Bonté

La bonté oublieuse. N'y a-t-il, pour prévenir la déchéance, que cette issue de répondre pour tout autre et pour tout ? dans la culpabilité ? Oui, dit Lévinas, et pour bien faire il formule la chose en termes de bonté : c'est une bonté qui s'oublie elle-même, un don qui renonce à soi, un amour infini oublieux de soi... Cet idéal de type christique, chacun le vénère avant de retourner à son *job*, son mode d'être, sa façon d'aimer – qu'il ne trouve pas très « bons » mais enfin. Et qu'est-ce que la bonté ? Un homme me dit que lorsqu'il avait quatre ans, son père est parti et qu'à trente ans il l'a retrouvé puis perdu de vue puis retrouvé par hasard ; rendez-vous fut pris : le père passerait à la sortie du travail, ils iraient « prendre un verre » ; et il se voit encore attendre son père pendant des heures à cette sortie, dans la nuit et le froid, en vain. « Pourquoi n'est-il pas venu ? Il ne m'aimait pas, c'est clair ! » Réponse toute narcissique, donc un peu aveugle. Cet homme ne s'aimait pas comme père, il avait peur d'être père ; sans doute peur d'être à la place où son propre père avait mal fait ou fait mal. La filiation manquait de bonté.

Souvent, on dit que des gens ne *sont* pas bons ou manquent de bonté pour dire qu'ils sont à une place où *ce n'est pas* bon pour eux, où ça fait mal, ça fait peur, ça les rend « mauvais », phobiques, hargneux, ne cherchant qu'à préserver ce qui leur reste de « lieu d'être », de territoire, sans voir que leur vie y sera encore plus étriquée, plus étouffante, et les rendra plus mauvais. Mais ils n'ont pas (le) lieu de penser, pas le temps, et n'aiment pas le risque de voir les choses autrement. Du coup, les appeler à la « bonté » n'est qu'un vœu pieux ; ou un rappel qui revient à dire : vous avez plus de lieu d'être que vous ne pensez, vous n'êtes pas réduits à cette blessure, vous êtes en danger de vous y réduire, prenez ce choc comme la douleur d'une autre naissance, alors ce *sera* bon – à partager avec vous-même et avec d'autres. Appel à être plus confiant dans l'*être*, le possible ; appel d'amour de l'*être* puisque la confiance, fiabilité partagée, suppose d'aimer le fait que ce *soit* fiable. Et qu'est-ce qui est fiable ? Aucun contenu précis, mais le simple lien à l'être qui à la fois nous assure de ce que nous sommes et promet de nous en tirer, de nous tirer de là.

Là se profile une *confiance* dans l'acte symbolique qui nous tire de nos positions mortifiées, et qui alors rayonne une bonté, au sens où un homme en plein désert, en pleine détresse, qui voit surgir une aide soudaine, un recours ayant valeur de création trouve que c'est *bon* ; c'est le symbole de la bonté – qui n'est pas une matière bonne pour tous mais un pur événement, bon pour qui le vit comme le don renouvelé de la vie. Il y a dans cette « bonté » une acuité, une justesse, une rigueur telle que c'est irremplaçable, irréductible, et que si on l'énonce à un niveau général (« Soyez bons… ») cela n'ouvre qu'une abstraction improbable : soyez tels que ça se présente bien pour vous dans le mouvement de l'être ; trouvez les bonnes *positions* dans l'être (comme un corps tordu, s'il prend de meilleures positions, se sentirait *mieux*, moins engoncé, plus ouvert sur son champ d'être).

Et donc, ce père ne fut pas *bon* ; être père n'était pas bon pour lui ; cela a pu lui faire peur. Ça existe, un père qui tremble d'être père. La peur est une violence narcissique [1] dont un signe majeur, le tremblement, dit bien le danger que ressent le sujet, son immense besoin qu'un autre lui redonne ses contours narcissiques, le prenne dans ses bras de façon que son corps soit plus fermement dessiné, que son bord ne soit pas un *tremblé* mais une vraie coupure-lien avec l'être et le monde, bien tracée. Trembler de peur, c'est vibrer d'esseulement narcissique : c'est un reproche vivant à ceux qui vous ont laissé seul dans le danger. Souvent on tremble *après* l'épreuve, et même sans tremblement l'angoisse phobique est prégnante, à fleur de peau.

1. Voir *Violence*, où la peur et l'angoisse sont analysées.

Du coup, l'essentiel de la bonté n'est pas qu'elle s'oublie elle-même. (Lévinas la veut « oublieuse » pour écarter le moi plein qui dirait : je suis bon. Toujours l'horreur du *moi* confondu avec l'*être*.) Mais s'agit-il de dire : cet homme *est* bon ? Il est bon comme événement dont témoignent d'autres que lui : sa rencontre suscite de bonnes *présentations* de l'*être*, comme on dirait : il porte bonheur, il déclenche de bonnes présences, favorables à l'amour. La bonté est un rapport à l'être, une présentation à l'être dans laquelle on partage la présentation d'un autre sur le mode qui fait du triangle (soi-l'autre-l'être) un événement bon : où l'effet symbolique s'actualise et vous tire (vous et l'autre) d'une posture mortifère. Ce n'est donc pas l'oubli de soi qui inscrit la bonté. Certes cet oubli est si rare qu'il peut surprendre et produire l'effet symbolique ; mais il arrive qu'il précipite la bonté dans une jouissance où l'oubli total de soi fait de soi une totalité et pousse le sujet sur la voie narcissique du devenir Dieu. Du coup, la jouissance de la bonté « oublieuse » la rend caduque ou la pousse vers la surenchère.

Bref, *la bonté peut s'oublier dans la jouissance qu'elle a d'elle-même* si, en même temps, elle oublie l'*être* au nom duquel elle *est* bonne. Et les multiples paroles bibliques rythmées sur l'appel : « Toi qui es bon » – adressées à l'être-temps – sont averties de ce que l'être est aussi mauvais (voir Isaïe 45 : YHVH crée le bien et crée le mal) mais elles appellent l'être (et le sujet qui les dit) à se *présenter* sur un mode tel que la rencontre *soit* bonne. Ces vœux, le sujet lui-même a du mal à les entendre lorsqu'il sait qu'en lui certaines forces « veulent » le contraire. Mais la lutte est ouverte.

Ainsi l'exigence éthique ordinaire et minimale – aimer ce que l'on vit et vivre ce qu'on aime – reprend force et dignité du point de vue « éthique de l'être » : avoir plus confiance dans l'*être* que dans l'homme ; car l'*être* porte l'être-humain et le traverse, et le porte à se traverser ; plus de confiance dans l'affrontement avec l'être. Le même Livre qui dit : « Tu aimeras l'être-temps de tout ton cœur, de toute ton âme, de tout ton possible »... dit aussi : « Maudit [est] celui qui se fie à l'homme ; béni [est] celui qui se fie à l'être-temps. » Ce sont presque des constats.

Un étrange applatissement. Cela dit, cette « éthique » du tout-pour-l'autre est étrange. Elle développe longuement l'injonction que me fait l'autre de l'aimer, la pression que son visage exerce sur moi qui fait de moi son otage, et presque au dernier moment [2], on s'avise qu'il y a beaucoup de visages, que n'importe quel autre est un autre, un *tout autre*. On semble surpris de cette découverte : tiens, le monde n'était pas un simple face-à-face ? qui l'eût cru ? Et l'on se rabat sagement sur la justice instituée qui doit gérer, équilibrer, distribuer. Le système sublime chavire dans la banalité, l'appel « au-delà de toute raison » se raisonne et se range.

Or c'est au nom de cette justice ou de cette justesse minimale que chacun proteste au départ, et appelle à la raison quand on lui présente l'« exigence » lévinassienne de tout donner, de se reconnaître coupable, etc. C'est au nom de la raison tierce qu'au départ chacun s'écrie : « Mais je me dois à mes proches d'abord, messieurs, et j'ai ma vie à faire ! Si je donne *tout* à ce *tout autre*, je disparais ; vos demandes sont excessives ! » Cet excès fut justifié à tour de pages ; on lui a prouvé que c'est en faisant ce don excessif qu'il peut s'accomplir comme humain. Il a rechigné, puis s'est incliné, et voilà qu'on fait devant lui une pirouette pour remettre un peu de tiers, pour calmer le jeu, le ramenant au discours plat qu'il défendait au début.

On revient même aux solides propos de la « psy » : que l'*autre* fait problème, qu'il ne doit pas être incarné, qu'on ne peut pas l'identifier, qu'il faut le supposer vivant, chargé d'un désir inconnu, ne pas le cerner, maintenir ouvert le problème de l'inconscient – disons plutôt : le problème du rapport à l'*être*, puisque l'Autre, à savoir ce qui t'échappe de toi-même, est ton « premier » ancrage dans l'être.

Bien sûr cela empêche d'identifier l'Autre. C'est pourtant ce que fait cette « éthique », dans son apport spécifique

2. Vers la fin du livre *Autrement qu'être*, ou de ses clones vulgarisés.

(répondre pour l'autre). C'est ce que font tous les intégristes : identifier l'*autre*, se donner à lui, à sa cause sacrée, et l'identifier à eux-mêmes ; de sorte qu'il n'y a plus d'*autre*, dans leur parole, que par eux : ainsi ils se dévouent à être l'altérité du monde. (Et ils n'aiment pas qu'il y ait de l'*autre* qui leur échappe.) Dévouement dont le monde les tiendrait quittes volontiers, car il a en lui bien assez d'altérité. L'intégriste n'est pas seulement quelqu'un qui veut disposer intégralement de l'origine, c'est qu'il s'identifie à elle et à l'être qu'elle symbolise. C'est pourquoi s'il condamne quelqu'un, c'est que ce quelqu'un *est* condamnable, de par l'*être* – auquel l'intégriste s'est après coup identifié. Qu'il s'identifie, lui et sa loi, à l'Être suprême ou à l'*être* comme fonction, il exclue qu'il y ait en lui deux pensées opposées ; alors que l'*être* réalise cette prouesse à tout moment : d'être contradictoire mais consistant.

Donc cette « éthique », sauf à se nuancer et à déchoir dans une demande de bonne gestion et de politique raisonnable, frôle l'élan totalitaire. D'où l'étrange compromis : « Dans la proximité de l'autre, tous les autres que l'autre m'obsèdent et déjà l'obsession crie justice, réclame mesure et savoir, elle est conscience[3]. » En clair : quand je me donne comme il faut – tout entier – à cet autre, les autres trouvent que j'exagère. Non qu'ils veuillent chacun une part de moi (suis-je assez précieux pour qu'il faille me partager entre eux tous comme un corps divin ?), mais simplement ils trouvent que j'abuse, que je suis dans la démesure. C'est pourtant cette démesure qui nous était réclamée.

Et des rhéteurs s'emparent de cela, de ce double discours, pour maintenir sur tout un livre une tension extrême et factice, prenant le lecteur à la gorge : tu dois tout donner à l'autre, vivre ta mauvaise conscience, te soumettre à son Visage... Et quant aux dernières pages, le lecteur lâche tout, en pleurant : oui, je donne tout ! – bien décidé à n'en rien faire – ils le laissent tomber avec des propos fades : il faut être mesuré, il faut l'État, il faut en somme... ce qu'il y a. Et le voilà avec la même question qu'avant : pourquoi ce qu'il y

3. *Autrement qu'être*, p. 201.

a, ce qui est, est-il si dur à vivre ? pour l'autre comme pour moi ? On lui a arraché l'accord pour la bonté, le renoncement à toute critique, et on le rabat sur l'exigence réaliste : bonté sans pensée est dangereuse. Au départ il voulait penser, lui, mais on lui a dit : la bonté, c'est de répondre « Me voici » à l'appel d'un visage, de tout visage. « Me voici sous votre regard, à vous obligé, votre serviteur[4]. » On lui a dit que la bonté c'est quand il « suspend son mouvement spontané d'exister[5] ».

La bonté, est-ce vraiment cela ? Et si c'était d'intensifier son mouvement de vie au point d'en croiser d'autres, d'autres élans, et de partager avec eux la quête de vie, de *positions* bonnes pour la vie – capables de la produire, de la protéger, de la transmettre, de la partager avec d'autres sur un mode qu'ils trouvent bon, où ils fécondent leur lien à l'*être* dans un certain lien créatif ? Dans cette rencontre, c'est déjà une bonté que de ne pas « leur » imputer nos amertumes, nos échecs, nos regrets ; de ne pas les coincer dans leurs faux pas, leurs échecs, mais de leur supposer – de leur prêter – un vaste espace d'existence, de penser à eux, avec eux, dans un sens qui soit bon : aérien, inspiré, non étouffant ou mortifère.

Il y a bien d'autres modes de bonté et de grâce, mais le *hic*, c'est qu'*il faut être fort pour être bon*. Supporter les passifs, les défaites, les passages à vide sans faire d'urgence un mauvais coup pour se refaire, se rattraper, refaire surface ; il faut une vaste patience, de longues attentes désertes, une confiance dans le possible, pour ne pas prendre des raccourcis qui prennent l'autre de court et lui coupent ses chemins de vie. Il faut *pouvoir* le laisser passer devant ou prendre une part de vos biens, entamer vos images ; le laisser passer parce que ça n'a pas d'importance. Allez, qu'il prenne de l'avance : chacun arrivera en son temps à destination ; on n'a pas les mêmes chemins.

Où est là-dedans le « Me voici » emprunté à Abraham et aux prophètes qui entendent l'appel divin ? Les appels que fait

4. Lévinas, *De Dieu qui vient à l'idée*, p. 123.
5. Lévinas, *Totalité et infini*, p. 34.

l'autre à ma bonté sont souvent tellement plus simples : Soyez assez bon pour me permettre de... – Je vous en prie, allez-y, si vous vous le permettez à vous-même, faites donc ; mais ne me demandez pas de vous le permettre à votre place, car vous devrez me demander de vous permettre le pas suivant, puis le suivant... Vous perdriez votre liberté et votre chemin serait englué dans le mien.

L'autre n'a pas besoin d'être toujours fragile, lésé, malheureux, démuni, dénudé (bref, un autre lévinassien) pour que ma bonté envers lui ait un sens.

Mais on peut « rattraper » l'idée que la bonté, c'est de dire : « Me voici » à l'autre. Si cet autre – si tout autre – n'est qu'une figure de mon inconscient, alors l'idée porte sur mon rapport à l'inconscient : et y répondre « présent », « me voici », c'est par exemple ne pas trop refouler les appels qui viennent de là. Car toujours ce refoulement nous rend « mauvais » à la longue. Mais une objection surgit : celui qui refoule ou qui dénie les signes de son inconscient, celui-là a peur et a des raisons d'avoir peur. Lui dire : « Vas-y ! réponds présent ! » est un vœu pieux ; sauf si l'on développe une vraie clinique de la phobie, ce qui n'est pas le cas.

L'émergence du *bien* parmi les hommes tient au fait de produire du lien symbolique – avec l'*être*, avec l'autre, avec tel fragment du monde (œuvre d'art ou de jouissance) ; du lien qui lui-même symbolise le geste *bon* de ligaturer le chaos : de le reconnaître, d'en venir à bout pour un temps même très court. Deux ennemis qui se réconcilient, cela rayonne du bien : car le chaos qu'ils pourraient déchaîner se trouve lié, ligaturé par un désir d'entente qui les situe comme pouvant entendre autre chose, entendre des appels d'être où leur accord n'est qu'une note dans une plus vaste symphonie.

Et dans l'acte où l'on porte secours à l'autre, n'y a-t-il pas deux détresses ? Celle de l'homme qui porte secours est camouflée, et celle de l'autre qui est victime est béante ; mais ces deux détresses, dans le lien qu'elles inventent, font un *bien* plus intense qu'une souffrance « supprimée ». Elles ouvrent une ligne d'être où deux libertés se rencontrent ; alors que supprimer une souffrance, ce n'est souvent que la déplacer vers un lieu où sa question reste béante mais dans un cadre plus maîtrisé.

Et s'agit-il de prévenir toute souffrance ? d'éradiquer le mal ? Bien sûr, notre désir de vie nous aide à les éviter, à essayer ; sans illusion – ou plutôt : quand nous n'avons plus d'illusion, il nous faut en inventer ; et quand nous en avons, il faut nous en libérer. À croire que le but n'est pas de trouver l'équilibre, la posture enfin stable, mais de prendre part à travers mille déséquilibres – plus ou moins rattrapés – au mouvement d'être, de contact avec l'être qui nous porte et nous dépasse. L'expérience analytique le confirme, nous donnant pour viatique contre les convictions trop fermées cette idée que chacun est – non pas réduit à ce qu'il dit ou à la place qu'il occupe mais – porté par un vaste potentiel de *transferts*. De sorte que deux êtres qui se parlent sont d'abord deux déploiements de transferts d'être qui tentent d'entrer en résonance et de mieux s'interpréter.

En tout cas, le ressort du « bien » serait non pas d'être bien ni d'en avoir, du bien, mais de pouvoir mettre en œuvre le partage d'un manque-à-être quand ce partage trouve son lieu d'être et le symbole qui le rend possible. Et déjà dire : « cela vous arrive » (de faire du bien) signifie que ce partage du manque-à-être, un jour, en passe par vous et vous prend comme relais.

« ***Aimer ses ennemis.*** » Est-ce faire preuve de bonté envers l'autre que de l'aimer ? À voir certaines amours prédatrices on peut en douter. Mais il y a dans l'histoire cet appel étonnant : « Aimez vos ennemis », appel qui peut passer pour le symbole de la bonté. C'est une belle surenchère, mais qu'en est-il ?

On connaît l'Évangile où Luc transmet cet appel : « aimer ses ennemis » et « tendre l'autre joue » quand on vous gifle. Or si vous le faites, de deux choses l'une : ou bien l'adversaire s'acharne et vous contribuez à le rendre plus méchant ; ou bien il craque, et vous voyez apparaître plus clairement votre vocation : vous sacrifier pour épurer les méchants de leur violence, pour nettoyer le genre humain de sa méchanceté. C'est une éthique du sacrifice. Comment l'interpréter ?

Je pense que l'auteur de ce texte a été si ébloui par le sacrifice de l'homme-Jésus (qui s'est offert à prendre sur lui tous les manquements pour accomplir l'humanité), qu'il propose la même chose à tout le monde, comme une recette. Or tout le monde ne peut pas se sacrifier pour que les autres se sentent mieux, soient délivrés de leur violence. D'autant que la violence à conjurer n'est pas une matière mauvaise qu'on a en soi mais un rapport vécu à telle situation. Tendre l'autre joue engendre la violence par le mépris de l'autre et de son mode d'être : vous prétendez le voir de bien plus loin que là où il est, et le ramener à l'innocence « originaire » d'avant la vie, alors que lui vous convoque à une situation qui lui tient à cœur, qui le bloque et le fait exploser. Entre vivre cette situation comme une guerre pour en finir avec lui, et la vivre comme une guerre d'amour où l'on doit traverser le conflit et donc le vivre sans que l'un des deux soit détruit – il y a du jeu.

Ainsi placé dans cette optique sacrificielle, le texte se comprend mieux : comme la parole de quelqu'un qui se sacrifie, qui se met dans la peau de Jésus. Mais celui-ci, comme homme, avait un autre problème : se démarquer des paroles de l'ancienne Bible ; et il le fit par une surenchère qui finit par tout bloquer : la femme adultère ? que celui qui n'a jamais péché lui jette la première pierre ; donc pour juger, il faut être totalement pur. À ce compte-là, le jugement est impossible. Le mot jugement est retiré de la langue. Et si vous prêtez, n'attendez pas qu'on vous rende ; mais alors ce n'est plus un prêt, c'est un don. Il n'y a plus de prêt, encore un mot perdu. La surenchère abolit des choses simples et vitales (prêt, jugement…) car elle en veut à la médiation de la loi.

Le texte évangélique arrive donc à *nier* des limites, là où il faut les *élaborer*. Et lorsqu'on nie les limites, c'est l'angoisse, sauf si l'on décide de se sacrifier.

En fait, ce texte brode autour d'une phrase biblique qu'on attribue à Jésus mais qui est une citation du *Lévitique* : *Tu aimeras ton prochain comme toi-même*… dont le sens (car parfois on ne s'aime pas soi-même, donc aimer son prochain comme on se déteste n'est pas une affaire) est plutôt : ne souhaite *à* ton prochain que ce que tu te souhaites. Autrement dit : vous êtes tous les deux au regard de l'*être*, tu n'es pas un Dieu, et lui n'est pas un diable ; tous deux vous combattez pour essayer de sortir de ce que vous êtes, de votre esclavage, pour traverser la violence et le conflit sans que l'un des deux reste sur le carreau.

Dire : il ne faut pas faire comme les autres : eux prêtent, eux en veulent à leurs ennemis… – cela suppose que les autres, les « pécheurs », sont d'essence mauvaise et nous d'essence bonne. Or tout le monde « pèche » et se dégage comme il peut du péché – du ratage, de la rétorsion. Si les pécheurs respirent, vous respirez aussi ; s'ils prêtent et attendent qu'on leur rende, vous aussi. Vous ne pouvez pas être pur de tout contact avec eux.

Le texte de Luc est donc à prendre comme l'appel d'un zélateur, d'un *enthousiaste*, qui s'est dit : Ah, si *tous* imitaient Jésus, ce serait formidable. Or si tous imitaient Jésus, c'est-à-dire essayaient d'être un Dieu en sauvant les autres, qui seraient les autres à sauver ? Mais c'est ainsi : l'enthousiasme est un désir de *devenir* Dieu, et heureusement il échoue. C'est déjà bien de supporter cet échec sans pour autant s'y résigner. Entre-deux…

Cela dit, *aimer vos ennemis* pourrait s'entendre : aimer l'existence de vos ennemis. Et c'est le point de vue de l'être. C'est un appel à ne pas se fixer sur l'idée de les anéantir. L'*être* crée le bien et le mal… Pas de sacrifice humain.

On peut aussi prendre cette phrase de Jésus avec l'ensemble de ses appels paradoxaux (comme : celui qui garde sa vie la perd, celui qui la perd la garde ; les premiers seront les derniers, et les derniers premiers ; heureux les esprits simples…). On montrerait, mais ce n'est pas le lieu, que cet autre aspect de son message – transmettre le paradoxe –, même s'il a connu le sort de bien des paradoxes, celui de chuter dans l'orthodoxe, marque une ouverture sur l'*être*, qui est sans doute le comble du paradoxe, ou son aspect inépuisable, mais qui demande, chaque fois, à être relancé.

3

Un acte non égoïste est-il possible ?

Freud fait de cet appel : « *Tu aimeras ton prochain comme toi-même* » une critique si cadrée et rationnelle [1] qu'on n'a pas très envie de vivre sous le règne de cette raison qui inspire sa critique. On voudrait une *autre* raison, moins calculante, plus ouverte à l'imprévu. Il dit en effet : « *Pourquoi devrions-nous l'aimer* [le prochain] ? *En quoi cela nous aiderait-il ?* » On objecte : Faut-il ne faire que ce qui nous aide ? que ce qui nous sert ? La vie n'est-elle qu'un self-service qu'on doit toujours optimiser ? Et il poursuit : « Mon amour est quelque chose qui m'est précieux... » – annonçant un régime presque anal de l'amour ; mais l'amour n'est-il qu'une matière précieuse à ne pas dépenser imprudemment ? « Si j'en aime un autre, il faut qu'il le mérite », dit-il. Soit, bien que souvent on aime hors de toute idée de mérite ; il arrive que le « mérite » de l'autre qu'on aime vienne du fait qu'on l'aime, et pas l'inverse. Une personne peut avoir pour mérite d'avoir produit en nous l'amour, un amour qui nous sort de nous-mêmes et nous ouvre à autre chose que l'amour de soi. Son mérite est de nous donner cette chose qu'elle n'avait pas, cette épreuve de l'amour, cette histoire vraie. Curieusement, Freud pose comme mérite un amour narcissique : l'autre « mérite » mon amour « s'il est (...) si semblable à moi que je peux m'aimer moi-même en lui (...) ou aimer en lui l'idéal que j'ai de moi ». Et cela va loin : « je dois aimer le fils de mon ami car si une souffrance le frappe, la douleur de l'ami serait aussi ma douleur, il me *faudrait* la partager ». Donc, pour ne pas avoir mal, il faut aimer le fils de l'ami. Cela évite bien des soucis...

Pourquoi n'invoque-t-il que des raisons égoïstes d'aimer l'autre, celles que justement l'appel biblique veut contester ?

1. Voir *Malaise dans la civilisation.*

Car cet appel s'entend aussi : *trouve à aimer au-delà de tes calculs égoïstes, de ton principe de plaisir* (où il faut surtout n'avoir pas mal)... Cet appel vise un amour que n'inspirent pas ces précautions, un amour non pas désintéressé (tout comme l'acte gratuit a sa valeur, on ne peut désinvestir ce qu'on investit), mais un amour non calibré sur ce calcul de rendement. Cela existe, un amant intéressé... plus par l'amour que par son moi. Ici, entre l'amant et l'aimé, Freud néglige le Tiers ou l'entre-deux qui est l'amour précisément. Il ne laisse qu'un face-à-face, où il n'y a plus que l'égoïsme ou le don de soi ; la sauvegarde ou la perte de soi. Et si l'amour était la grande invention pour conjurer ce face-à-face et ouvrir un entre-deux[2] ?

Certes on peut se demander s'il existe un tel amour, qui fasse autre chose que de célébrer dans l'autre l'image qu'on a de soi, qu'elle soit ou non idéale. Cela revient à se demander s'il y a autre chose que de l'idolâtrie, ou si le narcissisme peut supporter des écarts, des mutations, des entorses qu'il ne puisse d'emblée ressaisir. On en a des « preuves » apparentes, mais non décisives : c'est un pari où des humains se lancent depuis toujours mus par l'aspect *inconscient* de l'amour. Le Livre, lui, donne l'amour de l'*être* comme type d'amour non rigoureusement narcissique puisque l'*être* dépasse ce-qui-est. Cet amour n'est pas toujours rentable ; aimer l'*être* n'empêche pas d'être mal de temps à autre ; mais c'est une exigence éthique, même si la religion veut montrer que c'est une bonne affaire, et que la refuser c'est risquer d'être puni.

Revenons à Freud. On s'étonne qu'il s'en tienne à la version très convenue de l'appel biblique alors qu'il passe pour avoir su un peu d'hébreu, langue où l'appel s'exprime : « tu aimeras *pour* ton prochain comme [pour] toi-même » ; appel plus précis et plus sobre, où il s'agit d'aimer qu'il arrive au prochain des choses dont j'aime qu'elles m'arrivent. Ainsi, d'emblée l'appel impose le Tiers : l'être-temps, l'événement, l'histoire comme médiation entre soi et l'autre. Façon de dire :

2. Voir D. Sibony, *L'Amour inconscient. Au-delà du principe de séduction*.

il y a assez de choses bonnes qui arrivent pour qu'on puisse en supporter le *partage*, sans les garder pour soi tout seul en déviant vers le prochain le flux de ce qu'on n'aime pas.

C'est un appel non pas tant à sacrifier son narcissisme qu'à ne pas vouloir qu'il soit total et qu'il prenne tout pour lui. Appel au partage : laisse passer quelques bonnes choses vers l'autre, et pas toujours tes déchets. Ce dont tu ne veux pas, ne l'impose pas à l'autre, débrouille-toi (avec l'*être*) pour en faire quelque chose. C'est l'appel à ne pas réparer son image sur le dos de l'autre en projetant sur lui ce qu'on n'aime pas de soi. L'appel comporte une forme négative (ne lui souhaite pas ce dont tu ne veux pas) et une forme positive : aime qu'il lui vienne ce qui te vient de réjouissant ; sois avec lui dans le partage (du bien) et pas dans la simple prédation où tu prends le bien pour toi, pour être bien, totalement, pour être le bien, ce qui te met en rivalité avec l'*être*... Idolâtrie. Les deux aspects communiquent : si un deuil t'arrive, tu n'aimes pas ce deuil, donc ne le lui souhaite pas.

Ainsi entendue, cette parole est un *vœu* (pas seulement pieux) à ce que le Moi soit moins idolâtre et moins totalitaire ; à ce qu'il y ait de l'amour qui vise autre chose que soi ou qu'une proie ; qui soit un mouvement d'*être*. Auquel cas, on aimerait aussi dans l'autre ce qu'on aime dans soi-même : l'ouverture au possible, au renouvellement, à l'être-temps.

Quant au caractère presque anal de l'amour qu'évoque Freud, il se confirme : il en parle comme de l'argent ; si j'en donne à un autre, j'en retire aux miens, à mes proches, et c'est injuste. C'est injuste de donner au prochain « mon amour [qui] est considéré par tous les miens comme une préférence ; je [serais] injuste envers eux... ». Ou encore : « Si je dois l'aimer parce qu'il est un être de cette terre (...) il ne lui reviendra qu'un montant d'amour infime et qui ne saurait atteindre ce que, selon le jugement de la raison, je suis fondé à me réserver pour moi-même. » Curieusement, il dérape dans cette phrase comme sous l'effet de la colère : « si je dois l'aimer (...) parce qu'il est un être de cette terre, tout comme l'insecte, le ver de terre, la couleuvre... » – alors qu'il s'agit d'humains ; au départ nul n'a parlé d'insecte... Marquons aussi qu'en prenant cet amour comme une matière précieuse à bien répartir, il rejoint l'argument qui rend l'éthique de Lévinas plus « mesurée » : il ne faut pas être injuste en donnant trop à *cet* autre, il faut gérer, calculer la répartition…

Et donc, l'argument de Freud est si serré, si étouffant qu'on peut rêver d'aimer l'autre sans mérite et sans profit, juste pour sortir de ce carcan. Mais il a prévu l'objection : « Je crois maintenant entendre une voix pleine de dignité m'exhorter : c'est justement parce que le prochain n'est pas digne d'être aimé et qu'il est plutôt ton ennemi que tu dois l'aimer comme toi-même. Je comprends alors que c'est un cas semblable au *Credo quia absurdum* » [je crois parce que c'est absurde].

Voyons si c'est vraiment une croyance pure et simple dans l'absurde. (Outre que la croyance elle-même est une forme de l'amour.) On a un acte de défi : aimez envers et contre tout l'idée d'un amour inconscient, non gestionnaire ; d'un amour de l'*être*, qui ferait aimer en chaque autre son ouverture sur l'*être*, qui est sa vraie altérité (car c'est aussi ce qui l'altère, lui). S'il y a un peu d'amour dans la croyance, c'est qu'elle signifie : j'aime l'idée de cette chose (à quoi je « crois »), j'aime l'idée que ça arrive ; je ferai ce qu'il faut pour y aider… Croire, c'est un peu « donner son cœur ». Curieusement Freud manque la dimension symbolique de cet appel qui au fond signifie : Essaie d'inventer des actes non égoïstes au départ, même s'ils doivent l'être à l'arrivée ; oublie un peu *au passage* ton narcissisme. (À vrai dire, la justice symbolique se charge de régler son compte au narcissique excessif : il se doute bien qu'il n'est pas tout, mais l'idée que les autres s'en doutent l'obsède au point qu'il se retrouve doutant de lui…) Freud en tout cas s'en tient à la pure rationalité, là où il s'agit d'*entre-deux* entre raison et folie, du passage de l'un à l'autre où se déploie toute la question du symbolique.

Cet entre-deux s'observe chaque jour dans les rapports humains entre le cadre et le hors-cadre : ceux dont vous excédez le cadre, ceux qui ne vous encadrent plus pensent rarement que vous avez toute votre raison, ils croient plus volontiers que vous êtes fou ou malade, suspect ou dangereux. Ils savent ce que vous devez être si vous étiez pleinement conscient : vous devez être comme eux, parler comme eux, avec leurs concepts et leurs repères. Si ce n'est pas le cas, vous n'êtes pas à leurs yeux une autre possibilité de *l'être*, vous êtes une aberration, un basculement dans le vide, au mieux. Au contraire, en honorant et le cadre et le hors-cadre, le rationnel et l'irrationnel, en reconnaissant leur loi et celle de leurs interactions, on peut passer dans l'entre-deux en s'appuyant sur l'un et l'autre, comme un enfant peut passer entre ses deux parents sans renier aucun d'eux ni défendre l'un contre l'autre, comme certains défendent la raison contre l'irrationnel ou l'inverse. L'enfant qui « respecte » les deux franchit l'entre-deux et se libère de leur emprise.

Là se pose aussi une question essentielle concernant la psychanalyse : Freud, en voulant à tout prix qu'elle soit une science, n'a reconnu l'irrationnel que pour tenter de l'intégrer à la raison, en expliquant par la raison tout ce qui semblait lui échapper. Même lorsqu'il écrit : « Là où c'était [où le *çà* était] je dois advenir » (réécrit par Lacan : « je *doit* advenir », ce qui ne change pas grand chose), il faut bien dire qu'on n'a pas vu jusqu'ici advenir des « je » d'une haute maturité. En revanche, si entre le cadre et le hors-cadre, entre raison et irrationnel, entre le ça et d'autres instances, on situe non pas un *moi* ou un *je* mûr et authentique mais simplement des seuils du jeu de l'*être*, des passages dans l'entre-deux où en changeant de jeu on passe d'un plan à l'autre de notre jeu d'être infini, alors les choses prennent une tournure moins pieuse et moins forcée. C'est toujours dans l'entre-deux que s'inscrit l'événement, la secousse d'être, qu'elle soit maladie ou trouvaille, trauma ou création : elle a sa double dimension, à charge pour nous de faire en sorte que la courbe qu'elle décrit soit une courbe de vie dans l'espace produit (celui de l'entre-deux).

Freud rappelle que « l'homme est un loup pour l'homme ». Nul ne le conteste, mais faut-il en faire un *credo* ? un constat ultime ? L'homme *est aussi* autre chose qu'un loup pour l'homme ; et il y a d'autres *possibles* encore. L'appel biblique en question mise sur l'un de ces possibles ; il n'attend pas d'obtenir une mesure technique que la vie soit plus vivable. Après tout, si on ordonnait des calmants pour tous... Mais l'appel veut autre chose, une autre implication des êtres dans leur possibilité d'être autres. Il veut traduire l'amour de l'*être* en un appel à aimer l'altérité de l'autre ; l'autre dans lequel l'*être* comme possible s'actualise ou se rappelle à l'existence.

Freud dit aussi qu'il y a dans le comportement des hommes « des différences dont l'éthique se dispense de voir ce qui les conditionne, quand elle classe ceux-ci en "bons" et "mauvais" ; aussi longtemps que ces différences indéniables ne seront pas supprimées, l'observance des hautes exigences éthiques signifie un dommage infligé aux visées de la culture, du fait qu'elle donne tout bonnement des primes à la méchanceté. » Or ces différences ne changent rien au fait que l'altérité de l'autre homme, qui est son ouverture sur l'*être*, appelle l'amour. Bien sûr, on ne va pas aimer un assassin *pour* ses pulsions de meurtre, on peut aimer le fait qu'il n'y soit pas réduit, l'idée de le sortir de là ou de l'y aider... Et s'il n'est vraiment qu'une machine à tuer (mais comment savoir ?) eh bien, on échouera. C'est pourquoi l'appel semble indépendant des qualités de l'autre comme personne. Simplement, mon amour ne se fixe pas sur elles mais sur son ouverture. S'il se fixe sur lui comme individu, il sera détruit par lesdites qualités, qui peuvent être aussi lourdes s'il est vertueux que s'il est meurtrier. (Outre qu'il peut être meurtrier en étant vertueux.)

Et quand Freud argue enfin des « penchants à l'agression », qui seraient « premiers » chez l'homme, il évoque simplement le cadrage narcissique que chacun veut défendre. Mais s'il ne fait que le défendre, il y étouffe. C'est pourquoi ce cadrage n'est pas une « agression » primaire mais un moment du processus identitaire. Si le cadrage de l'autre est fermé, c'est que l'autre devient permutable avec d'autres, interchangeable, il devient un membre de l'espèce *rat* à face humaine. C'est une tendance réelle, mais des appels comme celui-ci (et le Livre en est plein) font partie des efforts pour empêcher l'humain de se *ratifier* ; et empêcher le clivage entre bon et mauvais. La ligne de partage est plutôt entre ceux qui ont besoin de sacrifier l'autre pour exister, pour que leur cadre narcissique soit étanche, et ceux qui n'en ont pas besoin. Il s'agit de travailler sur ces besoins, ces demandes, ces désirs qui se manifestent aux frontières entre l'un et l'autre, dans l'entre-deux subjectif ou collectif.

Cela dit, un acte non égoïste est-il possible ? Et déjà un acte qui n'ait pas une dimension utilitaire ? (Laissons l'acte « gratuit » : il sert trop à prouver qu'il existe, il est déjà trop narcissique). La réponse est évidente dans le cas de l'acte artistique : sa valeur n'est pas son utilité mais la création qu'il produit, celle d'un lieu de vie, d'un événement de l'amour, d'une pure intensité qui se ramifie pour se donner des forces de vie, loin des calculs sur les effets ultérieurs (par exemple sur le prix de l'œuvre d'art, sur la renommée qu'elle produit...). Non que ces calculs n'aient pas leur place, mais ils l'ont *après*, pas *avant*. Question de temps essentielle : savoir où l'on se place dans le temps, sachant que pour la rationalité (et les calculs) il y a un temps égal, uniforme, peu importe où l'on se pose. Mais pour l'acte créatif ou de don, le temps d'*avant* l'acte et celui d'*après* sont irréductibles. C'est pourquoi on peut faire cet acte, produire ce don de vie, sans avoir en vue un calcul de profit, une conformité esthétique, une minimisation des coûts... L'acte en question ne sera pas égoïste même si l'égoïsme s'en empare *après* : il ne vient pas nourrir un égoïsme *préalable* ; ou plutôt il peut faire abstraction de cet égoïsme car il en fonde un autre, qui n'est pas préalable, qui sera un sous-produit de l'acte même si l'acte ne visait pas à le produire. En ce sens, on ne dira pas que l'acte servait ce second égoïsme ; il peut le servir après coup, et encore, ce n'est pas vraiment le servir car il peut s'en distraire, ne pas vraiment y penser, ne pas l'avoir en vue puisqu'il est absorbé à autre chose.

Mais dans la vie il ne s'agit pas toujours d'acte créatif. Certes, mais souvent « dans la vie » on donne sans penser au retour, et sans s'absorber dans ce plaisir de donner ou dans l'instant du don. Il arrive qu'on donne en passant, peut-être parce qu'on se sent assez serein et sûr de soi pour n'avoir pas à monnayer ce don, qui du reste se fait par à-coups et « par hasard ». S'il devient une règle, il risque d'être un symptôme : une façon de posséder de l'autre en lui faisant « du bien ».

Cet aspect distrait, distant, de l'acte créatif ou du don non égoïste, même les religions l'ont perçu en demandant qu'on soit discret lorsqu'on fait une charité : ne pas d'emblée la monnayer par des louanges ou du renom ; faire taire *un peu* les calculs, les projets de prise du pouvoir...

Peut-être de tels actes « non-d'emblée-égoïstes » serventils à nous *désinsérer* d'une logique de calcul et de bonne gestion de la vie. Certes, on peut toujours dire après coup que s'il en est ainsi, ces actes auront été utiles. Mais « après coup » on peut tout dire, on peut imposer un sens, celui qu'on veut, qui n'était pas là au départ, et prétendre qu'il était là mais qu'il se montre enfin et s'explicite. Or le propre de ces actes non calculants, non égoïstes, c'est aussi de laisser dire...

Et certains actes de don ne sont pas réductibles à la part d'égoïsmes qu'on trouve. Ils fonctionnent comme un partage : profitant à qui les fait et à qui les reçoit. Pourquoi pas ? Fautil les supprimer ? les fustiger pour cette parcelle « indésirable » ? (indésirable par quelle éthique de la pureté ? par quelle morale totalisante ?). Mais voici un autre fait : dans les pratiques actuelles d'assistance médicale à la procréation, il y a des dons non pas de vie mais d'organes ou de parcelles qui donnent la vie (sperme, ovocytes). Et la loi officielle veut que ces dons soient « anonymes » : ainsi celle qui donne un ovocyte déclenche un trajet de vie où elle s'efface, où elle n'est pas nommée. Pourtant, elle en parle aux siens, ou dans le service qui gère les dons, et cela lui « fait du bien », la « narcissise » de pouvoir dire ses motifs : aider la vie à se transmettre, seconder le divin, etc. Elle se retrouve dans sa petite part de jouissance à « donner » de la vie sans que rien lui en revienne.

À la limite, si l'analyste tatillon qui traque l'*ego* trouve des traces d'égoïsme dans tout acte de don – égoïsme au sens où le moi y trouve à jouir – n'est-ce pas plutôt l'inverse qui serait alarmant ? Si dans un tel acte il n'y a nulle trace d'« égoïsme », ne devrait-on pas s'inquiéter pour celui qui le fait ?

Reprenons ce mot de l'*Évangile* : « Il n'y a pas de plus grand amour que de donner son être à ses amis[3] » – que Lévinas semble d'abord aiguiser (en voulant qu'on se donne à tout autre) pour ensuite le moduler par une gestion plus « raisonnable ». Donner son *être,* donner *sa* vie est une violence symbolique inouïe, due aussi à l'écrasement du symbolique sur le réel de la vie. C'est une réédition du coup de force christique où le symbole flambe et se consume dans l'acte sacrificiel. Dans cet acte on renonce à sa vie en posant qu'elle est tout entière donnée.

Donner sa vie, c'est totaliser le don, le consumer dans le sacrifice de sa vie, virage aigu où le symbolique dérape en sacrifice humain. Donner la vie, c'est autre chose. Et ça n'a pas à se hisser comme étant « le plus grand amour ». C'est le geste symbolique commun à toute l'humanité : se reproduire, créer, donner de la joie, redonner vie à ce qui risquait de mourir... (On l'a vu, l'acte symbolique redonne vie aux mortifiés.)

On peut mettre sa vie sous le signe du don, la vivre comme quelque chose qui se donne, y compris à « moi » qui la vis, et par là même à d'autres. Faire que face à « ma vie » puisse toujours se poser la question : qu'est-ce que *ça donne* ? qu'est-ce qui s'ensuit de nouveau ? non pas au sens d'une déduction logique mais d'une émergence d'altérité qui soit bonne à prendre. Tandis que donner sa vie comme si seul l'autre pouvait en faire un bon usage, « moi » n'étant qu'un bloc d'égoïsme, c'est dans le meilleur des cas transformer l'autre en moi, vivre ma vie dans l'autre, l'accaparer lui pour qu'il soit mon vrai lieu d'être et de vie. En fait, si je la lui donne et que je n'y ai plus rien à dire, je fais un sacrifice humain ; sinon, c'est un partage, ma vie est un partage avec d'autres, sans lequel elle pourrit sur place. Sans ce partage, je ne donne pas la vie à d'autres et je me donne de la mort à petit feu. Je la tue en faisant comme si je l'avais en propre ; comme si je la

3. *Évangile selon saint Jean* (15,13).

sacrifiais à l'autre, à ceci près que cet autre c'est moi. Or je ne la possède pas ; j'en suis responsable en tant que je ne la possède pas ; et je dois me secouer pour en être le seul responsable. Même s'il m'arrive des ennuis, des injustices, je suis seul responsable de la partie qui me concerne, qui m'intéresse ; même si je ne la contrôle pas ; et la partie qui m'intéresse est celle… où je suis responsable. Mon répondant peut concerner ce que j'ignore. Et si je bascule dans le vide, la pure solitude, j'ai à en répondre même si je refuse de répondre. Le maintien de cette solitude est déjà une réponse, arrogante ou désespérée. Elle peut être l'événement de « ma vie », j'en suis seul responsable, pourtant je n'en dispose pas. Je ne peux pas la donner à d'autres, sinon comme quelque chose que je n'ai pas ; et cela, justement, s'appelle l'amour.

Donner sa vie sur un mode humanitaire – à des victimes, à des enfants africains – comporte plusieurs aspects. Si on la donne en tant qu'on l'a, et que c'est de l'ordre d'un avoir, on donne du temps, de l'énergie, sachant qu'il reste ailleurs et du temps et de l'énergie. Cette durée peut prendre le sens symbolique d'un rappel à ceux qui ne donnent rien, ni temps ni présence. La donner en tant qu'on l'a, c'est garder en réserve l'écart entre l'avoir et l'être, donc la vie en tant qu'on ne l'a pas, l'essentiel de la vie. C'est un choix précis, souvent une révolte contre le fait qu'autour de soi personne ne donne. Et on donne « tout » son temps. Mais au bord de ce tout – que « donne » l'individu – il y a son être qu'il ne peut pas donner parce qu'il ne l'a pas, qui lui sert d'appui pour faire ce don. Ce *bord* est essentiel : tous ceux qui font « de l'humanitaire » reviennent chez eux et racontent, prenant leur don pour objet de parole, de pensée, avec d'autres que des victimes, avec des officiels. Ils n'ont donc pas tout donné. Tout donner c'est soit se sacrifier, soit être le « maso » de l'autre, donc son maître, et c'est encore se sacrifier dans un rapport pervers. Et même dans ces cas limites, un certain bord est ménagé, préservé, pour que le don « parle » aux autres, aux témoins, qui au mieux restent sur leur réserve : « Eh oui, elle a donné *toute* sa vie aux enfants africains… » Comme s'ils voyaient l'autre aspect : elle s'est donné comme enfants des petits Africains.

Si le don n'est pas un pur sacrifice, c'est-à-dire une agression (y compris envers l'*être*, puisqu'on dispose du tout de sa vie), il implique corps et pensée ; il implique l'entre-deux-corps du sujet. Or tout acte de don vivant, d'un geste de vie, même l'acte infime d'inviter à sa table sans attendre de retour, tout tel acte a son retour : *le geste de donner fait qu'on reçoit comme retour le fait d'avoir donné.* Cela s'inscrit symboliquement ; mais ce n'est pas un mode d'emploi, il ne suffit pas de faire ce don pour que ça marque. Parfois cela s'inscrit sous l'emblème d'un « Organisme caritatif », ce qui est tout autre chose. D'autres fois, on attend le « retour » pour inscrire le don, et le retour se fait attendre... Disons que l'important dans le fait qu'on donne à l'autre c'est le don, et pourquoi pas la jouissance qu'il nous donne, que nul ne peut nous enlever. Car pour ce que l'autre peut redonner, il ne faut pas se faire d'illusions.

Chapitre VI

BRÈVES 2

Avoir à qui parler

1. ***Responsabilité.*** Dans son travail l'analyste entend parfois ce genre d'appel : « À partir de maintenant, je ne réponds plus ; ça ne répond plus ; j'ai bien essayé de… mais ça retombe toujours dans… alors je décroche. » Ce sont des gens par ailleurs « responsables », capables de répondre quand la réponse n'ébranle pas les protections dont ils s'entourent, les limites qu'ils ont posées – au nom de la loi et de la limite – qui se révèlent étouffantes. Bien sûr, « ça ne répond plus » mais autre chose répond, un symptôme, un scénario qui fait que là où vous alliez répondre, un autre message arrive, juste « avant », à toute allure, et répond pour vous.

En un sens, irresponsable signifie qu'autre chose ou quelqu'un d'autre répond pour vous, à votre place. C'est parfois intermittent, certains semblent dire : « Voilà, entre cinq et sept, je deviens immoral » ou : « Quand je rentre chez moi et que je me retrouve seul, je ne peux pas m'empêcher de… » (Et d'aligner des conduites « irresponsables » où ils sont pris en charge par la pulsion, la compulsion, etc. : boisson, télé, réseau de rencontres, drogues, sorties spéciales, toujours les mêmes…) Et comme avant, dans la journée, ils étaient pris en charge par leur travail, il y a peu d'instants où ils sont exposés à leur être.

Naturellement, ils se plaignent de cette capture. Un père joueur ou alcoolique se jugera sévèrement d'être « à ce point » irresponsable – et imposera aux siens de le consoler comme s'il était la victime d'une loi inique, l'otage d'un tyran abusif. C'est bien un esclavage : devoir quémander au hasard le coup heureux qui le fasse gagner et lui reconnaisse le droit d'exister ; devoir prolonger ce jeu à l'infini, car nulle réponse du destin ne suffit. C'est une compulsion, une pulsion à vivre sur un mode irresponsable dont il faut pourtant répondre. Le père joueur, appelé comme tout père à répondre d'une place symbolique, vient justement s'effondrer là, et semble dire : je n'ai pas de quoi répondre, je cherche ailleurs du répondant. C'est pour pouvoir répondre qu'il se fait joueur, et met en jeu sa question. On ne peut pas dire qu'il est lâche, qu'il se dérobe, car il est convaincu de n'avoir aucun répondant.

Les gens cessent de répondre quand de répondre ne les fait pas exister. Alors ils se retrouvent piégés, car l'autre répondant, ils ne peuvent le trouver à partir d'eux-mêmes mais à partir d'une épreuve symbolique avec l'*être* – dont ils n'ont qu'une faible idée. La responsabilité concerne le geste de remanier ses conditions d'existence – son droit d'exister, les devoirs qui s'y rattachent – sur un mode où l'on se réapproprie non pas tant ce qui nous échappe mais le fait que ça nous échappe, que « notre » être, on ne l'aura jamais en « propre ». Comme si l'on était engagé, en tant qu'acteur, à jouer sur la scène du monde : ce sera *notre* rôle sans être nous ; *nous*, c'est l'ensemble de tous les rôles, plus quelque chose qui nous ancre dans le jeu de l'*être*. Mais sur cette scène, il faut avoir du répondant ; une présence, un travail, une prise de risque...

Dans l'exemple du père-joueur, il ne cesse de donner sa parole à ses enfants : « Cette fois, fini le jeu. » Le lendemain, il les vole et il rejoue. Dans son cas la défaillance à la loi est autogérée, autopunitive : il recueille une autre défaillance qui l'entraîne plus bas, etc. D'autres ont une gestion différente.

Mais si l'on prend comme repère la loi symbolique, on s'aperçoit que ceux qui défaillent au regard de cette loi sont plus sensibles au désir qu'il arrive une chose dont ils puissent répondre ; ils crient plus fort leur besoin d'être, par cette loi, ré-engagés, ré-intégrés. Ce sont les plus menacés d'expulsion qui le ressentent ; les « exclus » se « représentent » pour être inclus, ils repassent l'épreuve et, devant le refus, s'opère chez eux la surenchère morbide : « Vous m'excluez pour cela ? Mais je suis pire que cela ! » Et de rendre leur admission plus difficile tout en la voulant.

Autrement dit, il n'y a pas ceux qui savent ce qu'est la responsabilité et ceux qui ne savent pas. Il y a ceux qui ont trouvé un fonctionnement de la responsabilité leur évitant de se poser la question de leur rapport à *l'être,* et ceux qui sont là, démunis, sans accrochage qui les repêche et les relie à la chaîne des humains, à cette loi collective dont chacun répond, qu'il le veuille ou non.

2. *Plaire ou convenir.* Ceux qui parlent de responsabilité et ignorent cette question d'être et d'existence manquent l'essentiel. Beaucoup qui viennent demander de l'aide n'ont pas l'idée de leur plein droit d'exister ni l'idée d'en répondre. Ils confondent la question : « Est-ce que je te plais ? » avec la question : « M'accordes-tu le droit d'exister ? » Deux questions très différentes, sauf si la première s'adresse à la vie : « Toi la vie, est-ce que je te plais ? je te conviens ? ou est-ce que tu me rejettes ? » Et la vie, qui en a vu d'autres, ne répond même pas, elle accepte le vivant et le laisse tenter sa chance.

Quant à fonder la responsabilité sur un piton moral bien surélevé, bien visible, c'est assez vain. C'est oublier la question de ce qui empêche de répondre et d'être répondant.

3. *Répondre.* « Responsable », c'est qui peut ou doit répondre ; et qui peut questionner s'il reçoit une réponse. Allons plus loin. Quand l'événement fait question, le « responsable » c'est ce... qu'on nomme ainsi ; c'est une réponse en forme de question, portée par un corps et non plus par un dossier, une enquête, un dysfonctionnement. Bref, on veut que ce soit du vivant qui réponde.

« Répondre » vient de « époux » : épouser, du latin *sponsum*, « engager », au sens de fiancer ; *sponsum*, supin de *spondere* qui donne *respondere,* d'où « répondre ». Un responsable c'est quelqu'un qui s'est engagé, qui a engagé sa parole dans telle situation. Il est curieux que cet engagement devienne si abstrait que c'est comme un poste de travail ; le responsable est celui qui l'occupe. S'y est-il vraiment engagé ? jusqu'à quel point ? On ne sait rien de son engagement. Le plus souvent, on l'a engagé... pour ce poste, mais lui, qu'est-ce qu'il y engage ? Souvent des « responsables » occupent leur place et « il n'y a personne derrière ». Lorsque se pose une question décadrée, légèrement décalée, on est devant eux comme devant un ordinateur : ça ne répond pas. On insiste, c'est inerte ; ou alors ça explose.

Il y a une violence essentielle due au fait de n'avoir personne devant soi ou un faux jeton qui tient plus à être en poste qu'à être digne. Cela a produit les agents et les complices de la machine nazie ; mais la logique en est fréquente, increvable : tel professeur qui écrit contre l'exclusion dirige un journal de « Débats » d'où il exclut ceux qui peuvent lui faire ombrage… dans la critique de l'exclusion.

Et quand l'explosion s'appelle « accident », il arrive que personne n'est « responsable » si ce n'est que certains ont laissé faire ; intervenir n'entrait pas strictement dans le cadre de leur fonction ; ils s'en sont tenus à l'énoncé de l'engagement, plutôt qu'au geste d'engager un peu de soi. Mais la vérité du fonctionnement éclate dans l'accident comme le lapsus fait apparaître une vérité tue.

Souvent la responsabilité porte le fantasme d'un fonctionnement sans faille. Dans la vie, c'est par les ruptures de fonctionnement, de contrat, de négociations – ruptures de régularité – qu'émergent des changements essentiels, des événements les plus vifs.

Au lieu de s'en tenir à l'idée que « responsable », c'est « celui qui répond », on peut l'élargir. « Responsable », c'est celui qui s'engage dans ce-qu'il-est et un peu au-delà : dans le mouvement d'être, qui forcément lui fait rencontrer les autres. Et s'il se défile, il le sait, ça se sait. Sinon, il est plus engagé que les fameux « écrivains engagés » qui cherchaient les bonnes causes à défendre. Quand la cause tournait mal, elle devenait une mauvaise cause.

4. ***Assurance.*** Les enfants voient des adultes trahir leur engagement, ils voient un homme négliger ce qui en principe compte pour lui, ils voient un responsable de la loi s'effacer en l'effaçant : s'il n'est pas engagé dans l'engagement qu'il affiche, alors qui est-il ? où est-il ? quelle est sa place ? L'angoisse pour l'enfant, c'est de voir ce qui lui sert de support symbolique – le père, le prof, l'adulte – s'effondrer dans l'inconsistance, ne pas répondre de lui-même, inexister. Un jeune ne dit pas que son père est « responsable », il dit que son père « assure... ». C'est un terme de rappel, en langage montagnard : on peut descendre la paroi raide, il y a un fil qui tient, il y a de la tenue, de la tension. Mais là encore, le risque est de vouloir toujours être « assuré », idéologie de l'assurance, au sens de la « compagnie », dont le métier – rentable – est de gérer les situations où ça risque... de ne pas répondre. Aspect technique de la responsabilité, vieux comme le monde ; autrefois, on l'appelait « dette ». Les assureurs négocient et l'incident est clos. Nos sociétés gèrent le risque par toutes sortes de moyens. Or, le risque, c'est le hasard de rencontrer l'Autre. Le résultat est qu'il n'y a plus de telles rencontres, ou qu'elles sont un fardeau, un malheur.

Et s'il n'y a pas de faille, il n'y a plus d'être responsable. C'est ainsi qu'en soignant à fond, et techniquement, la responsabilité, on l'annule. Ou on la rend « collective » : ensemble on fait corps, et personne n'est responsable ; plus de différence, ça fait bloc, ça (se) protège. Un corps opaque obture le trou creusé par la question. Or la responsabilité se manifeste surtout dans sa rupture, lorsque ça ne répond plus ou que ça répond « à côté ».

5. ***« Présent » ou « responsable » ?*** La responsabilité, on la rencontre surtout dans ses défaillances. Mais peut-on être installé dans une toute présence ? Ce serait être absent. C'est le paradoxe de la conscience : prenez conscience d'un objet plus de trois minutes, vous somnolez. Prendre conscience est une secousse, on en prend un coup. Rester dans l'état de conscience, c'est la perdre. De même pour la présence. On peut faire acte de présence, mais transmettre du présent, cela nous échappe. Lorsqu'on dit de quelqu'un qu'il a été irresponsable, on lui signifie qu'il était... ailleurs. Il a manqué de présence. Autrement dit, formuler la question de la responsabilité est une façon commode de passer sous silence la question plus essentielle de la présence. Il se peut que la « responsabilité » soit le pouvoir d'être présent, radicalement, à ces grains de temps singuliers, ces instants essentiels, aigus, fulgurants, où ça passe la frontière, l'entre-deux, entre présence et absence : on est sur le point de s'absenter et l'on resurgit *présent*.

Ce principe de présence fait l'émotion de notre contact avec l'être ; non pas l'être suprême, mais l'être qui fait être tout ce-qui-est ; qui vous fait être là. Car tout ce-qui-est, tout *étant*, a une part d'être mais risque de s'y enfermer.

Être présent ou absent – et à quoi ? – concerne l'idée d'engagement, de responsabilité. Si quelqu'un *répond*, c'est de par la loi symbolique. Quand on s'effondre devant elle, on cherche à se punir en s'effondrant davantage. On répète la défaillance jusqu'à rencontrer quelque chose qui redonne de la présence. Comme un délinquant qui répète ses délits jusqu'à se faire arrêter. Il cherche la loi pour qu'elle l'arrête et lui « dise » qu'il l'a rencontrée. C'est une erreur de penser que les délinquants sont irresponsables, mais ils dévoient leur réponse. À vous de questionner autrement.

Questionner l'absence, c'est questionner la présence. Une patiente dit : « J'ai l'impression que ce qui s'est passé ici depuis que je viens est une transmission de présence. » (Ajoutant : « est-ce que cela tient à vous, ou est-ce que c'est ça la psychanalyse ? » Disons : transmission d'être à travers la présence. C'est aussi ce que mon écrit tente d'obtenir.) Certains – qu'on nomme patients – viennent dire qu'ils n'ont pas les moyens affectifs de rester présents à eux-mêmes. Quand c'est trop dur, ils « perdent » connaissance, ils s'aveuglent et ne voient qu'une chose : le symptôme qui répond pour eux. Ils s'absentent ou ils dorment ; ils « somnambulent ». Pouvoir être présent à son absence, c'est déjà reprendre pied dans l'être-temps ; ressaisir ses absences, et même *pouvoir* s'absenter.

Quand ça dysfonctionne, c'est que la fonction cherche son dépassement, même si elle revient sur elle-même.

6. *Trans-faire.* Dans mon travail sur la technique[1], je montre qu'au lieu de geindre sur la technique qui déferle, il vaut mieux voir comment toute technique, tout projet de faire,

1. *Entre dire et faire. Penser la technique*.

nous amène vers son éclatement, vers son point de trans-faire, de faire-au-delà. Cela rappelle le transfert au sens freudien, ce point explosif où toutes sortes de transferts se focalisent ; c'est souvent le point d'accident. Autrement, quoi que vous fassiez, le risque est que ça continue à se refaire jusqu'à vous neutraliser, vous enlever toute présence, donc vous rendre irresponsable. Deux voies sont alors possibles ; l'une violente, c'est l'accident, en espérant qu'il ne soit pas mortel ; c'est le *clash* où le système est remis en question et où l'on peut acquérir une dimension de plus. L'autre voie est la trouvaille. Sa dynamique est la même que celle de l'accident : on met en place une « machine » assez forte, mobilisant des contenus et des savoirs, elle tourne, et soudain c'est le grincement, le malentendu ; s'il est fécond, elle entre en résonance avec autre chose, tout à coup on perçoit la veine secrète, la chose qui était « là » et attendait. Cet instant est celui d'une co-présence fabuleuse avec l'Autre ; instant d'émotion où l'Autre – l'*être* incandescent – vous a reconnu. Dans le bon fonctionnement, personne ne vous reconnaît, mais là, ça répond. Autre chose répond : là sont les points où se renouvelle la responsabilité, où resurgit la présence, la vôtre ; grâce à quoi on peut s'absenter.

7. ***L'instant bof.*** Et l'expression « Responsables mais non coupables » dite par des responsables en faute ? Elle fut aussi utilisée pour dire : « les Allemands sont responsables mais pas tous sont coupables » [des crimes nazis]. « Responsables » signifie : partie prenante. Et dans cette vaste texture où tant de gens sont engagés, à vous de trouver les coupables, ceux sur qui la machine judiciaire pourra mordre (elle qui veut faire mal à ceux qui ont mal fait). Aux « juges » de statuer jusqu'où ira la morsure, jusqu'où il faut faire mal pour les réinsérer, puisque la sanction veut libérer le coupable de sa faute. Mais si l'on prend pour repère la loi symbolique ?

Dans l'affaire du « sang contaminé », l'entorse fut telle que si l'on en répond, on se révèle d'emblée coupable : d'avoir pris des humains pour des pompes à sang qu'on extrait ou qu'on injecte. Mais l'intensité de la faute dépend du niveau où l'on se place ; et ces niveaux communiquent tous. Une avocate a pu dire : « Je ne comprends pas l'arrestation de X et de Y, car alors il faudrait en arrêter cent. » Comme si, en n'en prenant *que* dix, on faisait une injustice. Pour elle, la responsabilité n'existait qu'en bloc.

Mais il y a des engagements individuels : devant le doute, certains ont dit « Bof... » Et cet « instant bof », instant vide où l'on s'absente en espérant absenter l'*être*, est un acte d'idolâtrie. L'*être* ne s'absente pas ; l'être-Autre est une présence pulsatile vrombissant à l'infini, et c'est ce qui permet qu'on s'absente. C'est assez présent pour que le sujet puisse s'absenter, dormir un peu. On peut s'absenter à l'*autre*, mais pas à l'*être* ; et si l'on s'absente à l'*être*, on ne peut pas *être* absent. Les instants « bof » s'accumulent tels des points noirs et ça fait trou. Le mouvement de « justice » – d'ajustement – rassemble tous ces points noirs pour un apurement des comptes, lui-même jamais définitif.

Les rites religieux sont moins naïfs qu'on ne le croit. Dans une prière, il est dit : « Mon Dieu, je te confie mon âme.... pour que je puisse dormir... » Pouvoir dormir, s'absenter, en se disant que l'Autre veille puisque aussi bien il surveille... La violence est le besoin de veiller sur soi à tout instant, de sorte que toute question venue du « dehors » est vécue comme agression et appelle une riposte.

Si un « responsable » – un « représentant » – prend au passage une mauvaise décision, en croyant que de ne pas trop y penser la range dans l'impensable, le miracle quotidien est que l'être-temps, lui, y est sensible, y est pensant. L'entorse à la loi de l'être et à ses effets symboliques fait retour et « demande justice ». Elle l'obtient sur un mode parfois cruel ; on va chercher le responsable dans sa paisible retraite, on le rattrape dans le retrait du temps où il a fui, on le punit lourdement pour un geste d'absence anodin, secondaire. Comme si la justice symbolique *se rattrapait* de ne pouvoir le punir pour des choses graves qu'elle n'a pas vues (alors elle le punit gravement pour des choses minces qu'elle voit).

« Responsable » est une dynamique de la présence, un mode d'être qui inclut l'absence possible et le retour. Etre responsable, c'est avoir de l'autre en soi, et le savoir ; c'est être soi-même et un autre, donc « communiquer » avec les autres non pour faire des « lieux communs » mais pour ouvrir l'Autre dimension. C'est différent de la logique où « prendre une responsabilité », c'est simplement prendre le pouvoir et oublier que ce pouvoir aussi va échapper, donc rouvrir à sa façon cette dimension de l'Autre.

C'est dire qu'on n'en finit pas, qu'il n'y a aucun moyen d'en finir. Même en prenant tout sur soi, même en tendant l'autre joue pour vider l'autre de sa violence. Un monde sans violence peut angoisser : on ne verrait pas où elle est passée, la violence des rencontres manquées et des élans inaboutis. C'est avec la même violence qu'on donne des gifles et que l'on crée, qu'on rebondit et qu'on s'enfonce. C'est un leurre de croire que le sacrifice de soi remplace la loi symbolique et l'épreuve d'être. Certains font inconsciemment le sacrifice de leur chair, d'un morceau de corps. Le paradoxe est qu'au lieu de les sortir d'eux-mêmes, ça les enfonce dans leur moi mortifié ; ils en deviennent encore moins responsables, moins ouverts sur l'événement d'être.

Quant à répondre *pour* autrui, une mère anxieuse ou possessive veut répondre pour ses enfants, elle se pose comme responsable de tout ce qu'ils vivent ; façon de ne pas lâcher. En répondant, elle leur confisque leurs fautes, leur histoire, les manques qu'ils vivent en dehors d'elle – où elle voit un manquement dans ce qu'elle aurait dû leur donner, comme nourriture idéale, pour que « rien de tout ça » n'arrive. Plus tard, elle en reçoit le retour. Les enfants une fois grands lui lancent, de temps à autre, que s'ils souffrent c'est qu'autrefois elle « n'a pas été parfaite », qu'elle a été possessive, qu'elle a voulu répondre de tout, répondre pour eux. Elle reçoit ce « coup au cœur », mais elle n'a pas la force de *dire*, de revendiquer l'imperfection : elle veut encore répondre pour eux et avoir pallié tous leurs manques. C'est dur pour elle de reconnaître qu'elle échoue parce qu'elle fut « parfaite ». De même, nombre de patients sont « malades » d'avoir répondu pour leurs parents, d'avoir porté l'appel des autres et non l'appel d'*être* qui est le leur, qui les appelait à exister, face à l'Autre et aux autres, face à eux-mêmes devenant autres, à leur histoire aux faces multiples.

8. *Antériorité.* Pour que « répondre pour l'autre » semble plus essentiel, Lévinas suppose que la *réponse* est « première ». Qu'en est-il ? Bien sûr, le premier mot de l'enfant, sa première phrase articulée est une « réponse » – à tout ce qui le précède et qui l'entoure ; mais pour ses parents, les premiers mots qui le concernent, qui le précèdent, furent un désir, une *demande* d'enfant. L'enfant *répond* à cette demande, et produit d'autres demandes. Posons alors que *demande* et *réponse* sont deux pôles d'un entre-deux où un partage se déploie, un aller-retour du cycle où origine et fin se perdent dans le Temps ; avec des singularités, parfois pathologiques comme : répondre de toute demande, ou faire une demande qui soit au-delà de toute réponse... Donc, répondre-pour-l'autre ou l'accueillir ce n'est ni premier ni dernier, c'est une recherche où deux êtres jouent leurs faces au regard de l'*être* ; (dans un « faseillement » de l'*être* pour ainsi dire : une voile faseille quand elle cherche le vent, le souffle face auquel se tendre). C'est cette recherche – d'interfaces – qui oriente l'accueil de l'autre. (Bien sûr, elle peut virer au « recueillement » heideggérien à connotation narcissique.) De nos jours on dit : « les réfugiés sont *accueillis...* » ou « les réfugiés sont *recueillis* ». Ce n'est pas pareil. Dans le second cas, le narcissisme prévaut chez ceux qui recueillent ; ils peuvent aider l'autre en le recueillant mais ils le tiennent à bonne distance, à l'état de réfugié, ou d'exclu ; soucieux qu'ils sont par ailleurs de se recueillir : de recueillir les parts d'être qui leur échappent – comme des parts de marché.

9. *Décadrage.* Le sujet lévinassien est un Jésus libéré des contraintes d'« enseignant » qu'avait l'original. Il se tourne vers autrui, sa subjectivité l'exige, « sans réserve ni ajournement » ; il part « sans savoir où », porté par « la sommation de l'autre homme ». Pourtant, des horreurs balaient la planète, des *autrui* sont en détresse ou massacrés, et l'on voit peu de « sujets » voler à leur secours, répondre « sans ajournement » à la « sommation silencieuse ». Quand réponse il y a, elle est très ajournée : le temps qu'elle arrive, elle est déjà sans objet. L'appel lévinassien s'adresse à des sujets qui, lors de l'Holocauste, ne voulaient pas savoir, se cachaient dans leur moi indifférent pour ne pas voir le regard de l'autre et son visage. Mais beaucoup ont vu ce regard et ça ne leur a rien fait. Est-ce seulement l'indifférence qui empêchait « de faire un geste » ?

L'horreur d'aujourd'hui, tous la savent, tous sont informés, tous clament leur indignation, le contraire de l'indifférence, tous veulent « qu'on fasse quelque chose », et les choses suivent leur cours : là-bas dans le sang (dans les pays à gros conflits), ici dans le silence, la bienséance (c'est de mauvais goût, ici, d'afficher qu'on est victime d'une injustice. Le bavardage de la « psy » vulgaire a fait son œuvre : quelle est ta part ?... Tu y es bien pour quelque chose !... Ça t'arrange de quelque part...) Quand l'horreur ou l'injustice s'étalent, on leur oppose une indignation unanime, une réprobation générale, et rien ne se fait ou si peu.

Ce qui est en cause, ce n'est pas l'indifférence, ni la résistance à sortir de son moi (tout le monde est *hors de soi*...) ; c'est le refus de mettre en cause les cadrages individuels ou collectifs qui servent de tiers, de repère, d'identité ; ils imposent la langue unique du fonctionnement optimal, de la « simple » rationalité, contre l'éthique de l'*être*.

10. ***« Après vous... »*** On aurait même, avec l'éthique lévinassienne, un consensus théorique : « Mais oui, il faut faire quelque chose, il faut répondre pour l'autre, il faut intervenir, cesser notre égoïsme de nantis, de satisfaits » – chaque fois qu'une injustice éclate, qu'une répression déferle, qu'une catastrophe humanitaire... L'unanimité – que d'ailleurs on observe – aurait sa base philosophique : tout le monde est d'accord pour faire quelque chose, *donc* rien ne se fait. Comme si l'accord de tous se suffisait à lui-même, assurait sa propre jouissance, n'avait pas à se risquer dans des actes aléatoires...

Cet accord unanime instaure une sorte d'*utopie froide* : le bon lieu est là, pas loin, mais pas question d'en approcher.

En outre, le refrain tant ressassé : « Mais ça ne dépend pas de moi ! » est balayé par une posture sereine : tout ce qui se passe, tout ce qui arrive à l'autre où qu'il soit, dépend de moi, j'y peux quelque chose. C'est bien plus narcissisant que ces doutes minables sur la portée de notre action : « Vous croyez... Vraiment ? » Tellement narcissisant qu'il suffit de le dire. Le *dire* consomme une telle jouissance, une telle énergie, qu'on ne trouve plus celle de *faire*.

De fait, exiger de penser *pour* l'autre, sur un mode qui prenne en charge sa personne, est une « belle » idée, si l'on est sûr que l'épreuve de réalité ne viendra pas la troubler. Alors on peut mettre l'autre – avec sa peau, son visage, son regard – au cœur du discours sur le monde, sur la vie, on « rompt » avec les discours creux ou abstraits. Mais cela implique, pour être cohérent, d'y aller effectivement, vers ces visages démunis. Au minimum, on devrait assister à une recrudescence des « réception des visages », des fêtes...

Lévinas dit que l'acuité éthique, c'est la priorité à l'autre. Nous avons vu que cet « après vous » est soit un fait réaliste lié à l'espace de jeu, soit un montage pervers (où en *donnant* la préséance c'est moi qui la contrôle), soit un symptôme compulsif de la faute. Cela dit, que des émules célèbrent le « après vous » lévinassien – le signe de politesse devant une porte – comme le symbole de la sainteté en marche, pourquoi pas ? C'est touchant si l'on oublie qu'aujourd'hui un homme qui vous reçoit dans son bureau pour vous virer vous donne sincèrement tous les « après vous » possibles. D'ailleurs, il vous vire au nom d'exigences « réelles » auxquelles... il ne peut rien. Beaucoup laissent passer tout le monde avant eux, sachant que eux pourront rentrer par l'autre porte.

11. ***Se décoincer.*** Selon certains, Lévinas aurait mis une louche de trop pour ce qui est du don à l'autre et du répondre-pour-autrui. D'autres pensent qu'il vaut mieux une louche en trop qu'en moins, vu « le social » très égoïste où nous vivons, où nul n'est prêt à répondre pour qui que ce soit. Mais ce n'est peut-être pas de la soupe ; c'est tout le rapport à l'*être* qu'il faut penser et transformer.

En revanche, ce qui est louche, c'est le nombre d'égoïstes pleins du culte d'eux-mêmes qui invoquent Lévinas comme nouvel idéal, nous peignant l'homme tel qu'il doit être. « L'amour du prochain définit l'homme tel qu'il devrait être ou tel qu'il sera demain une fois que l'Histoire aura fait table rase de son passé d'oppression [2]. » Mais l'Histoire ne fait table rase de rien et l'oppression se renouvelle et se transmet. Donc, on est tranquille, l'homme idéal sera pour plus tard. Pourtant, l'amour du prochain existe, et pas seulement comme prédation ou projection de l'amour de soi. Parfois l'homme a besoin d'aimer pour rien, juste pour sentir l'*être* et l'existence ; les maniaques du sens appellent cela égoïsme ou altruisme ; mais si l'homme fait un acte, faut-il dire qu'il le fait *pour* son bien ? Il le fait, *et c'est* bon.

On ne peut faire autrement qu'*être*, même si beaucoup savent oublier le jeu de l'être et se réduire à ce-qu'ils-sont ; alors qu'il y va d'une histoire, d'un potentiel de rencontres avec l'*être* vivant, mouvant, créant, navrant... (Pourquoi faut-il que ce soient des discours dépressifs qui parlent de l'existence ? Sartre aussi : « Exister c'est ça : se boire sans soif » !) Pour Lévinas, l'homme est « coincé » dans l'être. Or l'homme qui perçoit l'*être* comme fonction est tout sauf coincé. S'il l'est, c'est à cause d'une histoire restée en suspens, retranchée de l'être-temps, refoulée.

Bien des remarques sur autrui ont aussi valeur pour l'être : « En m'approchant d'autrui, je suis toujours en retard sur l'heure du rendez-vous. » Mais oui, ou en avance, à contretemps. C'est aussi le cas en m'approchant de l'événement d'être, c'est-à-dire en le vivant : toujours à contre-temps, mais ce « contre » est un ressort pour la recherche du bon moment, de l'instant juste, du rendez-vous qui enfin a lieu parce que au-delà des deux, l'*entre-deux* avait lieu d'être et offrait un support jouable.

12. *Sartre-Lévinas.* Contrairement aux apparences, l'écart entre Sartre et Lévinas dans le rapport à autrui est souvent

2. Finkielkraut, *Sagesse de l'amour.*

mince : tous deux donnent à ce rapport une valeur essentielle dans la formation du sujet, dans la « subjectivité » (consciente bien sûr, on écarte les rapports inconscients). Mais Sartre prend autrui pour objet de défense, de prévention, d'attention, de rivalité... ; son approche est réaliste, au ras des faits. Et Lévinas prend l'autre pour objet de souffrance au point qu'il espère s'y substituer, dans une proximité dont rien n'indique qu'elle n'est pas, comme celle de Sartre, un *espace de jouissance*. Pourquoi pas ? Mais l'innovation est dans la posture expiatrice ; posture que des religions gèrent assez bien depuis longtemps. (À ceci près que le Livre interdit le sacrifice pour l'autre.) Bien sûr, Sartre aussi exprime son fantasme en disant que « la relation de mon corps avec le corps d'autrui est une relation de pure extériorité *indifférente* », qu'« autrui représente un type particulier d'objet qui se découvre à notre expérience » et qu'il se « demande comment la connaissance d'autrui est possible »[3]. Ce type de clôture narcissique a-t-il poussé Lévinas à forcer le tout-pour-l'autre ? C'est possible. C'est que Sartre insiste : L'autre est « celui qui n'est pas moi et que je ne suis pas : ce *ne pas* indique un néant (*sic*) comme élément de séparation donné entre autrui et moi-même ». Vraiment ? Le néant ? Mais entre autrui et moi-même il y a l'*être* comme *entre deux*, comme potentiel d'appels possibles et de rappels, d'événements d'être perçus ou pas, de vide aussi. Mais le vide qui me sépare de l'autre n'est pas moins grand que celui qui me sépare de ma vie, de mes possibles, de ce à quoi je suis appelé et que j'échoue à entendre et que j'essaie de rattraper.

13. ***Aider l'autre.*** S'agissant s'aider l'autre, on trouve dans le Livre l'appel à être solidaire – à constater qu'en fait on est solidaires : « corrige ton prochain et tu n'encourras pas de péché à cause de lui » (*Lévitique 19)*. L'autre peut être responsable des malheurs qui t'arrivent, alors sois responsable avec lui des manquements qu'il répète. Aide-le, et non pas : remplace-le ; reconnais avec lui que vous partagez le rapport à l'être, que

3. *L'être et le néant.*

vous avez un même enjeu au regard de l'être. Si un terme de l'attelage cède, l'autre doit suppléer pour que l'ensemble reparte. Cela exige de la non-haine. C'est beaucoup, la non-haine ; si on le hait, on le rejette pour n'être lié qu'à soi seul. Aucune justification n'est donnée à cet appel, à ce constat que *vous êtes* solidaires au regard de *l'être*. S'il s'agit bien d'une épreuve d'*être*. La seule « raison » ou le seul rythme qui s'y attache c'est : Je suis YHVH (l'être-temps). Chaque fois qu'une loi biblique est ponctuée par ces deux mots – je [suis] YHVH – c'est qu'elle est au-delà des raisons, qu'elle concerne la mise en présence de l'*être*, mise en présence de l'un et l'autre, semblables et différents, face à l'être-temps (dont on fait vœu qu'il s'exprime par des faits bénéfiques.) Il y a aussi les appels à ne pas se venger – appels d'être, aussi : Ne pas se réduire à l'événement où l'on a été victime, ne pas *être* victime ; mais être juste. Charitable ? La charité se dit : « petite justice » (TSéDaQa, féminin de TSéDéQ : justice). C'est la justice, l'exigence radicale, à juste titre : elle concerne le droit donné à l'un et l'autre, l'approche de l'être-possible ou de l'être-interdit, la dette et le sacrifice, le mouvement des substitutions, la capture de l'autre dans un rapport de sujétion ; le respect de l'autre dans un lien de liberté… La justice déjà est double : rigueur et grâce. Mais la « petite justice » est aussi riche de problèmes. On ne doit pas être vu en train de la faire, en train d'être charitable, car alors le don à l'autre se dégrade, se pervertit, non parce qu'il entre dans la sphère de l'économie mais parce qu'il devient une façon d'exploiter l'autre : de don qu'il prétend être, il devient un profit, un prélèvement ; on profite de l'autre pour se hausser (*a fortiori* quand on profite de l'autre pour devenir Dieu. En un sens, l'« éthique de Lévinas » est une façon d'exploiter l'autre pour passer Dieu).

Dans la Bible, le « salaire » pour avoir bien agi, pour avoir fait justice et charité, n'est pas promis pour l'au-delà ou pour le ciel en tant que lieux ; il est *promis*, comme un nouveau rapport à l'être ; s'il passe par le « ciel », c'est que « là-bas là-bas » s'opèrent des passages de limites, des franchissements. En somme, si vous avez un bon rapport avec l'*être*, par l'*écoute* des appels, le profit est que vous *serez*… en bons termes avec l'*être*.

Cela semble décevant, mais c'est beaucoup. Cela veut dire que le rapport à l'être devient plus vif, plus créatif. En revanche, c'est à l'époque pré-christique que l'on s'est mis à promettre une récompense dans le « monde-à-venir » en tant que monde d'après la mort.

14. ***Un peu de vérité.*** Sans faire état de cas cliniques, j'en citerai une bribe sur l'acte de répondre-pour-l'autre. Une femme d'âge plus que mûr me dit, en racontant un rêve où s'expriment ses fantasmes de toute-puissance anale, qu'elle a du désir pour un collègue mais que « pour rien au monde » elle n'y « céderait », car elle aurait « l'impression de le mépriser ». Je m'étonne, elle précise : « Mais oui, j'aurais l'impression de le mettre devant quelque chose d'irrésistible, à quoi il ne peut rien. » Je m'étonne. « Mais oui, jamais quand j'exprime mes instincts, je n'ai rencontré de résistance. » Je pense à la toute-puissance anale de certains élans sexuels. Elle ajoute : « Eh oui, l'autre existe quand même, il faut en tenir compte ! – Mais l'autre peut résister, il en a peut-être les moyens ! ? – Ah ! je n'y ai jamais pensé, j'ai toujours cru que c'était à moi de résister pour lui épargner l'épreuve. » (*Silence.*) « Oui, je m'en rends compte à l'instant, je ne laisse pas le choix aux autres. – Vous voulez dire qu'en tenant compte de l'autre comme vous l'entendez, vous l'effacez comme autre ? (*Silence.*) – Oui, c'est un peu ça. » Elle conclut la séance : – « Je crois que je touche à quelque chose de très important. » Mais faut-il rappeler ces évidences ?

Ce n'est pas parce que l'autre s'effondre et que nous l'aimons qu'il nous faut intervenir, mais parce que en ne faisant rien, on cautionne une veulerie qui dégrade *notre* vie. Je suis responsable de la maturité ambiante : je dois y contribuer et faire qu'elle ait du répondant. Mais si elle chute, suis-je *le* coupable ? Oui, si comme Jésus je prends sur moi la faute des autres, si je la confisque. Bouclage chrétien sur le péché originel, mais cette fois on *est* fautif non pas de ce qu'on a fait mais du malheur d'autrui, on est tenu de le réparer, ce péché devient la faille de tous et le sujet « responsable » doit la prendre sur lui.

Cela dit, et sans plus de raffinement, les victimes de récentes barbaries ont dit leurs quatre vérités aux humanitaires qui les secouraient : vous avez besoin pour exister de venir chercher dans notre malheur le pourquoi de votre mal-être ; les victimes ont dénoncé chez ceux qui les secouraient le risque, voire le besoin de les maintenir victimes.

Dans d'autres champs de la vie sociale, l'éthique de garde-malade, d'accompagnant, soutenant autrui dans sa mort, a montré quelques risques de vampirisme.

Cela dit, personne n'est mort *pour* personne en sacrifice substitutif ou expiatoire ; mais beaucoup furent meurtris ou tués parce que des gens de pouvoir n'ont pu soutenir leur manque-à-être.

15. ***Amour et filiation.*** « Dans l'amour – à moins de ne pas aimer d'amour –, il faut se résigner à ne pas être aimé », dit Lévinas. Pourquoi « se résigner » ? Dans l'amour, il n'est pas question de se résigner. Ou bien on est adolescent(e) et l'on aime être aimé, enveloppé d'amour, quitte à s'envelopper de l'amour qu'on a pour l'autre ou à s'envelopper l'un et l'autre dans un amour total, cosmique... Ou bien on est assez mûr pour sentir que dans l'amour, l'intérêt majeur est d'aimer ; auquel cas, la réciproque vient d'elle-même, non pas en étant aimé par l'autre mais sous la forme plus subtile d'être aimé par l'amour, au point de se dégager de l'emprise narcissique, d'apprendre en passant qu'on n'est pas spécialement *fait* pour être aimé mais que ce n'est pas l'essentiel puisqu'on *est* dans l'amour – comme partage vivace de l'*être* qui, même si vous êtes rejeté par l'autre, vous laisse un drame à vivre et quelque chose au-delà du drame, une ouverture sur le jeu de l'être et de l'amour.

Aimer c'est, à travers le face-à-face des corps et des visages, aimer l'événement d'être qu'est le corps de cet autre, avec qui a lieu ce croisement à quatre – entre mon corps visible et son corps mémoire, mon corps mémoire, son corps visible. C'est un double *entre-deux*. L'amour nous fait jouir de l'autre comme d'une richesse inouïe de la présence. Et si l'on jouit de parler de l'amour, c'est d'une jouissance poétique : les mots s'animent, à croire qu'ils s'aiment, ils sèment des pensées, elles dansent et occupent l'espace qu'elles créent, elles lui donnent lieu à tous les temps. L'ouverture de cet espace-temps peut même rendre inutile le raccourci sado-maso (où l'on aime l'autre plus que soi-même : c'est sa place que l'on prend).

16. ***L'amour : effusion ou partage de l'être ?*** Sa quête de l'absolue altérité, Lévinas, parfois, la situe dans le féminin. Et pour cause : le premier *autre* pour les hommes et les femmes, c'est le féminin donnant la vie. L'altérité du père n'est pas moindre mais elle est... autre. Le champ de l'altérité est un vaste entre-deux où homme et femme, donc père et mère, sont deux pôles essentiels. La filiation de l'humain y fraie sa voie avec tout ce qu'elle transmet d'ouvertures et de symptômes. La relation érotique aussi, où se rejouent bien des effets de la transmission. Lévinas aborde l'amour comme « relation avec l'altérité, avec le mystère, c'est-à-dire avec l'avenir, avec ce qui, dans un monde où tout est là, n'est jamais là ». Qu'est-ce que ce « monde où tout est là » ? C'est le monde où les semblants se donnent pour du réel, en quoi ils font leur métier de semblants. Donc, l'amour est au-delà du semblant, c'est connu. Et au-delà de l'*avoir.* Dirais-je qu'il est du côté de l'*être* ?

En tout cas, pour Lévinas, l'amour, prototype du rapport à l'autre, s'élève au sublime de l'un-pour-l'autre, de la substitution... Qu'importe si cela nous ramène à « Roméo et Juliette », l'amour adolescent où l'un ne vit pas sans l'autre, où chacun se tue quand il perd l'autre ou croit le perdre. On sait que pour Shakespeare, ce n'est qu'un cas limite de l'amour ; le grand William a mis en pièces et en scène tant d'autres formes [4], notamment celle où chacun s'aime assez pour aider l'autre à le sortir de ce qu'il est, de son étant, pour que l'un et l'autre puissent se tenir au regard de l'*être* comme événement, comme

4. Voir *Avec Shakespeare*, où le cycle de l'amour est présent *via* trois pièces : *Roméo et Juliette, Antoine et Cléopâtre, Cymbeline.*

partage d'un plus-d'être nouveau. Mais si l'être c'est l'horreur, comme pour Lévinas, on s'en tient à l'amour comme passion dévorant l'un et l'autre ; jusqu'à ce qu'elle se révèle un symptôme. Du coup, mieux vaut nuancer : le pathétique dans l'amour n'est pas dans la dualité insurmontable des partenaires. C'est dit contre la croyance à la fusion. Or il y a d'autres voies que la « fusion » ou la « dualité insurmontable ». Le pathétique de l'amour est de revivre, avec de faibles moyens – deux êtres en dérive –, rien de moins que l'origine du langage et de la pensée. Le « je t'aime » en est l'éternel balbutiement, vers la prière pour que s'ouvre l'entrée dans l'être au-delà de ce-qu'on-est, la sortie de soi vers la transmission de vie et l'invention de jouissances ; en évitant de se réduire à un duo irréductible et de s'enfermer dans son fantasme où l'on fait son histoire tout seul...

L'amour est le problème de l'origine à l'état pur, donc de l'*être* devenant vivant, s'inscrivant dans les corps. Lévinas parle de la caresse : « [elle] ne sait pas ce qu'elle cherche »... Mais la caresse est le *jeu* même de l'amour, jeu d'existence à même la peau ; jeu infini, superficiel et pénétrant. Que « cherche » le rapport sexuel, comme caresse violente, sinon la jouissance d'exister avec l'autre et, à travers elle, l'ouverture d'autres possibles ? Lévinas parle de la caresse comme d'une course à l'autre, toujours autre, alors que c'est aussi le même, comme dans la « connaissance ». Toujours l'idée qu'aller vers l'altérité (dans la relation érotique) c'est « sortir de l'être » ; l'idée que l'identité est une clôture alors qu'elle est un jeu où chaque étape invite à changer de jeu pour rejoindre le jeu de l'être. « Changer de jeu » : sortir d'un cadre identitaire pour reprendre d'autre part le jeu identitaire ; faire passer le jeu du symptôme par le jeu de l'*être*.

L'amour est le miracle du *partage d'être* : entre soi et soi-même, soi et l'autre, soi et l'être-temps devenu possible. Cet amour existe dans la filiation. Ainsi le père donne ce qu'il est – et qu'il n'a pas : son ancrage dans l'être à travers l'être-appelant, le don du Nom ou de l'appel. Partage de l'origine, coupure-lien de la transmission ; de quoi passer (dans) l'entre-deux. Côté femme ou mère, le partage est plus ardu : déjà pour advenir comme telle, une femme doit vivre un partage avec l'Autre-femme, avec l'être-femme qu'on appelle le féminin ; elle affronte la culpabilité de tout prendre, d'être La femme, ou l'angoisse de ne rien prendre et d'errer dans le symptôme de son absence à elle-même. Devant ces questions précises, le cliché de la femme-mystère nous déçoit. Le féminin comme dérobade à la lumière est déjà dans le mot hébreu : *féminin* (NéQéVa) se rattache au trou mais aussi au nommer (NaQoV). Le féminin comme mystère, contenant le mystère de la vie, nous rabat sur le fameux « continent noir » (ressassé par la « psy » sous le titre : Que veut la femme ?), Quitte à troubler ce mystère, disons qu'une femme veut être femme, advenir comme une femme qui donne l'amour sans être l'amour, qui donne la vie sans être la vie, qui donne de l'*être* vivant passant par elle mais qu'elle n'a pas – et qui reçoit tout cela dans l'acte de le donner. C'est dire que ce vouloir et ses possibles impasses la confrontent d'emblée à l'*être* et au rapport à l'être-temps.

17. *Névrose.* À propos du rapport au parent – qui après tout est aussi un rapport à l'autre, j'ai montré[5] que l'appel biblique « Respecte ton père et ta mère » est différent d'un appel à les aimer ; les aimer peut même servir à noyer la relation en l'empêchant de produire le jeu de la bonne distance qu'est le respect. Certes on n'est pas libre de les aimer ou pas ; mais les respecter d'abord – leur donner du « poids », leur reconnaître leur histoire et le fait qu'ils peuvent en répondre – évite d'avoir à aimer quelque chose qu'on méprise ou qu'on voudrait ne pas aimer (impasse fréquente du rapport avec les parents). Voilà un cas typique où *répondre pour eux*, en tant qu'autres, définit exactement le programme de la névrose : reprendre tel quel leur symptôme ou « payer » pour qu'ils en sortent – en le reprenant.

5. Voir « Pour une éthique de l'être » dans *Les Trois Monothéismes*.

18. ***Le féminin.*** Toujours mû par l'exigence d'un accueil sans condition, Lévinas tend à confondre le féminin et l'accueillant. Comme si l'accueil par une mère de son fœtus était « sans condition ». (Ici, la clinique et l'accès aux fantasmes lui font défaut.) Il y a certes un organe du féminin, la matrice, dont le pouvoir d'accueil s'appelle *matricience* (RHM), « miséricorde » : accueil analogue à celui par une femme de la vie qui vient en elle et dont elle fera son enfant si elle le veut, si elle confirme cet accueil jusqu'au bout, s'il ne brise pas pour elle certains équilibres ; si déjà l'utérus veut accueillir cet embryon qui s'y implante. C'est une épreuve qui se décide, pour cette femme, selon l'accord de l'Autre-femme, de l'être-femme ; selon la grâce ou l'agrément qu'elle trouve auprès du féminin. On sait qu'à ce niveau se rejouent ses démêlés avec sa mère et avec toute sa filiation. Cette *matricience*, quand on l'attribue au divin, on demande qu'il en fasse preuve quand la loi de rigueur risque de faire des ravages. (Une prière du Kippour, jour des Expiations, dit : Toi qui es *matricient*, souviens-toi *pour nous* du lieu d'être de Moïse le prophète, de David le roi, d'Abraham l'ancêtre… et l'on évoque tous ceux qui ont trouvé grâce auprès de l'*être* ; façon d'appeler la mémoire d'être à donner, en rappel, quelques bribes de cet agrément, quelques effets de cet accueil.)

Au départ, il est dit que si Ève est la « première » femme (soit ce qu'il y a de « premier » dans toute femme), c'est par cet accueil de vie ; elle est « mère de tout vivant ». Lévinas en déduit que dans l'hospitalité, l'hôte qui accueille, c'est le féminin. Pourquoi pas ? Mais c'est ériger en principe le fait que la femme traditionnelle règne sur la maison, au risque de s'y enfermer. Et il ne faudrait pas que l'hôte qui accueille ait une femme trop anale qui résiste à donner : l'hospitalité risque d'en prendre un coup. Le Livre, lui, où même la terre comme lieu d'accueil appartient à l'*être-temps*, ne prend pas le risque d'identifier femme et accueil, ou femme et maison, laissant cela au vœu pieux de ceux qui veulent retrouver chez leur femme leur mère si accueillante.

19. *Expiation.* L'objection à l'éthique de Lévinas n'est pas que c'est une éthique *pour* temps de guerre ou de détresse, mais qu'elle est structurée par une Scène précise qu'elle découpe et isole de l'histoire pour instaurer une contre-scène comme Expiation de la première. C'est l'éthique comme expiation infinie.

20. *Mourir pour l'autre ? Se « donner » la mort ?....* Narcissisme poignant de certains discours philosophiques ne renvoyant qu'à eux-mêmes, n'ayant de rapport qu'accidentel avec la vie... Ils fondent une identité, ils la célèbrent, et leur clôture sert d'enclos narcissique à ceux qui les tiennent. La psychanalyse les agace : elle déchire sans gêne quelques voiles et complaisances : *Qui* est cet « autre » qui « me voit sans que je le voie » et devant qui je serais responsable au point de tout lui sacrifier ? Freud dirait d'emblée : le surmoi ; ça vous casse votre élan, c'est trop simple. Pourquoi dire, comme Derrida, « donner la mort[6] » ou « se donner la mort », s'il s'agit « simplement » de poser la limite, l'articulation à la loi, le symbolique comme don, l'amour de l'*être* qui n'est pas soi ?

Le don comme tel, c'est le geste symbolique ; s'il se fige ici, il resurgit ailleurs, il reprend forme autrement. Le symbolique traverse les formes qu'il prend, tout comme le mouvement d'être traverse tout ce-qui-est. De ce point de vue, le don radical ou le don des racines, c'est le don de l'accès à l'être.

Or tout ce-qui-est a rendez-vous avec l'*être* d'une façon propre à chacun. Comme dans Kafka : cette porte de la Loi n'existait que pour toi... C'est de ce rapport à l'être, de cette façon d'y prendre pied que *je suis responsable* ; ou *répondable* : je suis la réponse et en même temps je la poursuis, je cours après avec armes et bagages, dans la présence et l'absence, le lien à l'être et l'oubli de l'être...

Être responsable, c'est être dans la loi, en accepter le don, la transmission – la loi étant sans auteur autre que l'*être*. Pourquoi appeler cela « se donner la mort » ? (Ou

6. Voir *Donner la mort*.

alors, c'est se donner l'être mortel et travailler cette hypothèse ? Mais ce n'est là qu'une bribe de loi.) Se *donner* la mort, c'est se donner une fin : un possible point final de sa vie ; c'est donc en accepter le don, la présence, l'événement d'être. Car même quand « c'est donné », ça ne traîne pas par terre, il faut le prendre pour soi ce don. C'est comme se donner ses parents, se donner ce qu'on a déjà, accepter qu'on vous le donne.

Bien sûr, la mort symbolise l'absolument singulier (ma mort, aucune autre ne la remplace). Mais c'est parce que ma vie, aucune autre ne la remplace ; on le remarque moins parce que la vie est plus longue (que l'instant de mourir) et qu'elle comporte bien des gestes substituables : tel repas, tel voyage, un autre peut les faire à ma place ; mais l'ensemble de ma vie, non. De sorte que la mort non pas donne l'irremplaçable (la vie aussi est dans ce cas) mais elle symbolise ce don ; et encore, ce symbole est plus vif sous d'autres formes. Le don du symbole, en tant que celui-ci n'est pas d'emblée absorbé dans une jouissance, est un enjeu crucial. La religion le résout par la croyance du fidèle qui par exemple absorbe l'hostie comme symbole du corps divin.

Quand je suis responsable, j'exerce le fait d'être singulier, mon existence *singularise* un nom de l'*être*, et mes lieux d'être localisent l'être-temps. Dès lors, comment substituer un nom de l'être à un autre ? un lieu d'être à un autre ?

Si ma responsabilité est d'assumer ma mort, c'est au sens d'assumer ma vie, mes « coupures » de vie – terribles ou sublimes ponctuations qui tournent les pages où ma vie se délivre. J'assume jusqu'aux ruptures de cette assomption. Dans ces ruptures, l'autre peut m'aider, et moi aussi ; l'entraide est possible.

Mais si « je » meurs pour l'autre ou si je réponds pour lui alors qu'il a sa liberté, je couvre sa mort avec la mienne, sa réponse avec la mienne ; je l'efface, lui, je le refoule.

En général personne ne meurt pour personne, non seulement au sens où la mort de l'un ne remplace pas celle de l'autre, mais au sens où si l'on donne sa vie pour l'autre, ce qui est rare, c'est à soi-même qu'on fait ce don sous le signe de l'autre – pris comme relais pour accéder à l'accomplissement de soi. C'est donc « soi » qu'on idolâtre. Bref, se méfier du « tout pour l'autre » : la mort s'échangerait si la vie pouvait s'échanger, la vie dont la mort n'est que la fin, la conclusion. Or les vies ne s'échangent pas.

21. ***Mémoire.*** Comment, pour Lévinas, peut-on être responsable d'une faute que l'on n'a pas commise ? Très simplement : en ayant pour *inconscient* l'autre souffrant. Cela éclaire la genèse de son éthique : si son refoulé est une victime absolue, forcément obsédante, elle occupe tout l'« espace », elle se réserve tout le temps ; *quand on a sa mémoire inconsciente occupée par cette victime, on produit cette éthique* ; on ne se sent « bien » qu'avec elle. Et cette faute absolue que la victime rappelle, dans un cri qui remplit toute la mémoire, cette faute n'est pas le manque-à-être ou le défaut premier, ou l'écart ontologique, ou la faille de l'origine, car alors elle produirait une dynamique où le sujet affronte l'*être*, le possible, les déplacements du manque.

L'émouvant est qu'on peut lire à ciel ouvert les raffinements de cette morale. Ainsi : je suis fautif comme si j'étais responsable de ce que l'autre soit mortel. Lisons : comme si j'étais responsable de sa mort. Et « je » le suis si « je » est survivant du grand Massacre. Cette culpabilité sans fin est nécessaire pour subsister… sans faire le deuil. De même quand, d'un livre à l'autre, un visage bon se juxtapose à un visage persécuteur, ce sont les deux faces de la même scène traumatique : la victime et celui qui l'arrête. Et ce rapport à l'autre où l'on doit être dénudé « au-delà de sa peau », reproduit la mise à nu des déportés, comme une riposte ou une vengeance. Dans cette *exposition* absolue à l'autre, on n'a pas l'autre dans sa peau, on l'a comme peau : alors comment le *rencontrer* ? Mais s'agit-il de le rencontrer s'il faut d'abord répondre pour lui ? Cet autre qui est ma peau me contient comme s'il m'engendrait : Lévinas, comme penseur, engendré par les siens qu'on déporte. En même temps l'autre, devenu ma peau, je l'inclus comme une mère son enfant. Inclusion mutuelle qui évoque celle du mystique avec son Dieu.

En outre, la conversion du pour-soi en pour-autrui, où Lévinas voit le sommet de l'éthique, « l'humanité de l'homme », il arrive que cliniquement elle soit la voie de l'aliénation : quand le névrosé dispose tous ses ratages pour qu'ils soient vus par l'autre comme une tenace accusation, plutôt que d'y faire face lui-même à partir de sa question d'être, il convertit le pour-soi en pour-l'autre. Cette conversion absorbe ses forces de vie.

L'« éthique de Lévinas » remplace le deuil qu'elle ne fait pas. Mais elle risque de pousser ceux qu'elle heurte à vouloir brader leur deuil. Elle les heurte par sa naïveté implacable, par une sorte de perversion irréprochable. Quelqu'un disait que chez Lévinas, l'« exigence est telle » que « l'amour même est soupçonnable ». Curieux, car l'amour est soupçonnable d'un bout à l'autre (de quoi ? d'ouvrir dans l'entre-deux l'abîme de l'être ; de l'éclairer autrement...) ; et comme la trame de nos vies passe par l'amour ou son refus, on peut soupçonner l'amour d'exprimer tout ce qu'on veut ; jusqu'aux pensées les plus noires. Un amour non soupçonnable, sans aucune ambiguïté, serait meurtrier. Il y a dans cette idée du « soupçon » un grand leurre sur la vérité...

De même, il dit qu'on ne peut pas « pardonner » à Heidegger. Mais il faut déjà l'*aimer* pour ne pas lui pardonner. Et Lévinas, malheureusement pour sa pensée, l'aime comme l'élève aime son maître, il transfère sur lui tout ce qu'il renonce à penser et s'estime trahi si l'autre n'est pas au rendez-vous. Pire, il ne voit pas que Heidegger s'est nourri au trésor même sur lequel lui, l'élève, était assis : le Livre hébreu.

Car Lévinas insiste : « La phénoménologie est... la vraie source de ma philosophie », « En écrivant en tant qu'auteur philosophique, je ne suis pas toujours le même que celui qui se permet la joie de commenter et de faire l'exégèse de l'Écriture. C'est très important. » Comme s'il craignait que ce clivage, crucial pour lui, ne nous échappe ; or il cherchait à saisir la pensée qui travaille dans la Bible, au même titre, avec la même acuité qu'il mettait à penser l'homme... Et voilà qu'il le nie.

Quand on lui demande quelle est la place de la Bible dans sa pensée, il répond : « La philosophie ne peut être fondée sur l'autorité de la Bible... Le biblique ne peut être mentionné qu'en tant qu'illustration[7]. » On croit rêver : il en est donc resté à l'image convenue de la Bible – album de croyances et de mythes que d'aucuns trouvent sublimes et d'autres obscurantistes... Mais son vécu témoigne qu'il pense, même à son insu, avec le flot de pensées qui s'agitent dans la Bible. Pourtant : « Je lis Goethe ou Shakespeare comme des auteurs qui ont été déterminés par la Bible » ; Dostoïevski aussi, et Tolstoï. Comme si le passage de ces auteurs par la Bible permettait qu'on y aborde la pensée de l'être sans crainte d'être pointé comme Juif. Émouvante autocensure. Ces auteurs sont honorables et sur eux ne pèsent pas les troubles sentiments qui, en toute dévotion, visent le Livre hébreu.

Pendant ce temps, Heidegger, lui, pense la Bible en profondeur (je le montre ailleurs), se coule dans la pensée de l'être qui y travaille, prend les bons concepts (le lieu, l'habiter, l'être-là, l'éclaircie, le Quatre, l'être sous forme de temps...), triomphe avec comme si c'étaient ses trouvailles (c'est lui qui propose de remplacer « philosophie » par « pensée », il savait ce qu'il disait : la Bible, ce n'est pas de la philosophie, c'est de la pensée). Puis il passe au nazisme, ayant rabattu ces trouvailles sur son fantasme narcissique et son élan totalitaire.

Lévinas n'a pas « pensé » le grand clivage « raciste » sur le plan de la philosophie : elle est de source grecque (cela va de soi, et « elle » devient la pensée et non plus la « philosophie »), puis elle coule allemande (cela coule de source) pendant qu'en face il y a quoi ? les Sémites qui pensent confus, qui touillent leurs superstitions... (Le discours nazi sur ce thème est passé dans la Culture comme une lettre à la poste.)

7. Voir *La différence comme non indifférence.*

Chapitre VII

SOLUTION DE L'ÉNIGME

Tout autre serait mon inconscient

« Comprendre » quelqu'un, c'est sentir avec l'intelligence du cœur l'épreuve ce qu'il vit, discerner *avec quoi* il se « bat », pourquoi ces mots plutôt que d'autres, d'où cela lui vient et vers où cela s'oriente – afin de l'accompagner dans une histoire dont nous n'avons que les échos, sans l'enfermer ni le cadrer.

Comprendre Lévinas, ce n'est pas rapporter ses propos aux grands penseurs qu'il nous évoque (Kant, Husserl, Heidegger...), ni les resservir sous une forme « bellement » écrite – toujours, ce *bêlement* des disciples trahit le maître, même si le produit se vend mieux étant mieux « conditionné ». C'est sentir avec quoi il est aux prises, contre quoi il se bat avec rage et courage, impuissance et confiance : contre la phénoménologie dont il tire pourtant sa fierté, contre le refus par l'Occident d'une pensée juive – celle de la Bible et du Talmud –, contre Heidegger qui a « trahi », contre la « bêtise humaine » des penseurs qui rivalisent d'intelligence et qui, tout à leurs pensées, *oublient* qu'ils ont en face d'eux un corps vivant, un visage, un regard, une présence qui, même si elle ne leur demande rien – surtout pas de se sacrifier – les interpelle radicalement sur l'*à quoi bon* de leurs idées, leur sincérité, leur « vérité »...

Contre tout cela Lévinas tient des propos « insoutenables » : cet *autre*, là devant vous, vous devez répondre pour lui, être responsable de lui *parce qu'*il vous le commande sur un mode qui vous précède, qui va au-delà de la mort, etc. Du coup, on reste intrigué (« intrigue » que le penseur veut maintenir) et l'on voudrait mieux comprendre.

Il y a un texte où Lévinas rassemble son propos et l'exprime en termes de temps[1]. Voici l'argument : la cons-

1. *Diachronie et représentation*, Colloque de Cerisy, 1986.

cience (ou « l'intentionnalité ») vise l'autre et le rend présent au moi qui pense, au moi du « je pense ». Cette pensée qui vise l'autre pour le rendre présent et parlant, privilégie « le présent par rapport au passé et au futur » tout comme la pensée en général ne cherche qu'à « ramener son *autre* au *même* ». Elle est toujours, pour Lévinas, une pensée de l'identique. C'est bien sûr discutable : il y a une pensée de l'entre-deux, de la différence, mais il y tient : « L'intelligibilité signifie donc la réduction de l'Autre au Même (...) La pensée réfléchit sur elle-même (...) mais procède encore du même "je pense" ou y retourne (...) La dialectique qui déchire le moi finit par une synthèse et par un système où la déchirure ne se voit plus. » Disons plutôt, du point de vue de l'être ou de l'inconscient, que la déchirure « ne se voit plus » si l'on fait tout pour la cacher, mais elle s'entend – ou se met en acte – à l'insu du sujet : il la retrouve avec stupeur quand il pense l'avoir rejetée.

Lévinas s'étonne alors que l'on puisse dans un livre ou une bibliothèque enfermer des histoires qui rassemblent un passé qui pour personne ne fut présent ni représenté et un futur que personne n'anticipe. Pourtant on sait que ces histoires sont des représentations : des tentatives partielles et « ratées » de saisir l'imprésentable. Mais il pense que notre modèle de connaissance – du réel ou d'autrui –, c'est la représentation qui ramène l'autre au même et qui écrase tous les temps sur une présence fictive. Et il pose donc : « Le moment est venu de demander si cette entrée des uns dans la re-présentation des autres (...) est l'unique rationalité de la pensée et du discours (...) et si la réduction du temps à la présence et à la représentation est l'intrigue primordiale du temps. » Comme s'il n'y avait pas de temps-inconscient irreprésentable, comme si la présence était le présent ; comme si la faille de l'*être* qui fonde l'irreprésentable se réduisait au rappel que le visage de l'autre – source de l'exigence éthique – « m'est incomparable »... Passons, car Lévinas reprend vite son thème central : ce visage autre « oblige le moi », qui d'emblée, « sans délibération », « répond d'autrui », comme s'il répondait à un ordre : « le pour-l'autre se lève dans le moi » comme « un commandement entendu par lui dans son obéissance même » ; voilà « le moi otage de l'autre homme ». Et comme cet autre est mortel, le moi se trouve « appelé précisément à répondre de cette mort » ; « à partir du visage de l'autre homme – à partir de la proximité » où l'on entend « avant toute mimique, dans sa *droiture* de visage, avant toute expression verbale, dans sa mortalité, du fond de cette faiblesse, une voix qui commande : un ordre, à moi signifié, de ne pas rester indifférent à cette mort, de ne pas laisser autrui mourir seul ». Le glissement est net : la mortalité de l'autre devient sa mort imminente. Or il est clair que devant la mort imminente on pardonne tout, on ne peut qu'accourir pour aider, et tout faire pour sauver…

Le discours se poursuit, il parcourt vite les thèmes connus comme le risque d'occuper rien qu'en vivant la place d'un autre : « dès le *Da* de mon *Dasein* », dit-il, dès le *là* de mon *être-là*, dès que je prends place dans la vie. Il pointe cette « responsabilité à laquelle je n'ai pas à me décider » car elle est décidée sans moi, avant moi ; je suis face à quelque chose qui me précède, d'un passé qui à nul moment n'a été un présent, « un passé qui me concerne, qui me regarde « hors de toute réminiscence ». Donc cet autre, dans l'injonction qu'il me fait à répondre pour lui, appartient plus qu'à ma mémoire : *cet autre appartient à ma mémoire qui excède le souvenir.* Car notre mémoire est double : elle appelle et elle rappelle.

Cet autre est donc un appel, non un rappel ; un appel qu'il n'est point besoin de mettre avant ou après, il est dans l'être-temps et il surgit à tout bout de champ. Mais si cet autre me précède comme un temps hors-souvenir, si je sens son « autorité » « après et malgré ma mort » (*sic*), si je lui suis assujetti comme à quelque chose qui ne connaît ni le temps ni la mort, cela veut dire qu'il fait partie de mon inconscient. Pour l'analyste que je suis – ayant en outre travaillé sur le temps et montré que si « l'inconscient ne connaît pas le temps » (Freud), c'est que l'inconscient *est* le temps –, cette structure mise en place par Lévinas s'éclaire soudain : *l'autre* dont il parle *c'est mon inconscient* ; qui d'ailleurs « ne connaît pas » la mort : il n'a pas de quoi la représenter.

Du coup, tout le reste prend sens : il me précède, il est pour moi irreprésentable ; le risque imminent de sa mort devient en fait un signe de vie, signe extrême, ultime, premier et dernier. Et répondre pour l'autre, c'est *répondre de cet inconscient qui est le mien*, sur un mode qui ne connaît ni le temps ni la mort. Cet autre dont parle Lévinas, c'est mon inconscient comme forme non pas de mon refoulé mais de mon origine : de mes points de départ possibles, de leur potentiel vivant qui se moque bien de ma mort comme événement ponctuel.

Alors tous les « excès » lévinassiens s'apaisent. Il a beau m'assujettir à répondre-pour-l'autre sur un mode « précédant l'entendement de l'ordre [qu'il me donne] », dans un « impératif catégorique : sans égard pour une quelconque décision librement prise qui "justifierait" la responsabilité ; sans égard pour un quelconque alibi », à partir d'un « passé immémorial, signifié sans jamais avoir été présent, responsabilité en deçà du "je pense" qui me fonde comme pensant » (point de vue très cartésien, souvent soutenu par Lévinas) ; il a beau nous livrer au « paroxysme de cette proximité du prochain où le visage de l'autre-homme (...) conserve sa façon propre, impérative, de signifier un sens à un moi mortel (...) un sens et une obligation qui m'obligent au-delà de ma mort, sens originel du futur, futurition d'un futur qui ne me parvient pas comme un à-venir, comme horizon de mes anticipations » ; il a beau en rajouter, nous voilà avec *un modèle du sujet et de son inconscient*, du sujet et de son rapport à l'être. *Ce modèle c'est : vous, comme sujet, accouplé avec un autre*, n'importe quel autre ; *le lien entre vous deux est une demande* venant de lui (donc de l'inconscient), *demande* bruyante ou silencieuse, demande qui même formulée n'est pas vraiment identifiable. Il y a demande de son côté ; et du vôtre, il y a réponse, « responsabilité », elle doit se manifester car elle est déjà manifeste, il n'y a plus qu'à la reconnaître.

Que vaut ce *modèle* sur le plan clinique ? ce modèle où se déroule le discours lévinassien ? Il a sa pertinence mais précise, limitée, réduite à certains cas limites. Quand on a pour « inconscient » un autre, tout autre, cela correspond à un symptôme. Si l'autre est la mère, le modèle correspond au rapport enfant-mère à des étapes précoces : elle le précède, tout comme l'autre lévinassien ; les demandes qu'elle lui fait ou les signes qu'elle lui lance ignorent le temps et la mort, le conditionnent comme sujet ; il « répond » sans même savoir qu'il obéit. Si l'inconscient ne s'ouvre pas plus, *si l'on a pour inconscient sa mère*, c'est en principe un bon départ pour la psychose. Mais l'autre peut n'être pas la mère. Le symptôme peut donc varier, dans certaines franges : tantôt *pervers* (donnant priorité à l'autre et donc lui confisquant l'altérité, le tuant comme « autre »), tantôt *compulsif* (dette impayable ; culpabilité). La pensée de Lévinas, loin de desceller ce symptôme, fait oublier que c'en est un : c'est le pansement d'une plaie plutôt que la pensée d'un appel d'être vers le possible d'une dignité. Le sujet lévinassien peut aussi dire que son autre c'est celui qu'il rencontra dans une Scène désespérée où le tiers a failli, ne s'est pas présenté, ou s'est révélé indigne, comme certains pères...

Il n'y a donc pas à brandir contre cette « éthique » – pour la « réfuter » –, une figure d'autre qui serait hostile, ou qui « ne pense pas du bien de moi »... Là n'est pas la question. Si l'autre est mon inconscient, et si notre rapport est compulsif – par exemple, de pure demande –, on comprend qu'il soit d'emblée « à ma charge », qu'il soit « mon affaire, avant toute confrontation », que de lui émanent des « ordres », des reproches, toujours justifiables après coup. On voit aussi pourquoi Lévinas n'aimait pas la psychanalyse : elle dit la même chose que lui, mais dans un cadre plus vaste (où l'inconscient est plus varié) et en des termes plus avertis – à cause non pas de sa plus haute intelligence mais du fait qu'elle est nourrie chaque jour par la parole et la souffrance réelles des hommes. Ce rejet de Freud est triste mais banal : même avec une éthique « sublime » et « exigeante », on a du mal à supporter un autre qui est trop proche, l'analyste.

Cela dit, ceux qui demandent : « Où est donc cet inconscient ? à quoi ressemble-t-il ? » et qui ne se contentent pas des réponses langue-de-bois de certains « psys » qui « renvoient » au rêve, au lapsus, aux actes manqués... on pourrait leur répondre : voilà, votre inconscient, selon Lévinas, c'est n'importe quel individu, visible ou non ; prenez un passant au hasard, c'est lui votre inconscient. Ce serait drôle.

Le cas où l'inconscient d'un sujet serait « n'importe quel autre » est un cas possible. Pour Lévinas, c'est le seul : les autres sont une part de mon inconscient, ils y sont inclus.

Cela achève d'éclairer l'énigme.

Du coup, on peut inclure son idée dans notre approche de l'*être*. En effet, l'*être* se contracte et se coagule dans ces étants que sont les autres, ceux-ci avec leurs corps et leurs paroles influent sur « mon » inconscient, ils y recoupent des points sensibles, actuels ou virtuels, avec ma surface d'être ; ils sont des jets et des projets qui traversent mon inconscient. Au minimum, l'intersection de mon inconscient avec l'ensemble des « autres », c'est la suite de leurs *noms*, c'est le sillage inconscient de ces noms ; suite infinie, transmissive, généalogique. Au fil de ces croisements, les autres laissent dans ma mémoire les arabesques de nos rencontres, celles qui ont eu lieu et celles qui attendront pour avoir lieu. Ces croisements complexes sont des réserves de temps, et en ces points singuliers, nous sommes pris, les autres et « moi », dans le jeu de l'être et de la vie. De sorte que l'« éthique de Lévinas » pourrait se dire : *soyez meilleurs avec votre inconscient, soyez-en plus proches* (« jamais assez de proximité »), *répondez pour lui, pour le fait qu'à la fois il vous manque et vous déborde*.

Cela fait sens, même si Lévinas n'a pu être assez proche de son inconscient et pratiquer son éthique avec les autres réels : c'eût été trop éprouvant. Tout comme fait sens l'idée que le mal est la révolte du moi déchu par l'intrusion de l'autre, révolté d'avoir été « déposé » par cet autre. Cette idée retrouve même son sens freudien : l'homme vexé par les tours que lui joue son inconscient et *pour* lesquels il doit répondre ; d'autant plus malmené par l'inconscient qu'il doit en répondre.

Si l'autre, dont la seule présence me « dégrise », m'enjoint de répondre-pour-lui, si cet autre est mon inconscient, le discours de Lévinas reprend sens et s'intègre au discours freudien, sans bruit ; avec quelques nuances : ce que me dit mon inconscient (c'est-à-dire l'*autre*) n'est ni bon ni mauvais en soi ; l'essentiel est ma rencontre avec lui quand elle a lieu dans une optique interprétante, ouverte sur l'être-temps et le jeu de la vie.

De ce point de vue, l'« éthique de Lévinas » est une *fiction de l'inconscient*, assez proche de l'inconscient. On peut même dire que cette toute-puissance supposée au prochain (devant qui « je comparais plutôt que je n'apparais ; je réponds d'emblée à son assignation... »), cette toute-puissance qui plane sur moi n'est autre que celle du *surmoi*, d'autant plus tyrannique que la névrose est plus grave. Et quand Lévinas dit que face à l'autre je ne suis plus chez moi, je ne suis plus tranquille, cela s'entend clairement si cet autre est mon inconscient : il me dérange, j'aimerais bien être sans lui tout en sachant que sans lui je serais idiot. Alors que si l'autre n'est pas mon inconscient, si l'autre est une personne qui passe, dire que comme telle elle me dérange, c'est supposer que ma vocation était d'être toujours seul. Ce qui n'est pas sûr.

Avec l'idée que l'autre c'est l'inconscient, l'« éthique de Lévinas » devient audible, le thème du visage y reprend son ampleur biblique : où toute face est face à l'être avant d'être face à « moi » ; où la rencontre avec l'autre est aussi face à l'être. Tout ce qu'on fait ou pas est d'abord face à l'être comme figure du possible.

Lévinas ajoute : « La sorcellerie c'est cela : le monde moderne ; rien n'est identique à lui-même, rien ne se dit car aucun mot n'a son sens propre ; toute parole est un souffle magique, personne n'écoute ce que vous dites ; tout le monde soupçonne derrière vos paroles du non-dit, un conditionnement, une idéologie[2]. » Ce propos a sa vérité, mais le contraire est aussi vrai. Du reste, le non-dit, il n'y a pas à le soupçonner, il est là ; on peut même le saisir, cela produit d'autres non-dits. Le contraire, ce serait quoi ? Qu'il n'y ait aucun non-dit dans vos propos ? Si tout est dit, c'est aussi lourd que le soupçon qui « guette » ce qu'il y a derrière le dit... De fait, ce n'est ni l'un ni l'autre, et l'analyste entend le non-dit pour le reconnaître, le traverser, non pour l'exhiber comme le fin mot de toute l'histoire. L'enjeu est le contraire de la sorcellerie : c'est

2. *Totalité et infini*, p. 24.

l'ouverture sur le possible de ce sujet qui s'entortille dans l'impossible.

Il n'aime pas la psychanalyse car comme lui elle veut rendre la parole à la parole et à l'homme sa liberté en l'initiant à la loi comme amour de l'être. Certes, il a un alibi : l'idée « psy », comme toute grande idée, a ses fétiches et ses risques d'idolâtrie ; l'idée biblique aussi en a, et la Bible à tour de pages les fustige. En l'occurrence, l'idolâtrie ne va pas loin : si le patient se révèle n'être soumis qu'à « lui-même », il se trouve que ce lui-même c'est son *être*, au-delà de son moi ; c'est ce qui lui échappe de lui-même.

Certains disciples de Lévinas en rajoutent, comme si quand sa pensée explicitée devient « gênante », ils la couvraient de dévotion loin de toute réalité. Ainsi Finkielkraut nous explique [3] la cause du mal et de la haine : c'est que le sujet doit répondre à l'appel de l'autre, présentifié par son visage, qu'il doit (pour être conforme à l'« éthique de Lévinas ») faire don de lui-même à cet autre et, comme il ne le peut pas, il réagit par la haine et il fait le mal. En somme, la haine serait l'effet d'une scène lévinassienne (du don de soi) que le sujet élude, n'assume pas jusqu'au bout, jusqu'au devenir Dieu.

Comme « éclairage », c'est un peu fort. Appliqué aux nazis, exemple favori de l'auteur, cela donne : les nazis, devant le visage nu des déportés, se sentaient obligés d'être des anges, des saints (la théorie de Lévinas le prévoit : le visage démuni de l'autre le commande...), mais ne pouvant pas être des saints, ils sont devenus de vraies bêtes qui se vengent sur leurs victimes de leur dureté devant leurs victimes. L'auteur y va d'un long propos sur les déportés qu'on mettait nus pour que leur corps nu devînt comme le visage nu qui rayonne la fameuse injonction, celle qui enjoint de l'aimer, mais voilà : l'appel d'amour étant trop fort, les SS s'arrangeaient pour ne pas voir ces visages...

Les déportés servent donc à illustrer ces thèses confuses, ils doivent subir ces contorsions pour que lesdites thèses en soient plus vraies. Pourtant, si la vertu désarmante du visage

3. Voir Finkielkraut, *Sagesse de l'amour.*

devait agir, c'est là qu'elle aurait dû le faire ; mais on nous dit que les chefs SS ne voulaient pas voir ces visages et ces corps nus justement pour ne pas céder ; alors pourquoi les avoir mis à nu ? L'argument se retourne contre lui-même ; comme souvent quand la raison veut servir l'idéologie. Et le sujet lévinassien défend la sienne aussi férocement que tout autre. S'il est *responsable* d'un journal, d'une émission culturelle, il censurera très normalement tout autre qui peut le contrarier. Il sera prêt à tout donner à l'autre, à tout autre, sauf à donner à cet autre la parole, sa parole. Pathétique aberration : des narcisses prêts à tout donner et ne donnant rien. Ces paradoxes se retrouvent à tout bout de champ dans le social. On y croise des gens qui combattent furieusement la haine et l'exclusion, et qui haïssent ou excluent ceux qui comme eux combattent ces « fléaux » mais autrement. Cette manie de vouloir être seul à combattre le mal est touchante quoiqu'elle produise la haine dans l'acte même de la pourfendre. Il n'y a rien à y faire. Parfois, une sorte de justice symbolique se manifeste (au sens où l'on dit : « Y a une justice », quand un haineux se casse les dents) : elle sanctionne leurs bêtises en les aggravant.

En tout cas, sur les Camps de la mort, on nous ressert tout simplement les thèses heideggériennes[4] : les nazis ont traité ces gens industriellement, tout comme l'industrie moderne traite la nourriture, comme un produit. Heidegger n'en dit pas plus (mais lui, on le comprend, il était loin du compte). Ou encore : l'horreur nazie est « l'effort le plus méthodique et le plus dément pour mettre un terme à cette proximité insoutenable », celle de l'autre... C'est trop pousser pour que la « proximité », posée par Lévinas, soit mieux mise en valeur. D'autant que ce même argument fut retourné par exemple contre les Juifs : accusés de tenir l'autre à distance, de se poser comme toujours différents, de vouloir se distinguer... (Hitler l'a dit crûment : C'est nous le peuple de Dieu et non pas les Juifs comme ils le disent ; et nous allons le leur prouver.)

Ou cette autre perle rare : « La donnée primordiale du rapport de l'homme avec l'autre homme n'est pas l'hostilité

4. *Op. cit.*, p. 168-169.

mais l'alliance[5]. » Pourquoi faut-il une « donnée primordiale » ? N'y en aurait-il pas plusieurs, toutes « premières » ? Et prétendre qu'on ne trouve pas d'hostilité au départ (à quel départ ?), est-ce à dire que lorsqu'on la trouve, elle n'est pas primordiale ? donc appelée à réparer quelque chose de premier où elle n'était pas ? L'hostilité est présente, fréquente, essentielle, autant que l'amour. Dire que le rapport est d'abord d'alliance est faux : il y a du lien, mais l'alliance est déjà une élaboration du lien au fil d'une histoire mouvementée, déchirée. Est-ce *d'abord* un rapport de lien et pas d'hostilité sachant que l'hostilité fait souvent lien ? On s'y perd... Sauf quand on nous dit, par exemple, que l'amour du prochain est bon parce qu'on y est « traumatiquement forcé » ; façon de célébrer les pulsions masochistes.

Ces contorsions « bellement » écrites s'alimentent de rhétorique et de petits effets d'hypnose : ameuter le peuple pour une éthique où l'on se donne à l'autre, où l'on répond pour lui... ; la foule accourt pour voir ce bel altruisme et s'entend dire : non, ce n'est pas de l'altruisme (« Lévinas n'est pas malgré les apparences le philosophe de l'altruisme[6] »). La foule est intriguée, elle guette, elle cherche, et en guise de réponse on produit un discours qui s'enivre de lui-même et prêche l'altruisme... absolu, jusqu'à ce que tombe le couperet réaliste : en fait, il y a les autres... autres, il faut calmer le jeu, être plus équitable... *Exit* l'altruisme, *exit* la trouvaille, il reste à tenir compte des autres. Or cela, même les requins le savent.

En revanche, lorsqu'on remplace l'autre par l'inconscient, l'idée lévinassienne redevient vraie : rejeter les signes de l'inconscient, refuser ses « injonctions » – ou plutôt ses appels – vous rend, c'est vrai, plus agressif. Cette idée n'est qu'une variante de la théorie du refoulement : on devient malade ou violent moins d'avoir refoulé que d'avoir mal refoulé : car alors l'*autre* (refoulé) revient en force, il paraît menaçant – il menace le système du moi – et cela vous rend agressif ; mais cela peut aussi vous rendre anxieux, angoissé, déprimé...

---

5. *Op. cit.*, p. 147.
6. *Op. cit.*, p. 140.

Comme quoi cette idée n'est pas la plus précise dans le rapport au refoulé.

Et l'idée que l'*autre* c'est l'inconscient s'accorde bien avec l'idée que pour les nazis l'*autre* c'étaient les Juifs. Pour les nazis, les Juifs, c'était leur inconscient, leur refoulé, leur origine entamée, irréparable…

Conclusion

Ce sacrifice pour l'autre, que Lévinas réclame, il l'a accompli sur lui-même : se sacrifiant comme penseur... *pour* l'« autre » que furent les siens, *à cause* de l'autre (Heidegger) qui fut complice des meurtriers. Mais peut-on faire de ce sacrifice une éthique à transmettre comme un acte de vie ?

L'ouverture de soi à l'altérité est une ouverture à l'*être* : elle reconnaît ce-qui-est et tente de le dépasser sur un mode qui *résonne* avec la transmission de vie et la mémoire de dépassements qui ont eu lieu. Si de s'ouvrir sur l'autre consiste à prendre sur soi ses manquements à lui, on remplace la *clôture narcissique* de soi sur soi par la *clôture masochiste* de soi sur l'autre ; le tiers essentiel – qui n'est pas le tiers « social » institué mais l'être-temps – est alors perdu de vue. Certes, dans l'ouverture de soi sur l'être-temps, la présence physique de l'autre est une épreuve de vérité ; comme *partage* de situation : où l'un et l'autre sont en présence de l'être-temps qui peut faire lien. Le lien symbolique qui en émerge peut conjurer l'entre-choc des symptômes ou des cadres narcissiques, entre-choc où se joue l'essentiel de la violence quand la rencontre symbolique se révèle impossible.

Ainsi l'ouverture sur l'*être* – et sur ses occurrences que sont les autres corps – a pour ressort non pas : *ouvre-toi, sinon tu es un salaud*, mais : *ouvre-toi sinon tu meurs idiot*, coupé des suites de ton destin, de ton histoire. La clôture masochiste n'est pas moins narcissique, et sortir de soi pour se sacrifier à l'autre c'est prendre la place de l'homme qui devient Dieu. Ce coup de force (christique) ayant eu lieu, il fait de toutes ses répliques de pâles copies.

Ce n'est donc pas par utopisme que pèche l'« éthique de Lévinas » ; l'utopisme signale même une recherche du *topos*, du lieu d'être ; elle pèche par manque de confiance dans l'*être-*

temps, par méconnaissance de l'être comme pouvoir du possible sans cesse offert à notre acte de choisir et de partager le jeu de l'être au risque de perdre – et de faire autre chose avec cette perte. Pourquoi ce manque de confiance dans l'être-temps ? Il faut croire que dans le refoulé, l'être-temps consonne avec le « Dieu » biblique, et à ce titre il fait partie du fonds originel que Lévinas a gardé pour sa vie intime, familiale, avant d'aller conquérir le *logos* de l'autre, la formation occidentale qui seule donnait le renom, la reconnaissance des Grands de la pensée. Cette mise de côté coûtera cher, car plus tard Lévinas fera un retour plus soumis au Dieu biblique, alors même que le génie d'Israël est de *se battre* avec son Dieu.

Mais c'est ainsi : quand le contexte historique est violent, déchiré, chaque geste se paie cher, dans la chair des corps et celle de la pensée. Ce manque de confiance dans l'*être-temps* fit de Lévinas une double victime du nazisme : dans sa pensée (*via* Heidegger) et dans sa vie (*via* les Camps) ; dans sa vie pensante et dans sa pensée de la vie. Mais Heidegger et les Camps confluent dans le nazisme. Disons donc que sa pensée s'est modulée sur cette défaite plus qu'il ne l'a cru ; et par des voies tortueuses.

D'abord le *trauma* devant la Scène fondamentale du nazisme qui rend possible la chambre à gaz : les forces du mal viennent arrêter l'*autre*, avec les siens petits ou grands ; et le citoyen regarde la scène et reste coi, indifférent. S'y ajoute un second drame, une catastrophe de la pensée : le philosophe qu'il a lui-même introduit en France, Heidegger, adhère au nazisme. Pour comble, ce penseur se révèle ancré dans la pensée de l'*être* telle que le Livre hébreu la met en œuvre par-delà ses lectures dévotes et ses carcans religieux. Il se peut que son intérêt – tardif – pour le Talmud l'ait éloigné des sources bibliques de la pensée de l'être, d'où il eût pu ébranler la position heideggérienne. Si on lui avait dit : Heidegger est plus proche que toi des sources juives de la pensée de l'*être*, il aurait crié au fou.

D'où le *sacrifice* de son ancrage dans la pensée biblique de l'*être*. D'où l'horreur de l'*être* comme si la fonction d'*être* n'était que l'enfermement du Moi dans son réduit narcissique. Lévinas fut une *double victime* de l'idée totalitaire ; et comme toujours, l'état de victime est aggravé par la lubie du survivant, coupable de vivre lorsque tant d'autres sont morts... Alors il condamne en bloc la pensée de l'être, comme des croyants ne veulent plus croire en leur Dieu lorsqu'il a « permis » le mal. Cela maintient leur croyance sur un mode malheureux. À ce niveau, chez lui, c'est moins la pensée qui opère que la phobie de la contagion, l'horreur de l'impureté. Il lui eût fallu une autre liberté de pensée ; « difficile liberté », dit-il plus tard.

Mais comment ne pas le comprendre ? Il est dur de prêter une pensée forte et élevée à quelqu'un qu'on n'aime plus. Cela relève d'un partage (partage de l'*être*, justement) qui constitue *l'épreuve éthique* proprement dite. Si Lévinas est tombé dans une éthique chrétienne limite, c'est sous l'effet de ce que j'appelle une impasse identitaire : un rejet de l'autre qui déçoit nos espoirs. (Parfois cet autre c'est soi-même.) Puis, la surenchère sur l'autre et l'attention qu'on lui doit est une poignante compensation. Pour s'en dégager, il eût fallu une liberté symbolique, une liberté dans le jeu de l'être. Or son rapport à l'autre est d'ordre *passionnel* ; rapport à deux où le *passif* fait ses ravages sans qu'aucun Tiers mette le holà. Il fut donc *exposé* sans défense à l'autre – à Heidegger –, qui sans rien faire, en n'étant que lui-même, a eu sa peau : il l'a « mis » dans l'impasse, d'où seule cette éthique « excessive » pouvait promettre une issue. De fait, elle est limite, symptomatique, mais pas excessive : qu'est-ce qui excède l'*être* ? qu'est-ce qu'être « au-delà » de l'*être* ?....

Du point de vue *éthique de l'être*, aider l'autre, c'est non pas se donner à lui, se sacrifier à lui, mais se dépouiller dans sa rencontre du carcan où l'on s'enferme par peur de l'inconnu, par l'angoisse du sans repère. Ce carcan de soi n'est pas « soi » (nous sommes toujours plus que nous ne sommes, à cause des appels d'être si on peut les entendre). Aider l'autre, c'est sacrifier cette part de soi qui n'est pas soi et qui étouffe nos mouvements d'être et nous rend sourds aux dits appels. Aider l'autre, c'est donc d'emblée s'aider à être. L'autre en jouit du même coup, en passant, sauf si notre mouvement d'être était fermé au départ et pour toujours sur l'enjeu narcissique d'être Soi. Aider l'autre, c'est ne pas avoir peur d'affronter l'être, ne pas redouter ce à quoi on est appelé – sa destinée – qui se joue dans nos réponses à ces appels.

Et si l'exhortation morale échoue, c'est qu'elle édifie un narcissisme idéal sur le même modèle que le narcissisme du sujet, qui lui-même se veut idéal. Ce faisant, elle élude l'être comme fonction ainsi que l'épreuve du sujet aux prises avec l'*être* qui le porte et l'appel à se dépasser.

L'*enjeu de l'éthique* est de rendre jouable notre part d'être dans tous les sens – où elle touche à l'être-temps qui la porte et la dépasse vers le champ des possibles. L'enjeu : retrouver ses chances de vie sur un mode que l'autre peut partager sans que cela nous nuise *a priori* ; donc se libérer de ses symptômes et de ses transferts paralysants, se libérer sous le signe d'une loi qui symbolise les chances de vie dont l'avenir reste à jouer dans le sens du jeu de la vie. Du coup, l'« éthique » du répondre-pour-l'autre est souvent naïve ou fausse dans la mesure où son appel, présenté comme impératif, est, sauf cas limite, tantôt satisfait (que pouvons-nous faire ou penser qui ne transite par des autres, avec leur nom, leur corps, leur visage, leur désir ?) tantôt d'emblée infaisable, pour cause de repli narcissique irréductible. Celui qui est dans ce repli, agressif ou dépressif, ou dans la pure jubilation d'être « soi-même », qu'a-t-il à faire d'une « proximité » avec l'autre, d'un « répondre-pour-l'autre », quand son rapport à l'autre est surtout prédateur ? (Nous savons que la « préséance à l'autre » se révèle réaliste, semi-perverse ou névrotique.)

Au-delà de la réponse – et de la responsabilité –, il y a l'appel et le rappel, le fait d'être appelable, nommable, symbolisable dans ses rapports à l'être et au temps qui s'articule en une histoire. Si les uns ou les autres ont du mal à être nommés, appelés dans un sens de vie, inscrits dans le Livre de la vie, c'est en raison d'une injustice, d'une injustesse, d'une entorse à la loi symbolique ; si la justice est bien la mise en acte de cette loi (le reste n'étant qu'affairement gestionnaire). Cette entorse suit son cours, s'éloigne puis revient comme une onde et finit par se réparer, mais en passant distraitement sur des corps atteints, qui attendent d'autres appels, d'autres réponses.

Curieusement, Lévinas définit le mort comme quelqu'un qui « ne répond plus ». Cela fait beaucoup de morts vivants. Beaucoup ne répondent plus, telles des lignes d'appel inertes ; faute d'entendre les appels d'être qui les concernent, *a fortiori* les appels qu'il leur faudrait interpréter pour voir qu'ils y ont part.

Répondre *pour* l'autre est très tentant : on fusionne avec lui, même pour un temps, on l'absorbe, on s'y perd. Le plus souvent, ça le fait souffrir, sauf quand d'autres le font souffrir davantage, comme dans la Scène traumatique. Mais s'il s'agit de répondre de notre relation à l'autre et que deux parts d'être, la nôtre et la sienne, trouvent du répondant, ou l'inventent, cela concerne l'*être* de part en part, comme source des appels et relais des réponses.

Cette « éthique », qu'il s'agit moins de pratiquer que de situer, est un montage pathétique, un *symptôme pensant* fait pour répondre à un choc. On peut par sympathie pour son auteur s'enfermer avec lui dans cette tourelle ou venir y faire de pieuses visites, qu'importe. D'aucuns disent qu'il aurait dû en faire de la littérature, plutôt qu'un texte philosophique plein de concepts solennels. C'est avouer que, pour eux, la littérature fait symptôme. J'y ai vu, pour ma part, un *rite de douleur* ; douleur et non pas deuil, car le deuil devrait se faire et se passer. Rien n'empêche de lire ses textes comme des poèmes. Le poète appelle au partage d'une épreuve, il veut nous hanter par ses spectres plutôt que nous faire penser comme lui ; il veut qu'on soit plus familiers avec nos propres revenants.

Comme penseur, Lévinas s'est effondré sur le nazisme. Et bien qu'il ne fût pas homme à réduire l'héritage juif à Auschwitz, comme si le seul génie hébreu était de risquer la mort et d'en réchapper au fil des temps, il éternise cet événement dans l'impensable. Mais si l'Événement n'est pas *passé* et intégré, faute de deuil, il restera notre présent, et vu sa force : notre seul présent. Et les tueurs auront gagné, ils seront notre éternité. L'*éthique de l'être*, elle, écarte cette option masochiste, car l'*être* ne s'y réduit ni au sujet ni à ce-qui-est, il les traverse et y revient mû par l'appel et le rappel. Elle reconnaît que l'autre vous regarde : « ça vous regarde » dans tous les sens, y compris quand on se regarde au miroir de ses faillites en trouvant que ce n'est pas beau. Mais elle ne peut en rester à la faute de vivre, ou à la faute des survivants. Nous sommes aussi des « autres », et aussi atteints que l'« autre » par l'énorme nihilisme du système en place, par le cynisme toujours neuf des gens de pouvoir. Cette atteinte est partagée ; nous pouvons la féconder si nous pouvons l'un et l'autre *partager le même manque*.

L'éthique-symptôme de Lévinas n'est pas ce qu'il faut pour empêcher que « ça » ne se répète. Du reste, nulle éthique n'*empêchera* cette répétition. C'est déjà bien qu'une éthique choisisse la vie, empêche de se détruire, invite à aller plus loin que soi.

On comprend mieux le « succès » très étrange de l'éthique de Lévinas. Elle est même invoquée, avec vénération, par des gens qui ne lèveraient pas le petit doigt pour un « autre » s'il n'est pas de leurs familiers, de leur clientèle, ou s'il leur montre une quelconque réserve ; comme beaucoup, ils casseraient celui qui n'entre pas dans leur jeu... Mais s'ils trouvent bon d'invoquer cette éthique, si cela « fait bien » d'en parler, c'est qu'elle éveille dans le public des résonances, autour de certains signifiants clés comme : l'un pour l'autre, visage de l'autre, proximité, et surtout « répondre ».

C'est qu'on est dans une culture où *ça ne répond pas*, où dès que vous êtes en demande, vous devenez redoutable, objet phobique : on s'écarte ; le jargon « psy » aidant, on vous « renvoie » à votre demande, et l'on est sûr de bien faire vu que c'est clairement un « symptôme ». *Demander* est devenu un symptôme, et laisser l'autre « avec sa demande », c'est faire acte « analytique », charitable et gratuit, en s'octroyant la gloire facile : d'être supposé prêt à répondre si seulement l'autre élevait le niveau de sa demande. Tant de canailles s'adonnent à ce petit jeu qu'il finit par s'user. Mais l'on est aussi dans une culture technologique ; et l'indigence de pensée de certains techniciens les porte parfois d'instinct vers une éthique *excessive* où répondre de ce qu'on fait semble trop ordinaire (c'est beaucoup pourtant) : il faut répondre pour *tout* et pour *tous*, ou du moins le clamer. Cela aurait une certaine « classe ». Et c'est pratique, car c'est clairement impraticable.

C'est donc une éthique qui a l'énorme avantage de ne rien changer dans les faits, mais de poser le changement comme nécessaire, vital, urgent. De sorte qu'elle fonctionne comme une micro-religion ; et nous sommes en période de grand retour aux religions (selon moi, c'est plutôt un retour aux problèmes d'être que les religions ont confisqués, un retour à ces problèmes *en amont* de leur traitement religieux). En cette période, on trouve bon de couvrir son retour au religieux par un discours de surenchère où il s'agit non d'être croyant ou pratiquant mais d'être dans le sillage de l'homme qui devient Dieu.

Lévinas est un Christ sans miracle et sans mise en croix. Son système ne coûte rien mais procure aux émules une belle posture à bon marché qui ravive le fameux : « j'y crois car c'est absurde ». Mais ici ce n'est pas une croyance avec un rite, c'est une simple conviction : je me dois à tous les hommes, je dois me donner à tous... (On retrouve au passage les deux sens opposés du *saint*, *kadosh* : divin et prostitué.) Pour Lévinas, cette conviction fut à la fois la détresse et le remède ; c'est pourquoi nous l'appelons éthique-symptôme.

Au fond, ce livre interprète le drame Lévinas plus qu'il n'en fait la critique. Ce qui lui est arrivé, c'est de n'avoir plus aucun support philosophique pour répliquer à la pensée de Heidegger, pensée de l'être qui devenait pensée ennemie et qui de ce fait l'a dessaisi de ses propres racines et de sa pensée de l'origine. N'ayant plus de repli, il s'est trouvé basculé dans une posture christique, qu'il ne pouvait assumer, sauf à la rééditer. Et le succès posthume de sa pensée (pourquoi posthume ? comme si, même sur ce mode allégé, il fallait que ce fût un peu christique : d'abord mourir pour être aimé...), ce succès est à inscrire dans la foulée d'un certain renouveau chrétien – qui offre un cadre où peut se formuler l'appel à un peu de dignité, au moins en paroles.

Du reste, ce « repli » lévinassien sur une posture christique est à l'éloge de celle-ci : quand on n'a pas d'autre support de pensée, on peut s'y réfugier, on y revient nécessairement. Et il y fut conduit non pour l'assumer mais pour l'énoncer comme position de principe, sachant que dans les faits il opta pour une posture plus réaliste. C'était logique. Une fois qu'on rejette l'*être* ou qu'on l'identifie au moi, qu'on identifie le « il y a » à une posture meurtrière, qu'on rejette toute attache possible à la question de l'*être*, on en vient à dire : je me donne à l'autre, il remplace l'*être*... qui s'incarne dans tout autre. On perd la dynamique à trois où l'autre, l'*être* et « moi » sommes liés, puisque l'être nous traverse l'un et l'autre et rend possible que je parle à l'autre sous le signe de l'*être* ; que je communique avec l'*être* en me rappelant qu'il y a l'autre.

Mais dans l'éthique christique, cela s'inscrit du fait qu'à la place de l'*être,* il y a Jésus donné comme *modèle* – voir l'*Imitation de Jésus-Christ* – et non comme *personnage qui appelle au paradoxe*, ce qui fut tout de même son cas. Le « modèle identificatoire » évacue la question de l'être ; et une doxa du modèle n'intègre pas les paradoxes. Idéalement, « je » devient Jésus face à l'autre, et « je » me donne à lui comme Jésus s'est donné aux autres. Ce n'est plus un triangle, mais un face à face. Lévinas l'assume un temps, jusqu'au moment où il invoque le tiers étatique libéral.

L'éthique chrétienne a bien sûr perdu le goût christique du paradoxe. Au mieux, elle se formule : aimer l'autre et faire que cet amour aille dans le sens de la vie [1]. Or c'est écrit noir sur blanc dans la vieille Bible. Ce qui spécifie l'éthique chrétienne, ce n'est donc pas cela, c'est qu'il y a un homme qui prend sur lui d'incarner le divin et d'accomplir le tout de la loi.

Pour rétablir la dynamique de l'entre-deux, il faut produire le triangle où l'un et l'autre sont face à l'*être* en même temps qu'ils s'affrontent – par d'autres faces que celle-là. (Cela

1. Voir *La Sagesse*, revue *Autrement*, mars 2000.

n'évacue pas Jésus – comme personnage sublime qui redonne du paradoxe chaque fois que la doxa est tuante.) Pour le reste, malgré leurs apports réels, les montages chrétiens contournent la question de l'*être* en pensant la résoudre. C'est même à leur éloge d'y échouer ; comme c'est à l'éloge de Jésus d'échouer à gracier le monde : son geste de grâce fut inutile donc essentiel ; pas de l'ordre du service. Son acte fut un immense cri qui capte d'autres détresses, qui devient leur symbole au risque de les confisquer. (Si Auschwitz fut « le Golgotha des temps modernes », est-ce encore un Golgotha ? Leur supplice fut-il moindre que le sien ? Ou leur amour de la vie ?) Tout acte de sacrifice humain, qu'il se sache ou pas comme tel, occulte la question de l'éthique de l'être.

Une belle leçon émane du drame de Lévinas, de son trajet : ne pas se sacrifier, même par la pensée, ne pas céder sur son chemin, ses origines, sous prétexte que l'autre, l'ennemi, a croisé ce chemin, y a touché. Car alors on devient dépendant, sinon esclave de son ennemi. Mieux vaut – et c'est plus dur – accepter le partage, le déchirement entre bien et mal, et faire quand même de « bons choix ».

Ce sacrifice ou ce don de soi est l'exact contraire du partage de soi. Celui-ci consiste non seulement à casser l'harmonie narcissique dans laquelle on croit baigner – qui souvent n'est que l'effet d'un fantasme enkysté –, mais à endurer certaines failles difficiles qu'impose la transmission de l'humain ; notamment à accepter en partie une idée ou une personne qu'on récuse par ailleurs, bref ne pas la prendre ni se prendre pour idéal. Ce n'est pas aussi simple qu'on le croirait.

ANNEXES

1

Une faille trop humaine

1. Toute identité – subjective ou collective – comporte une faille, ne serait-ce qu'entre son origine et ce qu'elle vit. Cette faille peut être un clivage, un abîme, un *entre-deux* vivant et dynamique, c'est toujours éprouvant. Et voici qu'un petit peuple très singulier exhibe sa faille assez vive et radicale pour avoir valeur symbolique, au point que beaucoup d'autres en sont touchés ou concernés – avec surprise, intérêt, crainte, horreur. Cette faille lui vient de ses origines, singulièrement de ses Ancêtres : du fait qu'ils se sont donné pour Dieu l'*être*, ce qui les met d'emblée, ainsi que leurs descendants, en déficit ou en faute au regard de l'*être*, comme tout ce-qui-est.

Cette faille – selon l'époque, les groupes, les sujets – s'élargit ou se colmate mais finit par resurgir ; aujourd'hui elle éclate, avec les retours aux origines et les prurits identitaires qui battent leur plein sur la planète. Sur ce point, les membres du petit peuple « intriguent », fascinent, ils sont depuis longtemps au cœur du problème, en proie à cette faille qu'ils ont dû vivre, en l'assumant ou pas, et la plupart ont même du mal à la reconnaître.

Les tentatives n'ont pas manqué pour la *masquer*, la colmater, la *suturer*. Parmi elles :

La suture *religieuse* : elle pose que la faille est entre l'homme et le modèle qui plaît à Dieu. Être sans faille, c'est alors être sans faute – du point de vue religieux. L'ennui de cet idéal, c'est que l'intégrisme l'incarne, de façon assez bornée, mais qui ébranle un peu la religion ordinaire.

La suture *institutionnelle* : la faille serait ici entre une vie paisible et les menaces d'exclusion venant des « haineux identitaires ». Alors on gère, on protège la communauté, on écarte les menaces. Mais quand elles manquent, c'est un peu le vide ; et la faille identitaire fait retour dans ce vide, remonte à la surface, cela crée un malaise positif.

La suture *étatique*. Avec un État stable, fort, plein de savoirs et de richesses, on pourra enfin faire la justice. Mais on voit qu'il fait peu de chose. (Exemple éloquent : Israël. Son sionisme plafonne dans son aboutissement. Sa solution se fissure dans le malaise : l'État biblique a les problèmes de tout le monde – crise, insertion, emploi... La faille c'est que l'*autre dimension* manque au quotidien et que si on l'impose du dehors, on perd le quotidien et on plane dans l'au-delà.)

La suture *laïque* : espoir de gérer l'héritage en toute liberté humaniste ; là encore, la faille revient sous forme de malaise – côté croyances, mixité, transmission... Et, ce sacré couple pervers que font religieux et laïcs – où chacun a besoin de l'autre pour se refaire ou le défaire.

On pourrait en citer d'autres. Par exemple, ceux qui n'ont eu pour origine que l'horreur, la Catastrophe (la Shoah...). Pour eux aussi la faille reparaît comme un deuil infaisable. Pourtant il faut bien vivre, en étant fidèle au passé.

Aujourd'hui toutes ces *clôtures identitaires* disent vouloir reconnaître leurs limites ; elles cherchent d'autres manières de vivre la faille intrinsèque.

2. Revenons à l'origine de cette faille – qui est une faille dans l'origine. Un petit peuple singulier – et chacun de ses membres – hérite par son seul nom d'*une faille qui est la trace d'un événement originaire* (fantasmé ou réel, mais fondateur) : où les ancêtres ont « choisi » de croire en l'*être*, et même d'en faire leur Dieu, ce qui les a mis en déficit, d'emblée, par rapport au *mouvement d'être*. D'emblée leur Histoire les accuse de manquement, de faute par rapport à ce qui serait leur vérité. Ce manquement est repris par d'autres sur un mode accusateur : « Vous voyez bien, vous avouez votre faillite ! Du coup, la faille, au lieu d'être un moteur positif, produit une maladie étrange : se justifier à l'infini. La faille n'est plus vécue comme une contradiction vivante ; il faut être irréprochable : les autres vous veulent d'un seul tenant : parfait ou mort.

C'est dire que quand « les autres » ne sont pas un danger menaçant – cela arrive – la faille émerge intacte au cœur sous des formes assez drôles voire positives : on « fait avec », on répare sachant que c'est irréparable. (N'est-ce pas le lot de toute la condition humaine : irréparable et vivable ?)

Autre effet de cette faille : on affirme son identité d'autant plus qu'elle se perd. D'où l'importance des *retours*, des *rappels*, des aller-retour...

3. Entre-temps, les autres se sentent si menacés par leur faille qu'ils vous l'imputent – non sans raison : disparaissez, ou rentrez dans le rang et la faille disparaîtra. Ils en sont sûrs. Ceux qui ont des *problèmes d'identité* supportent mal votre cassure. Elle a beau être intrinsèque, à l'œuvre dans toute identité, ils vous l'imputent, ils croient que vous l'avez apportée, cette « maladie ». Vos ancêtres en furent les premiers scribes, mais quelle imprudence fut la leur... Fonder un héritage qui les dépasse et qui ne cesse de pointer leur écart, leur faille donc, irréductible et « contagieuse », trop parlante pour les autres... Ça intrigue les autres, c'est sûr : comment diable faites-vous pour la supporter alors que la leur est insupportable ?

4. Parfois, vous avez envie d'en finir, de vous ranger ; mais la faille vous rappelle à vous-même... Et vous rappelle à elle. D'autant qu'elle se vit sous des formes très variées : différence sexuelle, différence de générations, différence de pays, de cultures, d'époques...

Et parfois, au lieu de rejeter la faille, ou de la vivre comme une blessure trop intime, vous décidez de la comprendre, de l'étudier, de la « creuser » comme une pensée, d'autant qu'elle a d'étranges liens avec la Loi : une loi cosmique ou abstraite ou subjective n'est-elle pas une suite de failles qui se ressaisit et se ligature ? justement en tant que loi ? fragment d'une Loi infinie ?

Le processus identitaire, ponctué d'allers-retours, infini comme celui de la *Loi*, est ouvert comme elle sur son interprétation infinie... La Loi n'est pas la simple « mesure » de la culpabilité ; elle offre un appui qui permet de ne pas s'identifier à elle, de ne pas la porter sur son dos, donc d'être assez libre pour inventer d'autres formes de lien et d'existence ; pour être en devenir. La Loi permet de *soutenir la cassure identitaire* sans se noyer dans la faute ou la conscience malheureuse ; éthique de la co-naissance, de la vie qui s'interprète.

Ayant compris cela, vous vous sentez une dimension *de plus* par rapport à tout ce qui se nomme *identité*, y compris « votre » identité. La faille vous tient lieu d'opérateur identitaire, elle fait travailler l'*entre-deux*, l'aller-retour en pensée et en acte. Cet « en plus » crée aussi de l'« en moins », du manque, là où pourrait s'imposer une plénitude un peu béate ou agressive.

5. Tout ce qui vous réduit à être identique à vous-même nie cette faille essentielle et vitale ; vous condamne à la sclérose. En ce sens, vous êtes sans le vouloir un message vivant, pour les autres ; un message sans contenu, essentiel, inquiétant, rassurant ; face à tous ceux qui, sur la planète, font des « crises identitaires », rêvant d'identité perdue et retrouvée...

Et vous, vous êtes là avec cette faille, ce déficit initial de l'homme fini devant l'infini de l'*être*. Cette faille inscrite dès l'origine, qui ne cesse de se rejouer, de se déployer. Votre malheur et votre chance, c'est que cette faille « ils » n'en veulent pas mais en même temps, elle les habite. Il n'y a qu'une chance, pour vous, de vous en tirer, c'est qu'ils deviennent plus mûrs et qu'ils l'assument ; que vous n'ayez plus à la porter pour *eux*. Bref qu'ils prennent part à eux-mêmes, à leur histoire, à tout ce qui leur arrive – et qui est aussi l'effet de cette faille originaire inhérente à l'identité. (Exemple : que l'Europe prenne part à Auschwitz comme à une face de *son* histoire et pas seulement de celle des victimes.)

Une façon d'éluder la faille c'est de la prendre pour une faute ou une faillite. Autrement, chaque peuple et chacun peut l'assumer dès lors qu'il fait son deuil d'un idéal harmonieux, et s'implique avec d'autres dans la transmission de l'humain, laissant s'ouvrir – se fissurer – son identité qu'il voulait *toute*. La faille n'est pas à combler mais à vivre. Elle se rattache au *point de vue de l'être*, qui n'est pas d'un maniement simple. Lorsqu'on dit : « on *sera* toujours en déficit par rapport à l'*être* », on croit que c'est par rapport à l'Être suprême des religions. Mais ce n'est pas le cas, ou plutôt ce n'est là qu'un cas particulier. Il s'agit de l'écart entre ce-qui-est et ce-qui-peut être... pour chacun ; entre ce qui est et l'*être* comme possible ou nécessaire. C'est aussi loin de l'idée de « péché originel » que du soupir banal où « hélas, nul n'*est* parfait... ».

Ce point de vue de l'être « transmet » l'humain – et la dimension symbolique – en faisant son deuil d'une maîtrise de cette transmission. Certes, le gestionnaire s'en trouve déçu : s'il n'y a pas maîtrise, à quoi bon ? Or la faille est ce par quoi toute maîtrise est attaquée, corrodée. (De fait, la posture gestionnaire est avertie qu'elle ne maîtrise pas grand-chose. Mais ce qui l'angoisse, c'est de n'avoir rien à gérer. Et c'est le cas quand la faille est trop enfouie ou trop béante.) Car s'il y a une *loi du retour*, ce serait plutôt celle-ci : *chaque période a son retour du refoulé* ; qu'il saute une époque ou une génération.

6. Parfois certains d'entre vous veulent en finir : allez, on normalise, on est normaux après tout !.... Comme si cette faille spécifique était une affaire de choix. Si elle a une origine millénaire, il y a peu de chances qu'une « décision » puisse l'effacer ou la combler. Mais cette « décision » s'ajoute aux dénis ordinaires de la faille.

2

Qu'est-ce qu'un Juif ?

Tout cela ne tient qu'à un fil, mais c'est un fil qui tient, et à quoi tiennent les filiations. L'idée est « simple » : Être identique à soi, c'est risquer de mourir idiot ou de manquer l'essentiel. Une identité vivante, individuelle ou collective, est décalée par rapport à elle-même, dans un mouvement où elle se cadre et se décadre, pour vivre et avancer. Nul n'est soi-même, il le devient et il transmet du *devenir* à ceux qui « suivent ».

À l'inverse, agresser l'autre, c'est l'enfermer dans un cadre où il doit être identique à lui-même, un cadre étanche où il est censé rester.

Ce que symbolise le Livre hébreu, c'est une identité cassée comme les fameuses Tables de la loi, mais vivante, décalée, décentrée, en mouvement par rapport à elle-même et aux autres, grâce à cette faille qui résonne avec la faille ontologique : entre l'*être* et ce-qui-est. Il s'agit moins de s'inclure que de *passer* par des inclusions. C'est ce que veut dire le mot *passeur.* Et quand des gens sont dans l'impasse, du côté de l'identité, ils vous en rendent responsables et cherchent à vous cadrer : dans un ghetto, une insulte, un Camp. Malgré cela, à travers cela, l'idée de l'*identité-processus*, de l'*identité-transmission*, quel qu'en soit le fil, est toujours passée.

Le malaise identitaire s'observe dans les crispations où chacun croit que son cadre, son identité cernée, est un modèle. C'est signe qu'il veut se reposer dans ce cadre, ça l'énerve d'en voir d'autres qui ne veulent pas. Cet homme, on peut le comprendre et même l'aider à en sortir, s'il le veut. Et cela vaut pour les Juifs aussi : ils portent la *question*, et s'ils ne la pratiquent pas, c'est le malaise, comme pour « tout le monde ». Le sauve-qui-peut identitaire.

Celui-ci nous dit qu'être juif se définit à partir d'Auschwitz ;

on peut l'aider à ne pas s'inclure dans ce deuil mais à en passer par ce deuil ; ne pas se réduire à être la mémoire d'Auschwitz mais l'avoir *en* mémoire comme Événement que rien n'efface. Ce deuil implique, en passant, de faire reconnaître Auschwitz par les autres, les non-Juifs, comme événement dans l'histoire de tout l'Occident, à prendre en charge par tous.

Un autre nous dit qu'être juif c'est être dans la Torah, dans son étude et sa pratique. Pourquoi pas ? Surtout si, au nom de la Loi, il ne croit pas que les autres sont hors la loi ; (c'est là le péché mignon des religieux). Cela dit, la religion est à tout le monde, c'est une affaire trop sérieuse pour être laissée aux religieux. Chacun a *une* dimension religieuse, certains se contentent d'un fil qui les lie à une transmission, d'autres ont besoin d'un câble, ou d'être complètement ficelés. Qu'importe, l'étude de la loi symbolique en passe par celle de la Torah, et celle-ci s'inclut dans le grand Livre de la création. L'« étude de la Torah » en est un des symboles vivants.

Un autre dit qu'il est juif par attachement à des valeurs. Pourquoi pas ? Surtout s'il sait que les autres peuples proclament ces mêmes valeurs, peintes aux couleurs démocratiques… Cela l'oblige à les affiner ou à les mettre en pratique. S'il y arrive, tant mieux, ça peut l'ouvrir à d'autres sens de la *question*.

Un autre dit qu'il est juif par l'État d'Israël, pour aimer cet État. Pourquoi pas ? S'il n'oublie pas le *rêve* d'Israël, c'est-à-dire de Jacob, avec l'échelle où des messagers montent et descendent, entre ciel et terre, entre l'être et ce-qui-est, passant par *là* sans y rester ; s'il ne fait pas d'Israël un lieu idéal. Du reste, c'est violent pour les autres de les enfermer dans l'idéal pour qu'ils en soient les garants ; et c'est cruel pour soi-même de s'enfermer dans un cadre dont les autres ont la clé.

Un autre dit qu'il est juif parce que ses parents le sont, ou *bien que* ses parents le soient, ou parce que son père n'est plus là et qu'il se sent tenu de le remplacer dans la chaîne ; pourquoi pas ? Même s'il n'a comme point d'attache que des plats traditionnels, des fêtes opaques, des coutumes énigmatiques ; c'est son fil, il y tient. S'il le coupe, qu'il le renoue autrement, sinon le fil le rattrape sur le tard, et ce sera son fil à la patte. Beaucoup savent revenir à l'origine mais peu l'aiment assez pour pouvoir la quitter et y revenir autrement... sans y rester.

Un temps fort du Livre hébreu, le non-sacrifice d'Isaac, symbolise le retour à l'origine pour pouvoir la quitter : l'origine d'Abraham, c'étaient les sacrifices d'enfants, il en repasse par elle pour pouvoir s'en libérer. Alors, où sont vos sacrifices éludés ? vos esclavages surmontés ? vos libérations-limites faites au dernier moment, de justesse ?

Je soutiens tous ces choix, leurs fils se trament dans ma texture ou dans mes textes, comme des cordes d'un instrument aux musiques en devenir. Mais peut-on « rester » *passeur* toute sa vie ? se demandent certains. Pour le rester, il faut l'être ; pour l'être, il faut le devenir, dans un certain rapport à l'*être* où il s'agit d'être passeur, de faire passer quelque chose, un Dire et un Faire. Entre Dire et Faire, ne restez pas ce que vous êtes, passez à autre chose, faites passer l'autre Présence qui traverse tous les cadres. Si vous l'êtes, ne le restez pas, devenez-le, sachant que le devenir nous échappe, et que c'est son charme.

On s'en doute, il ne s'agit pas ici de répondre à cette question : qu'est-ce qu'un Juif ? Le peuple juif depuis toujours s'en nourrit, s'entretient avec elle, et l'entretien est infini comme la question, et comme d'ailleurs ce qu'elle symbolise : l'identité est un processus infini qui ne s'arrête ou se referme que par à-coups, par périodes. Pourtant depuis des siècles les rabbins ont posé une définition : est juif, selon eux, quiconque est né d'une *mère* juive ; ou mieux, dit sur le mode négatif : s'il n'est pas né d'une mère juive, il n'est pas juif. Je voudrais montrer ce que contient cette définition, et en quel sens elle fixe le Juif.

D'aucuns lui objectent que dans la Bible de grands Hébreux sont issus de mère non juive. Mais l'objection est mineure car on leur rétorque que ces grands hommes ont entendu l'appel divin, lequel peut faire beaucoup. On peut aussi lui objecter qu'à ce compte-là, vu le grand nombre de mariages mixtes [1], il n'y aurait bientôt plus de Juifs en diaspora (de même qu'en Israël si la paix s'y instaure : les mariages mixtes y seront alors aussi nombreux qu'ailleurs). Là encore l'objection n'est pas cruciale et peut être retournée : on répond que c'est justement contre les risques de la mixité que cette « loi » fut édictée.

Mais cherchons à comprendre cette définition. On dit qu'elle prend sa source dans les vives persécutions que les Romains ont infligées au peuple juif du fait qu'il était incroyablement résistant, notamment sur le plan des coutumes et des croyances : impossible de lui fourguer les dieux latins ; ils y tenaient à leur YHVH, leurs prophètes, leurs fêtes,... leur Loi. Parmi ces exactions, les Romains violèrent beaucoup de femmes juives, méthodiquement, pour le plaisir de leur injecter leur ennemi dans le ventre. (On sait que récemment dans les guerres de l'ex-Yougoslavie beaucoup ont fait ces viols, notamment les Serbes ; on devine les impasses inouïes que cela engendre : un ennemi à aimer ; la formule même du déchirement psychique : aimer ce qu'on hait, haïr ce qu'on aime...) Les rabbins ont donc pris une mesure merveilleusement symbolique, consolatrice, en décrétant : ces enfants qui naîtront de vous sont juifs, car vous êtes juive. Ainsi toute l'instance symbolique se mobilise pour consoler ces femmes, « annuler » leur viol, les arracher à leur posture mortifère, ce qui est la vocation même de l'acte symbolique.

Avec le temps, cette origine fut oubliée, et il resta une définition en apparence sanguine ou plutôt « réelle » du Juif (puisque dans le sang intervient aussi le père...). Réelle parce qu'elle aurait la certitude d'un constat, puisqu'on peut se demander qui est le père mais pas qui est la mère. (Si l'on oublie les vols d'enfant et autres adoptions forcées qui furent fréquents pendant la guerre.) Et cela conforte bien sûr le cliché d'une « race » juive, alors que les Juifs sont avant tout une transmission symbolique, un passage de symboles à travers les générations. Déjà s'annonce que cette définition, par

1. 35% de Juifs aujourd'hui en diaspora font des mariages mixtes et parmi eux 80 % de garçons...

sa seule existence, fixe le Juif dans une position de victime avec l'idée qu'un groupe de victimes se conserve mieux et se perpétue plus qu'un groupe de non-victimes qui risque de se perdre parmi les foules anonymes et les nations.

Avant de le préciser, faisons un petit détour par le Texte biblique. C'est vrai qu'il interdit aux Juifs d'épouser parmi d'autres peuples ; des peuples cananéens, idolâtres, le modèle du danger ; des peuples à vaincre ou à chasser. Israël n'arrivait pas à les vaincre, ce qui a une valeur symbolique : il n'est jamais arrivé (mais y arrive-t-on jamais ?) à vaincre les résidus idolâtres, ceux qu'on sécrète soi-même et ceux qui flottent dans l'espace ambiant. En tout cas, le danger d'épouser leurs femmes, c'est le danger de passer idolâtre : d'aimer les dieux (souvent féminins) qu'ils aiment. Or aujourd'hui, il s'agit de peuples non idolâtres, ou pas plus que les Juifs. Certains voient dans le christianisme une forme d'idolâtrie, mais s'agissant d'épouser des femmes ou des hommes sans religion, on se retrouve dans un cas de figure précis : ils n'ont pas de religion et les Juifs, supposés en avoir une, l'ignorent profondément. Ou plutôt, leur ignorance porte sur l'essence de leur message, plus que sur tel ou tel rite. Souvent, ils connaissent des rites pittoresques, nourrissant leur goût de l'étrange, de l'exotique, de l'archaïque ; leur narcissisme des petites différences.

« Définir » le Juif par la naissance semble aussi une mesure conservatoire désespérée qu'ont dû prendre les rabbins pour perpétuer le peuple par la reproduction, abstraction faite du milieu hôte. Ils supposaient que ce milieu resterait toujours hostile.

Or il arrive qu'il ne le soit pas, sur des périodes assez longues. Serait-il alors dangereux pour les Juifs sans leur être hostile ? On peut voir que ses valeurs (argent, technique, pouvoir, show-biz, parade, titres de réussite...) sont aussi celles qui prévalent dans le monde juif, sans qu'on puisse dire qu'il ait été contaminé. Du coup, si le judaïsme est menacé de disparaître, serait-ce faute d'ennemis ? (Ce fut le cas en Inde et en Chine.) Ou bien faut-il combattre l'antisémitisme à condition d'y échouer ?

D'où vient l'habitude de définir le peuple juif par simple opposition aux autres peuples, en supposant que celle-ci sera toujours bien fondée et repérable ? Dans la Bible on trouve des exhortations à *s'opposer* à ce que *font* les autres peuples (*maassé-hém*). Même *Amalek* est exécré pour ce qu'il a *fait* aux Hébreux à leur sortie d'Égypte, et non pour ce qu'il *est* ; il est vrai que dans ce cas limite, il se réduit à ce qu'il a fait, un projet d'extermination, devenant ainsi le symbole même de l'ennemi.

Ajoutons que cette définition du Juif (par la naissance) a été faite par des orthodoxes pour des orthodoxes : pour des familles où l'on transmet la religion en même temps qu'on éduque l'enfant, de façon évidente.

Cette définition du Juif par la mère suppose l'antisémitisme comme son complément nécessaire. Et par là même elle rejoint l'origine qui l'inspira : le viol des mères ; l'être juif s'arrache alors à l'ennemi violent ou violeur.

Cette définition méconnaît aussi que l'enfant qui naît non seulement de sa mère mais plus tard de son enfance, de son adolescence..., de chaque grande période de sa vie, c'est plus aux parents (de la mère) ou à ses propres parents qu'il doit s'arracher afin d'exister pour son compte ; ou afin que sa mère existe comme telle face aux siens. De sorte que dans cet arrachement, c'est souvent l'idée juive, et sa question symbolique, qui se trouve rejetée au moins pour une génération. Car le schéma suivant semble assez fréquent : parents juifs tenant à leur tradition, suivis d'enfants qui rompent avec cette tradition, mais dont les enfants, de par la même opposition qui inspira leurs parents envers les leurs, rompent avec cette rupture des parents et renouent avec l'idée de leurs origines. Quelle que soit par ailleurs la variété inouïe des références ou définitions du Juif qui circulent : en principe tout sous-groupe du peuple juif appelé à donner sa définition se donne pour le modèle ; cela relève d'un narcissisme semble-t-il indépassable.

Le problème commence quand le sous-groupe orthodoxe est érigé implicitement, par les *non-religieux*, comme le plus pur représentant de la Loi. J'ai étudié ailleurs le couple pervers que forment ailleurs les religieux et les laïcs. Pour le rompre il faut une vraie « guerre d'amour » sous le signe du tiers qu'est l'être-temps, bref sous le signe de la transmission symbolique, long processus qui n'est ni commencé ni entrevu.

Mais revenons à la définition rabbinique. Quelle subtile vengeance elle formule envers le monde ambiant violent ou violeur : Vous nous haïssez ? Eh bien, nous comptons sur vous pour nous maintenir juifs ; votre hostilité soutiendra notre identité mieux que notre judaïsme.

Pourtant le risque en est très clair : une identité qui d'abord se définit comme victime, malgré l'énorme force que cela lui donne, est appauvrie et vouée à le rester, risquant alors d'entretenir un rapport pervers avec le milieu ambiant, qu'il soit hostile ou protecteur. En outre il comporte une petite épreuve de vérité : si le milieu hôte reste neutre ou bienveillant, et s'il faut prendre au sérieux l'hypothèse d'un effacement du peuple juif en raison des mariages mixtes, alors on peut dire qu'il aura disparu par « antisémitisme » interne, par haine ou indifférence de certains membres envers leur origine, dont ils ignorent à peu près l'essentiel. Cette haine, outre qu'elle prend pour cible les parents (Œdipe oblige), se double souvent d'une haine narcissique : ne surtout pas ressembler à l'autre Juif. C'est le souci de beaucoup de Juifs et il les unit malgré eux. En cela aussi il symbolise ce qui se passe ailleurs : un des plus forts liants d'un groupe, c'est sa médisance intérieure, celle de ses membres entre eux ; c'est aussi fort que l'idéal qui les rassemble. On aurait en tout cas une autre pointe d'humour noir envers le milieu hôte : haïssez-nous, ça nous aidera à survivre. À quoi on ajouterait : ce n'est pas la peine, nous nous haïssons déjà nous-mêmes.

Qu'en conclure sinon qu'il y a danger à définir une identité dont le génie est de révéler toute définition impossible. (Tout comme il y a danger à définir l'espèce humaine, laquelle se définit par cette impossibilité même.) Et la « définition » rabbinique a valeur, tout au plus, d'une commémoration : commémorant le fameux viol et plus généralement la violence ambiante, en posant que malgré cette violence, cet enfant qui vient de naître est un tenant de la tradition du Livre hébreu.

Tradition dont on peut au passage rappeler qu'elle s'est transmise, à travers certaines mutations, par l'islam et le christianisme, qui en ont donné leur version, *via* des passeurs géniaux comme Jésus-Paul et Mahomet. Mais on s'en doute, cela ne résout pas la question de la transmission, vouée à être plus vécue que résolue, dans tous ses sens possibles. Et là-dessus on peut remarquer qu'une des chances de renouvellement, c'est que bien des milieux éclairés non juifs s'y intéressent, la connaissent peu, mais souvent mieux que les Juifs, à qui ils posent des questions auxquels ceux-ci ne savent répondre. Cet intérêt porte, c'est clair, sur la dimension symbolique que porte cette tradition.

3

De l'être à Dieu

La question de Dieu, increvable, est une question d'identité : pour les individus, les collectifs, et pour Dieu : savoir qui il est ou ce qu'il *devient*, ce n'est pas purement religieux. Les religions font ce qu'elles peuvent pour gérer ces questions qui les précèdent, touchant au sens, à l'origine, mais les questions religieuses sont trop sérieuses pour être laissées aux religieux.

Si l'on pense à l'invention monothéiste, qui occupe beaucoup de monde, on voit que Dieu est devenu l'Être suprême de façon latérale, par la bande. Ailleurs, Dieu c'est un peu le « vide » que remplissent des divinités, mais la « vraie » divinité c'est le vide, le possible qui est une forme de l'*être*, une possibilité d'être. Mon travail sur la Bible confrontée à l'ontologie – de Heidegger et d'autres – me convainc que le YHVH, l'*être* étant-été-à-être, est la grande invention monothéiste. Au départ il fut pensé comme *fonction d'être*, c'était non pas *un* être mais un mouvement qui porte et traverse tout ce-qui-est. Naturellement, les tendances anthropomorphes en font très vite un être suprême, l'Être suprême, avec un caractère, une personnalité, mais certains textes bibliques pointus et archaïques montrent bien qu'il s'agit de la fonction d'être, qui peu à peu se charge de temps et de mémoire, s'active ou se retire en tant que l'*être* se manifeste comme créant, détruisant, riant, tuant, produisant du mal et du bien, à charge pour les humains de faire de « bons » choix, d'ajuster leur chemin pour ne pas se faire mal eux-mêmes. En outre, réduire l'*être* sous-jacent à l'Être suprême, entraîne de grosses contradictions – dont la théologie fait ses choux gras (ainsi l'Être suprême voit tout, il voit donc le mal, il l'accepte, alors est-ce qu'il nous veut du mal ? même à des enfants ? pourquoi ?....); apories qui suscitent méfiance et rejet chez beaucoup de gens

« de bonne foi », de sorte que tout un mouvement de pensée a dû se débarrasser de ce qui touche au divin comme d'un objet compromettant, et s'est trouvé mutilé.

Or c'est le besoin de s'enfermer dans une identité sûre, de s'identifier à ce-qu'on-est, qui fait qu'on identifie l'*être* à sa forme la plus fermée, l'Être suprême, comme pour mieux l'exploiter : on sait ce qu'il veut, il est chargé de savoir ce qu'on veut, ce qui est bon pour nous... C'est si simple en apparence et c'est en fait inextricable. Du reste, rabattre l'*être* – comme fonction – sur un Être maximum ne va pas sans rappeler les fanatismes identitaires qui visent l'identité à soi, alors qu'elle est un mouvement d'être. Rabattre le sujet sur l'identité pleine, c'est le même geste que de rabattre l'*être* sur sa forme soi-disant la plus « glorieuse » et la plus fermée.

Cela dit, sans être vraiment anthropomorphe, la Bible montre un Dieu qui se soucie de son peuple, qui le harcèle, le console, le punit, lui pardonne, le trahit, le retrouve, bref qui vit avec. Et l'idée de faute n'est pas forcément l'idée religieuse du péché ; car si on se mesure à l'*être*, même si ce n'est pas l'Être suprême, on est déjà en défaut, par rapport à ses possibilités d'être ; l'*être* fonctionne alors, religion ou pas, comme une instance de mémoire qui *retient* ces manques ou qui vous en *libère* quand vous faites ce qu'il faut. Après tout, le rituel du « pardon » est une démarche pour obtenir de l'instance de l'*être*, donc aussi de sa « propre » mémoire d'être, le pardon : assez de déliement pour reprendre la vie sans un trop lourd passif. Le « grand pardon », c'est aller se pardonner à soi-même les rancœurs qu'on a envers soi, pour repartir à neuf ; et les rancœurs envers les autres, donc aussi envers l'*être* – qui passe par vous et par eux.

Et dire que Dieu « punit » « son » peuple, c'est seulement dire qu'avec un Dieu comme celui-là, rien de moins que l'être-temps, par lequel *sont* forcément concernés tous les autres, le peuple « élu » est très exposé, il prend toutes sortes de mauvais coups ; et le *sens qu'il leur donne* (punition) est le plus gratifiant pour lui. S'il a pour Dieu l'*être*, il n'est pas seul avec, tout le monde est concerné par l'être, tous y ont part, tous affluent pour voir de quoi il s'agit, et il reçoit des coups de coude parfois mortels. Bien sûr il gémit, le peuple élu, et tout son Livre en vibre. Lisez les Psaumes : « Pourquoi laisses-tu les peuples faire de nous ce qu'ils veulent ? »... Toute secousse d'être l'atteint puisqu'il a eu le culot de poser que rien ne mérite d'être divinisé que l'*être*. Son histoire est celle de ses démêlés avec l'*être* chargé de mémoire, avec le *temps* chargé d'histoires, tel que l'*être* et les autres le découpent. Je ne connais pas de littérature, hormis la Bible hébraïque, qui ait consigné avec autant de soins les démêlés concrets, réels, d'un peuple avec son idée de l'*être* en tant qu'il porte et qu'il traverse tout ce-qui-est, prenant parfois des formes d'Être suprême... Même abstraction faite de la méchanceté ambiante, c'est un peuple très exposé, puisque amener dans ses bagages comme Dieu l'*être*, c'est s'exposer dès qu'on ouvre les bagages à ce que l'*être* vous « rentre dedans », vous pointe votre finitude, vous interpelle sur la bêtise de ce que vous êtes. C'est aussi s'exposer à ce que d'autres en fassent autant quand ils se prennent pour l'Être suprême ou que le néant les menace. Donc ce petit peuple courageux a osé porter un message qui est devenu celui de beaucoup, et surtout a osé s'accrocher à l'*être*, comme partenaire et adversaire ; à l'*être* qui de temps en temps fonctionne comme Être suprême, qu'on voudrait avoir avec soi, en toute propriété (alors que l'*avoir* et l'*être* ne se recoupent qu'à l'infini).

Donc, inutile de supposer une intention transcendante et mauvaise qui punit le peuple quand il s'écarte. Il suffit de s'écarter de ses possibilités d'être pour basculer dans le mal-être, pour être mal... avec l'*être*. Et vos possibilités d'être, vos points de contact avec l'être viennent de ce que vous êtes plongé dans l'*être*, que vous êtes *pour* le monde, et que vous êtes « fini ». Il y a *vous*, l'*être*, le *monde* ; vous et le monde êtes des formes d'*être* plus ou moins cristallisées, ça laisse du jeu, du possible : on *peut* toujours faire un geste hors du cadre où l'on s'enferme.

La transcendance tient au fait que notre finitude est parlante et liée à l'infinitude de l'*être* qui nous porte et nous traverse. Donc elle vient d'événements qui se passent dans l'entre-deux, entre l'être et ce-qui-est (humain ou matériel), dans l'articulation. Un moment d'inspiration, de création – artistique, amoureuse, ou technique – est un moment de transcendance, où ce que vous êtes transite par l'*être* et le possible pour revenir vous altérer.

Est-ce que ces propos ontologisent Dieu ? ou est-ce que c'est l'*être* qui, pressenti comme horizon de l'humain, s'est « zeusifié », prenant des airs de Chef suprême ? Prenez une phrase comme : « YHVH est un dieu jaloux ». On peut l'entendre : l'*être* ne supporte pas que vous puissiez déifier autre chose que l'*être*. (En passant, il supporte mal qu'on en fasse un Être suprême, comme un vin supporte mal le voyage.) Or lorsque vous faites une idole ou que vous posez une idéologie, ou des prétentions de maîtrise totalitaire, vous transformez l'*être* en idole et... c'est vous qui êtes jaloux : car le jaloux est malheureux de ce qui lui échappe. Donc l'idée d'un « Dieu jaloux » exprime la détresse narcissique des humains au regard de l'*être* et du possible.

Revenons à l'*être*, support transitoire de transcendance et d'immanence. Ceux qui soutiennent qu'*il n'y a pas* l'*être* n'investissent qu'un aspect de l'être, le néant, le rien, le vide où baignent des choses qui « marchent », des étants qui fonctionnent ; horlogerie cosmique, machinerie bien montée. C'est le fantasme du tout technique, du pur fonctionnement. Il semble que cela angoisse quelques-uns, qui doivent alors supposer un Grand horloger ; c'est lui, leur *être* ; du coup, c'est l'Être suprême. C'est un cas trivial de l'*être*. Et même alors, l'*être* existe sous forme de temps, du temps infini qu'il faudra pour que la technique vienne à bout de ses problèmes. (Ce temps est vraiment infini : même une technique qui marche se crée de nouveaux problèmes. Comme quoi nul ne peut se passer de l'*être*. Notamment pas la langue. Comment une langue fonctionnerait-elle sans verbe *être* ? Le verbe et l'*être* sont proches au point de paraître se confondre : le verbe « être » décrit les mouvements de l'*être* : il *est* triste, cela veut dire que l'*être* en ce moment est attristant pour lui, il *est* coincé dans un souvenir qui ne passe pas, un affect qu'il surmonte mal... Quand la Bible dit : « si vous n'écoutez pas cette parole, l'*être* (YHVH) *sera* furieux contre vous », cela veut dire : ce *sera* dur pour vous, vous *serez* en détresse, vous prendrez l'*être* de travers...

Certains peuvent croire que l'*être* est une invention culturelle raffinée de l'homme, qui se crée ainsi une transcendance, qui l'invente. Mais si l'*être* est ce qui fait être tout ce-qui-est et qui traverse tout ce-qui-est, il a aussi une existence « objective » ; informulable, bien sûr, on ne peut pas la dire car elle est en même temps subjectivée : sans nos subjectivités, y aurait-il lieu d'*être* ? y aurait-il l'*être* ?.... Comment penser que quelque chose dépasse ce-que-vous-êtes sans y mettre du verbe *être* ?

Il se trouve que les textes et les rites du Livre hébreu s'élaborent comme des mémoires d'*être*. J'ai la chance d'y accéder dans leur lettre radicale, d'entendre leurs résonances, d'apprécier la façon dont ils symbolisent nos rapports à l'*être* : à ce que nous sommes ou pouvons être, à ce qui nous dépasse. Si je lis le *Kol nidré*, j'y vois le groupe énoncer que tous les vœux qu'on a faits – les pactes et les contrats –, on les considère comme *nuls*. Tout un collectif pose ainsi qu'il n'est pas réductible aux liens qu'il a tissés, ni aux vœux qu'il a faits ; qu'il peut vouloir autre chose que les petits engagements minables qu'on prend envers soi-même, quand on dit : « celui-là, je ne lui parle plus », ou « je ne ferai plus ceci... » L'idée est forte, et n'exige pas l'Être suprême pour être comprise ou entendue. Il y a là un fil de vie qu'on peut honorer sans être ligoté par lui. J'appelle *religieux* ceux qui ont besoin d'être ligotés par le fil de cette transmission pour être en sécurité. On peut se sentir en sécurité avec juste un fil, le fil de transmission d'un certain rapport à l'*être*. Or c'est ce même rapport à l'*être* que j'ai vécu dans les mathématiques, dans la recherche mathématique. Pour moi, la mathématique, c'est l'aspect *technicisable* de l'ontologie, du rapport à l'*être*, c'est la partie exprimable en termes de lettres et de calculs. La psychanalyse est un autre potentiel d'interprétation du rapport à l'*être* où les traces sont cette fois des symptômes, des événements, des signifiants d'une histoire, des transmissions. Et les querelles entre liens, religions, individus, notamment entre religieux et non-religieux, expriment la même angoisse, différemment gérée par les uns et les autres, dans leur rapport à l'*être*. Les non-religieux par exemple ont dû consentir un gros sacrifice : renoncer au rapport à l'*être* et à tout ce qu'il a produit comme événements symboliques parce que des gens qu'ils n'aimaient pas – qui souvent étaient leurs parents – avaient pêché dans cette eau trouble et déraisonné à pleins tubes.

L'*être* n'est pas identifiable, mais il n'est pas abstrait ; il est impliqué dans l'amour de façon *essentielle*. Un fameux texte biblique appelle le peuple à l'écoute : *Écoute Israël* [ce dernier mot signifie : *appelé à se battre avec l'*être] *l'être-YHVH, ton souverain* [qui te surmonte] *est un*. L'être est *un* dans ses multiplicités ; et c'est d'emblée suivi par « tu aimeras l'*être* ». Aimer l'*être,* cela veut dire : quoi que l'on *soit*, aimer le fait d'en sortir, quitte à pouvoir y revenir autrement ; qu'on soit génie, écrivain, père, enseignant, acteur, aimer le fait de ne pas *être* cela, de mordre sur d'autres possibilités d'être ; cela vous aide à être, en passant, ce que vous êtes. Cela implique d'aimer l'inconnu, l'imprévu, l'infini, mais ce n'est pas identifiable à l'inconnu ; cela comporte de l'inconnu, du risque, du courage. Sans cette dimension d'inconnu, n'importe qui, enfermé dans son symptôme auquel il s'identifie, ouvrirait la porte et sortirait se promener dehors. Le risque qui l'arrête, c'est l'angoisse, la perte des repères.

L'amour est une *sortie* de soi, de l'enfermement de ce-qu'on-est, avec pourtant le désir d'intégrer cela, de le reconnaître ; sinon, on est dans une simple rhétorique du dépassement, un peu vide. Dans cette sortie vers l'*être* qu'est la rencontre amoureuse, il est question d'oser reconnaître ce que vous êtes, de l'aimer assez pour oser permettre à l'autre d'être ce qui vous sort de ce que vous êtes et vous fait vivre votre manque à être.

C'est bien du côté de l'*être*, au-delà du religieux, que l'athée et le croyant peuvent se croiser, se rencontrer, dès que l'un et l'autre ne *sont* pas tenus d'agiter leurs fétiches ; l'un son idole « rationnelle », et l'autre son idole divine ; toute la question de la rencontre avec l'autre, avec l'étranger, se rejoue là. Curieusement, la rencontre est plus facile quand les deux, étrangers l'un à l'autre, sont en deuil en même temps ; quand deux groupes ennemis sont frappés par le même « tremblement de terre », ils vivent le même manque à être, et cela les rapproche par la voie de l'*être*, car le deuil les fait renoncer à exhiber leur « plénitude ». De même, travailler ensemble, *faire* ensemble, donne à vivre une alternance de désirs où l'on affronte le possible de l'être. J'ai dit ailleurs que les trois monothéismes peuvent se parler, se rencontrer, si chacun d'eux assume son manque-à-être originel, son ratage par rapport à son message, son infidélité à lui-même ; s'il la reconnaît comme une partie de son mode d'être. Alors ils peuvent se rencontrer et se reconnaître autrement qu'en exhibant leur Moi plein.

On se rencontre aussi à partir de ses richesses, pas seulement de ses manques : à condition de n'être pas réductible à ses richesses ; et que ces richesses, étrangères l'une à l'autre, ne nous incluent pas dans l'*avoir*, l'avoir qui éclipse les possibles de l'*être*. Le manque-à-être n'est qu'un moteur pour se mouvoir dans l'*être*.

Les animaux ont aussi un langage, ils sont en rapport avec des modes d'être très stables, voire figés. Nous avons un rapport au langage en tant qu'il advient, un rapport à l'*être* en tant que l'*être* se fait parlant.

– C'est assez *heideggérien*, ce que vous dites.

– Je montre dans *Éthique de l'être* que tout cela est à l'œuvre dans le Livre... où Heidegger l'a pris ; ce que j'appelle *le grand silence* de Heidegger, plus que son silence sur l'extermination des Juifs, c'est son silence sur le Livre : il fit main basse dessus, le traduisit en termes phénoménologiques et le servit comme nouveauté... sans un mot.

Table

DANS LA COLLECTION « POCHES ODILE JACOB »

N° 1 : Aldo Naouri, *Les Filles et leurs mères*
N° 2 : Boris Cyrulnik, *Les Nourritures affectives*
N° 3 : Jean-Didier Vincent, *La Chair et le Diable*
N° 4 : Jean François Deniau, *Le Bureau des secrets perdus*
N° 5 : Stephen Hawking, *Trous noirs et bébés univers*
N° 6 : Claude Hagège, *Le Souffle de la langue*
N° 7 : Claude Olievenstein, *Naissance de la vieillesse*
N° 8 : Édouard Zarifian, *Les Jardiniers de la folie*
N° 9 : Caroline Eliacheff, *À corps et à cris*
N° 10 : François Lelord, Christophe André, *Comment gérer les personnalités difficiles*
N° 11 : Jean-Pierre Changeux, Alain Connes, *Matière à pensée*
N° 12 : Yves Coppens, *Le Genou de Lucy*
N° 13 : Jacques Ruffié, *Le Sexe et la Mort*
N° 14 : François Roustang, *Comment faire rire un paranoïaque ?*
N° 15 : Jean-Claude Duplessy, Pierre Morel, *Gros Temps sur la planète*
N° 16 : François Jacob, *La Souris, la Mouche et l'Homme*
N° 17 : Marie-Frédérique Bacqué, *Le Deuil à vivre*
N° 18 : Gerald M. Edelman, *Biologie de la conscience*
N° 19 : Samuel P. Huntington, *Le Choc des civilisations*
N° 20 : Dan Kiley, *Le Syndrome de Peter Pan*
N° 21 : Willy Pasini, *À quoi sert le couple ?*
N° 22 : Françoise Héritier, Boris Cyrulnik, Aldo Naouri, *De l'inceste*
N° 23 : Tobie Nathan, *Psychanalyse païenne*
N° 24 : Raymond Aubrac, *Où la mémoire s'attarde*
N° 25 : Georges Charpak, Richard L. Garwin, *Feux follets et champignons nucléaires*
N° 26 : Henry de Lumley, *L'Homme premier*
N° 27 : Alain Ehrenberg, *La Fatigue d'être soi*
N° 28 : Jean-Pierre Changeux, Paul Ricœur, *Ce qui nous fait penser*
N° 29 : André Brahic, *Enfants du Soleil*
N° 30 : David Ruelle, *Hasard et Chaos*
N° 31 : Claude Olievenstein, *Le Non-dit des émotions*

N° 32 : Édouard Zarifian, *Des paradis plein la tête*
N° 33 : Michel Jouvet, *Le Sommeil et le Rêve*
N° 34 : Jean-Baptiste de Foucauld, Denis Piveteau, *Une société en quête de sens*
N° 35 : Jean-Marie Bourre, *La Diététique du cerveau*
N° 36 : François Lelord, *Les Contes d'un psychiatre ordinaire*
N° 37 : Alain Braconnier, *Le Sexe des émotions*
N° 38 : Temple Grandin, *Ma vie d'autiste*
N° 39 : Philippe Taquet, *L'Empreinte des dinosaures*
N° 40 : Antonio Damasio, *L'Erreur de Descartes*
N° 41 : Édouard Zarifian, *La Force de guérir*
N° 42 : Yves Coppens, *Pré-ambules*
N° 43 : Claude Fischler, *L'Homnivore*
N° 44 : Brigitte Thévenot, Aldo Naouri, *Questions d'enfants*
N° 45 : Geneviève Delaisi de Parseval, Suzanne Lallemand, *L'Art d'accommoder les bébés*
N° 46 : François Mitterrand, Elie Wiesel, *Mémoire à deux voix*
N° 47 : François Mitterrand, *Mémoires interrompus*
N° 48 : François Mitterrand, *De l'Allemagne, de la France*
N° 49 : Caroline Eliacheff, *Vies privées*
N° 50 : Tobie Nathan, *L'Influence qui guérit*
N° 51 : Éric Albert, Alain Braconnier, *Tout est dans la tête*
N° 52 : Judith Rapoport, *Le Garçon qui n'arrêtait pas de se laver*
N° 53 : Michel Cassé, *Du vide et de la création*
N° 54 : Ilya Prigogine, *La Fin des certitudes*
N° 55 : Ginette Raimbault, Caroline Eliacheff, *Les Indomptables*
N° 56 : Marc Abélès, *Un ethnologue à l'Assemblée*
N° 57 : Alicia Lieberman, *La Vie émotionnelle du tout-petit*
N° 58 : Robert Dantzer, *L'Illusion psychosomatique*
N° 59 : Marie-Jo Bonnet, *Les Relations amoureuses entre les femmes*
N° 60 : Irène Théry, *Le Démariage*
N° 61 : Claude Lévi-Strauss, Didier Éribon, *De près et de loin*
N° 62 : François Roustang, *La Fin de la plainte*
N° 63 : Luc Ferry, Jean-Didier Vincent, *Qu'est-ce que l'homme ?*
N° 64 : Aldo Naouri, *Parier sur l'enfant*
N° 65 : Robert Rochefort, *La Société des consommateurs*

Nº 66 : John Cleese, Robin Skynner, *Comment être un névrosé heureux*
Nº 67 : Boris Cyrulnik, *L'Ensorcellement du monde*
Nº 68 : Darian Leader, *À quoi penses-tu ?*
Nº 69 : Georges Duby, *L'Histoire continue*
Nº 70 : David Lepoutre, *Cœur de banlieue*
Nº 71 : Université de tous les savoirs 1, *La Géographie et la Démographie*
Nº 72 : Université de tous les savoirs 2, *L'Histoire, la Sociologie et l'Anthropologie*
Nº 73 : Université de tous les savoirs 3, *L'Économie, le Travail, l'Entreprise*
Nº 74 : Christophe André, François Lelord, *L'Estime de soi*
Nº 75 : Université de tous les savoirs 4, *La Vie*
Nº 76 : Université de tous les savoirs 5, *Le Cerveau, le Langage, le Sens*
Nº 77 : Université de tous les savoirs 6, *La Nature et les Risques*
Nº 78 : Boris Cyrulnik, *Un merveilleux malheur*
Nº 79 : Université de tous les savoirs 7, *Les Technologies*
Nº 80 : Université de tous les savoirs 8, *L'Individu dans la société d'aujourd'hui*
Nº 81 : Université de tous les savoirs 9, *Le Pouvoir, L'État, la Politique*
Nº 82 : Jean-Didier Vincent, *Biologie des passions*
Nº 83 : Université de tous les savoirs 10, *Les Maladies et la Médecine*
Nº 84 : Université de tous les savoirs 11, *La Philosophie et l'Éthique*
Nº 85 : Université de tous les savoirs 12, *La Société et les Relations sociales*
Nº 86 : Roger-Pol Droit, *La Compagnie des philosophes*
Nº 87 : Université de tous les savoirs 13, *Les Mathématiques*
Nº 88 : Université de tous les savoirs 14, *L'Univers*
Nº 89 : Université de tous les savoirs 15, *Le Globe*
Nº 90 : Jean-Pierre Changeux, *Raison et Plaisir*
Nº 91 : Antonio R. Damasio, *Le Sentiment même de soi*
Nº 92 : Université de tous les savoirs 16, *La Physique et les Éléments*
Nº 93 : Université de tous les savoirs 17, *Les États de la matière*
Nº 94 : Université de tous les savoirs 18, *La Chimie*

Nº 95 : Claude Olievenstein, *L'Homme parano*
Nº 96 : Université de tous les savoirs 19, *Géopolitique et Mondialisation*
Nº 97 : Université de tous les savoirs 20, *L'Art et la Culture*
Nº 98 : Claude Hagège, *Halte à la mort des langues*
Nº 99 : Jean-Denis Bredin, Thierry Lévy, *Convaincre*
Nº 100 : Willy Pasini, *La Force du désir*
Nº 101 : Jacques Fricker, *Maigrir en grande forme*
Nº 102 : Nicolas Offenstadt, *Les Fusillés de la Grande Guerre*
Nº 103 : Catherine Reverzy, *Femmes d'aventure*
Nº 104 : Willy Pasini, *Les Casse-pieds*
Nº 105 : Roger-Pol Droit, *101 expériences de philosophie quotidienne*
Nº 106 : Jean-Marie Bourre, *La Diététique de la performance*
Nº 107 : Jean Cottraux, *La Répétition des scénarios de vie*
Nº 108 : Christophe André, Patrick Légeron, *La Peur des autres*
Nº 109 : Amartya Sen, *Un nouveau modèle économique*
Nº 110 : John D. Barrow, *Pourquoi le monde est-il mathématique ?*
Nº 111 : Richard Dawkins, *Le Gène égoïste*
Nº 112 : Pierre Fédida, *Des bienfaits de la dépression*
Nº 113 : Patrick Légeron, *Le Stress au travail*
Nº 114 : François Lelord, Christophe André, *La Force des émotions*
Nº 115 : Marc Ferro, *Histoire de France*
Nº 116 : Stanislas Dehaene, *La Bosse des maths*
Nº 117 : Willy Pasini, Donata Francescato, *Le Courage de changer*
Nº 118 : François Heisbourg, *Hyperterrorisme : la nouvelle guerre*
Nº 119 : Marc Ferro, *Le Choc de l'Islam*
Nº 120 : Régis Debray, *Dieu, un itinéraire*
Nº 121 : Georges Charpak, Henri Broch, *Devenez sorciers, devenez savants*
Nº 122 : René Frydman, *Dieu, la Médecine et l'Embryon*
Nº 123 : Philippe Brenot, *Inventer le couple*
Nº 124 : Jean Le Camus, *Le Vrai Rôle du père*
Nº 125 : Élisabeth Badinter, *XY*
Nº 126 : Élisabeth Badinter, *L'un et l'autre*
Nº 127 : Laurent Cohen-Tanugi, *L'Europe et l'Amérique au seuil du XXIe siècle*
Nº 128 : Aldo Naouri, *Réponses de pédiatre*

Nº 129 : Jean-Pierre Changeux, *L'Homme de vérité*
Nº 130 : Nicole Jeammet, *Les Violences morales*
Nº 131 : Robert Neuburger, *Nouveaux Couples*
Nº 133 : Massimo Piatelli Palmarini, *Le Goût des études ou comment l'acquérir*
Nº 134 : François Lelord, *Le Voyage d'Hector*
Nº 135 : Alain Braconnier, *Petit ou grand anxieux*
Nº 136 : Juan Luis Arsuaga, *Le Collier de Néandertal*
Nº 137 : Daniel Sibony, *Don de soi ou partage de soi ?*
Nº 139 : François Gros, *Les Secrets du gène*
Nº 140 : Willy Pasini, *Être sûr de soi*
Nº 143 : Gérard Chaliand, Sophie Mousset, *2 000 ans de chrétientés*

Impression réalisée sur Presse Offset par

BRODARD & TAUPIN

GROUPE CPI

La Flèche (Sarthe), le 20-04-2004
N° d'impression : 22660
N° d'édition : 7381-1421-X
Dépôt légal : mai 2004

Imprimé en France

05 3155*5 686005 3155*5